「陰翳礼讃」と日本的なもの

建築と小説の近代

中村ともえ

教育評論社

目次

Ⅳ・長編小説の中の建築家

【凡例】

・本文の引用は、読みやすさを考慮して、文庫や新書など入手しやすい書籍がある場合は原則としてそれに拠り、ない場合は初出に拠った。使用したのは、谷崎潤一郎『陰翳礼讃』(七五・一〇、中公文庫)・『文章読本』(七五・一、同)・『細雪(全)』(八三・一、同）・『陰翳礼讃　東京をおもう』（二〇〇二・一、中公クラシックス）・『陰翳礼讃』(二〇一四・九、角川ソフィア文庫)、石川淳『石川淳長篇小説選 石川淳セレクション』(二〇〇七・一〇、ちくま文庫)、黒澤明『全集黒澤明』第一巻(八七・一一、岩波書店)・『大系黒澤明』別巻(二〇一〇・一一、講談社)、坂口安吾『坂口安吾全集14』(九〇・六、ちくま文庫)、横光利一『旅愁』上・下(二〇一六・八(上)、同・九(下)、岩波文庫)、小林秀雄『小林秀雄初期文芸論集』(八〇・四、岩波文庫)。『旅愁』・『細雪』については、大部の長篇小説であるため、本文引用の後ろに、それぞれ(第一篇)・(上・二)のように篇・巻と章を付した。同じ箇所からの引用が続く場合は最初にのみ付し、以下は略した。ブルーノ・タウトについては、森儁郎訳『ニッポン――ヨーロッパ人の眼で見た――』(九一・一二、講談社学術文庫)・同『日本文化私観――ヨーロッパ人の眼で見た――』(九二・一〇、同)・篠田英雄訳『日本美の再発見―建築学校的考察―』(三九・六、岩波新書)・同『日本―タウトの日記―』全三冊(一九三三年(七五・九)、一九三四年(同・一〇)、一九三五~三六年(同・一一)、岩波書店)に拠った。その他及び例外的なケースについては、章末の付記で断った。

・引用に際し、旧字体は原則として新字体に改めた。仮名遣いは原文のまま。ルビは適宜省略・付加した。改行は／、中略は［…］で示した。［　］は引用者による補足。断りがない限り、傍点は引用者。誤植や脱字と判断されるものには「ママ」を付した。カンマ・ピリオドは、読みやすさを考慮して、読点・句点に改めた。
・引用した資料の一部には差別的な表現が見られるが、歴史的史料としての性格上、原文のままとした。

装画　竹村京《Time Counter（2019-2023）》
カバーデザイン　成原亜美（成原デザイン事務所）

「陰翳礼讃」と日本的なもの

建築と小説の近代

序章　「陰翳礼讃」を読み解く

一　谷崎の羊羹、漱石の羊羹

「陰翳礼讃」と『草枕』

「陰翳礼讃」は、陰翳に美を見出すことを日本的な感性だと論じる随筆である。比較対象は西洋で、西洋人は一様《フラット》な明るさを追求するとされる。紙でも食器でも宝石でも、「われわれは［…］浅く冴えたものよりも、沈んだ翳《かげ》りのあるものを好む」。著者である谷崎潤一郎は、多くの事例を挙げ、「陰翳」という語によって日本的な美意識を説明している。

陰翳とは何か。それが日本的なものだとはどういうことか。羊羹を例にする節を読んでみよう（「陰翳礼讃」は〇の記号で区切られた一六のパートからなる。本章では節と呼ぶ）。

かつて漱石先生は「草枕」の中で羊羹の色を讃美しておられたことがあったが、そういえばあの色などはやはり瞑想的ではないか。玉《ぎょく》のように半透明に曇った肌が、奥の方まで日の光を吸い取って夢みるごときほの明るさを啣《ふく》んでいる感じ、あの色あいの深さ、複雑さは、西洋の菓子には絶対に見られない。クリームなどはあれに比べると何という浅はかさ、単純さであろう。だが、その羊羹の色あいも、あれを塗り物の菓子器に入れて、肌の色が辛うじて見分けられる暗がりへ沈めると、ひとしお瞑想的になる。人はあの冷たく滑らかなものを口中にふくむ時、あたかも室内の暗黒が一箇の甘い塊になって舌の先で融けるを感じ、ほんとうはそう旨くない羊羹でも、味に異様な深みが添わるように思う。

著者は漱石の名前を出しつつ、「玉のように半透明に曇った肌が、奥の方まで日の光を吸い取って夢みるごときほの明るさを啣んでいる」と直喩を重ねて、まずその色を形容している。「瞑想的」なその色は、漆器に入れて暗がりに置くとさらに「瞑想的」になり、口に入れると「あたかも室内の暗黒が一箇の甘い塊になって舌の先で融ける」ように感じられ、味に「異様な深み」が加わるという。深遠な体験のように語っているが、要は羊羹を食べているだけである。「ほんとうはそう旨くない羊羹でも」、というのが面白い。

夏目漱石が小説『草枕』の中で羊羹の色を賛美していたというのは、以下の場面のことである。主人公の「余」は温泉宿に滞在しており、食事の後で羊羹が運ばれてくる。

菓子皿のなかを見ると、立派な羊羹が並んでいる。余は凡ての菓子のうちで尤も羊羹が好《すき》だ。別段食いたくはないが、あの肌合が滑らかに、緻密に、しかも半透明に光線を受ける具合は、どう見ても一個の美術品だ。ことに青味を帯びた煉上げ方は、玉《ぎょく》と蠟石の雑種のようで、甚だ見て心持ちがいい。のみならず青磁の皿に盛られた青い煉羊羹は、青磁のなかから今生れたようにつやつやして、思わず手を出して撫でて見たくなる。西洋の菓子で、これほど快感を与えるものは一つもない。クリームの色はちょっと柔かだが、少し重苦しい。ジェリは、一目《いちもく》宝石のように見えるが、ぶるぶる顫えて、羊羹ほどの重味がない。白砂糖と牛乳で五重の塔を作るに至っては、言語道断の沙汰である。／「うん、なかなか美事《みごと》だ」［…］余は［…］羊羹を見ていた。［…］ただ美くしければ、美くしいと思うだけで充分満足である。／「この青磁の形は大変いい。色も美事だ。殆んど羊羹に対して遜色がない」

羊羹を玉のようだと言い、光との関係を「半透明」の語で形容すること。羊羹を褒めるために西洋菓子を引き合いに出すこと。器も重要な要素とすること。こうして並べてみると、「陰翳礼讃」が多くの着眼点を『草枕』から受け継いでいることがわかる。西洋菓子の例としてクリーム（アイスクリームのこと）を挙げるのも同じである。

ただし、羊羹を盛る器は「陰翳礼讃」では塗り物で、『草枕』では青磁である。『草枕』の青磁の皿は、中国の骨董らしい。もう一点、「陰翳礼讃」では味が話題になっているが、『草枕』には「余」が羊羹を口にするところは描かれていない。(1)「余」はすべての菓子の中で羊羹が一番好きだと言いながら、「別段食いたくはない」と続ける。美食家の谷崎と胃弱の漱石の食への執着の違いを反映しているだけのようだが、少し深追いしてみたい。

美術品としての羊羹

『草枕』の「余」は画家（「画工」）で、この場面では「一個の美術品」、つまり芸術作品として羊羹を評価している。彼は青磁の器に盛られた羊羹を見つめる。青味を帯びたそれは、青磁の中からいま生まれ出たかのようである。彼にとって羊羹は、青味を帯びた色彩が目に快く、ただ美しいだけで十分満足である。だから「別段食いたくはない」、という理屈である。

青磁の皿の色を「羊羹に対して遜色がない」と褒めた主人公は、この後、宿の主人から自慢の骨董品の数々を披露されることになる。その中の「見れば見るほどいい色」の硯を、彼は「形容して見ると紫色の蒸羊羹の奥に、隠元豆を、透いて見えるほどの深さに嵌め込んだようなもの」と、羊羹にたとえている。画家にとって羊羹は食すものであるより、骨董品と同様、美しい色を持つ物体なのである。しかし羊羹のような硯はいいとしても、硯のような羊羹とひっくり返してみると、まったく美味しそうではない。

羊羹が供される前の昼食の場面でも、主人公は椀の蓋をとって「ああ好《い》い色だと思って、椀の中を眺め」るが、手をつけようとしない。不審がる下女に嫌いなのかと聞かれているくらいである。朝から何も食べていない彼は空腹を覚えていたが、「いいや、今に食う」と下女に返答しつつも、「食うのは惜しい気がした」。イギリスの画家・ターナーは皿に盛られたサラダを見つめてこの色は自分の色だと語ったというが、主人公はこの食事の色を「ターナーに見せてやりたい」と考える。「画家から見ると」西洋料理は未発達であり、対して日本料理は「物奇麗」で、「一箸も着けずに、眺めたまま帰っても、目の保養からいえば、御茶屋へ上がった甲斐は充分ある」。羊羹も食事も、画家である主人公にとっては美しい色を見て芸術作品のように楽しむべきものであり、食べるのはそれを損ねる行為ですらあるようだ。

瞑想的な羊羹

「陰翳礼讃」も、日本料理の見た目の美しさに触れている。ただしそれは、「日本の料理は食うものでなくて見るものだといわれるが、［…］私は見るものである以上に瞑想するものであるといおう」と、見るものに対して瞑想するものという別の観点を打ち出すためである。羊羹も、漆器に入れて暗がりに置くと「ひとしお瞑想的になる」とされていた。「瞑想」は「陰翳礼讃」に頻出する語で、陰翳という概念を解するためのキーワードの一つである。

しかし、羊羹が瞑想的だとはどういうことか。谷崎の羊羹が漱石の青磁と違って漆器に入れられている点に着目して、さらに考察を進めよう。

二　美は物体にあるのではない

美の発現

「陰翳礼讃」は、羊羹の前の節で、漆器にまつわるあるエピソードを語っている。著者が久しぶりに京都のある料理屋を訪れると、暗すぎるという客が多いからと、行灯式の電灯を使うようになっていた。もとの蝋燭の灯に変えてもらったところ、漆器の美しさが暗がりの中で発揮されることに気がついた。著者はそのとき、漆器が「全く今までとは違った魅力を帯び出して来るのを発見」したという。

> 事実、「闇」を条件に入れなければ漆器の美しさは考えられないといっていい。［…］派手な蒔絵などを施したピカピカ光る蠟塗りの手箱とか、文台とか、棚とかを見ると、いかにもケバケバしくて落ち着きがなく、俗悪にさえ思えることがあるけれども、もしそれらの器物を取り囲む空白を真っ黒な闇で塗り潰し、太陽や電灯の光線に代えるに一点の灯明か蠟燭のあかりにして見給え、たちまちそのケバケバしいものが底深く沈んで、渋い、重々しいものになるであろう。［…］あのピカピカ光る肌のつやも、暗いところに置いてみると、それがともし火の穂のゆらめきを映し、静かな部屋にもおりおり風のおとずれのあることを教えて、そぞろに人を瞑想に誘い込む。

漆器は、それ自体は「俗悪」ですらあるが、暗いところに置くと「たちまち」変化し、人を「瞑想」に誘うという。ここでも瞑想である。

たいしたものではないあるものが、暗がりに置かれることによって劇的に美しくなる。「陰翳礼讃」は、そうした変貌の場面を、手を変え品を変え語っている。

たとえば僧侶が纏う金襴の袈裟は「徒にケバケバしいばかりで、どんな人柄な高僧が着ていても有難味を感じることはめったにない」が、暗い寺にあっては「荘厳味」が増す。能役者の手は自分と同じ「ただの平凡な」「何の奇もない当たりまえの」手で「決して美少年や美男子の役者」ではないのに、暗い舞台上で暗く沈んだ色調の能衣裳の袖口から覗くと、「不思議にも［…］妖しいまでに美しく見え」「異様に印象的になる」。また、薄く平べったい「ずんどうの棒のような」胴体を持った昔の女性は「西洋婦人のそれに比べれば醜い」が、鉄漿《おはぐろ》をつけ眉毛を剃り落とし玉虫色に光る青い口紅をつけ長い袂・長い裳裾の衣裳を着て暗い家屋敷の一と間に籠らせると、首だけが際立ち「一種人間離れのした白さ」に見える。

不思議にも・妖しいまでに・異様にといったフレーズは、これらの美が日常とかけ離れたものであることをあらわしている。というより、それ自体はたいしたものではないあるものの美の発現が、それに立ち合った人を日常から引き離すのだろう。その体験を説明するのが、不思議や異様といったフレーズなのである。

人はある状況の中で発現した思いがけない美に、感覚を集中する。没入し、無心になる。つかの間、他の感覚は遮断され、美に耽る。「瞑想」というのはつまり、こうした美的体験を称する語だと考えられる。文中には「三昧境に惹き入れられる」、茶人が「無我の境に入る」のと似た心持ちといった説明もあるが、悟りのような精神的境地ではなく、あるシチュエーションにおける体験であり、著者の言葉を借りれば「その場限りのもの」である。

「陰翳礼讃」の美の命題は、以下の箇所に集約されている。「美は物体にあるのではなく、物体と物体との作り出す陰翳のあや、明暗にある」。著者はこれを「われわれの思索のしかた」と称している。

美は、物それ自体に内在する属性ではなく、陰翳によって作り出される。小林秀雄のよく知られた警句、「美しい「花」がある、「花」の美しさという様なものはない」(「当麻」)をもじって言えば、美しい花はない、花の美しさはその花がある状況に置かれたときにあらわれるものだ、とでもなるだろうか。「陰翳礼讃」の著者は、「陰翳の作用を離れて美はないと思う」と述べている。陰翳とは、物に美を発揮させる作用なのである。

厠を礼讃する

ただし、美は物体にはないと言うものの、暗がりで美を発揮することを期待して、その効果を計算に入れているという指摘は繰り返しなされている。漆器も袈裟も、能の衣裳や舞台も、女性の化粧や服装も、それを暗がりに置いたときに美しくなるように作られているのだという。

興味深いことに、「陰翳礼讃」で取り上げられる事例には、花や木のような自然の風物はない。すべて人の手が入った文化的な産物である。散る桜とか紅葉した山の景色といった季節の風物は登場しない。これは和歌など古典文学を根拠にする多くの日本文化論と異なる点である。

なるほど「陰翳礼讃」にも、「花鳥風月」や「物のあわれ」といった日本文化を語る際の典型《テンプレ》的なフレーズは出てくる。だがそれは、日本の暗い厠は「花鳥風月と結び付」くが西洋式のタイルや水洗式にすると「「風雅」や「花鳥風月」とは全く縁が切れてしまう」といった、ふざけた使い方である。著者は、厠は「住宅中でどこよりも不潔であるべき場所」だが、そこで「うすぐらい光線の中にうずくまって［…］瞑想に耽」るのは快感であり、「四季おりおりの物のあわれを味わうのに最も適した場所」だと述べている。だから「日本の建築の中で、一番風流に出来ているのは厠であるともいえなくはない」。

対象（厠、つまりトイレ）とそれをたたえる言葉（「花鳥風月」「物のあわれ」「風雅」「風流」）との間には明白な落差があり、最も低いものを最も高く評価してみせている。著者は嬉々として賛辞を重ねているが、それが対象に対して大げさな賛辞であることは明らかである。「陰翳礼讃」のタイトルの「礼讃」には、このような過剰なパフォーマンスが織り込まれているのである[2]。

暗い部屋の比喩

羊羹の例に戻ろう。たいしてうまくない羊羹でも、しかるべきシチュエーションで口にすると、異様に美味しく感じられる。瞑想的な羊羹、すなわち羊羹の美的体験とは、漆器に入れて暗がりでそれを食べることである。「陰翳礼讃」はその体験を、暗い部屋で漆器に入れられた羊羹を口にすると「あたかも室内の暗黒が一箇の甘い塊になって舌の先で融ける」ように感じられる、と比喩を用いて叙述している。

暗い部屋で羊羹を口に入れた感じをたとえるために直喩が用いられているのだが、その比喩が、暗い部屋というシチュエーションと妙に合致していることに注意したい。「あたかも」以下は、類似する他のものを借りて羊羹の美的体験を説明する比喩である。だがのみならず、これはその体験の文字通りの説明にもなっているのである。暗い部屋の中で暗い器に入れた暗い色の羊羹を口に入れると、部屋の暗さが口の中に溶けてひろがるようだ、というわけである。

羊羹を口にする人の周りにも、その人の口の中にも、部屋の暗がりがある。つまりこれは、人があるシチュエーションにおいて美を発揮した対象に没入する体験を、そのシチュエーションを比喩にして説明しているのである。

これを小説家ならではの巧みな文章表現などと評するのは適切ではない（比喩としてはそううまくもない）。暗い部屋が、文字通りの意味と比喩を兼ねること、この先になお考えるべきことがある。「陰翳礼讃」は、命題として何が語られているかだけでなく、何事かを語るこうしたレトリックそれ自体を読み解くべきテキストなのである。

三 建築の比喩

明るい近代、失われる陰翳

「陰翳礼讃」は、タイトルの通り、陰翳を褒めたたえる随筆である。ただし、その陰翳は、日本文化の本質としてつねに変わらずあるものだとは想定されていない。それは近代化によって失われるものだという。いや、久しぶりに訪れた京都の料理屋が明るい照明を使うように変わっていて、それを蠟燭に戻したことで漆器の美が発見されたというように、陰翳は失われつつあることによってはじめて見出されたものだと言うべきである。

羊羹も女性も厠も、西洋のものと比較されて評価されている。その限りでこれらはすべて近代の視点で捉えられている。著者は、日本が「維新以来の変遷」によって西洋化の道をとって進んできたことを前提に議論を組んでいる。西洋化としての近代化は、明るさをもたらすものとしてイメージされている。文字通り明るくなったという意味だが、文明開化の光ととれば、この明るさは比喩でもあるだろう。

「陰翳礼讃」の最後で、著者はここまで述べてきたことは「要するに［…］愚痴の一種」であって、「今更何といったところで、すでに日本が西洋文化の線に沿うて歩み出した以上」、闇を取り払って進むよりほかに仕方がない、と投げ出すように言う。「今更」言ってもしようがない「愚痴」だ、という諦めの調子は、「陰翳礼讃」の基調をなすものである（「もはや今日になってしまった以上、［…］今更不可能事を願い、愚痴をこぼすのに過ぎないのであるが、愚痴は愚痴として」）。

文学の領域

明るい近代の中で、陰翳は失われつつある。もう手遅れである。それでも「何らかの方面、たとえば文学芸術等」でなら、陰翳を確保する道が残されていないか。著者は最後の最後で、領域を限定して議論を反転させる。

私は、われわれがすでに失いつつある陰翳の世界を、せめて文学の領域へでも呼び返してみたい。文学という殿堂の檐《のき》を深くし、壁を暗くし、見え過ぎるものを闇に押し込め、無用の室内装飾を剥ぎ取ってみたい。それも軒並みとはいわない。一軒ぐらいそういう家があってもよかろう。まあどういう工合になるか、試しに電灯を消してみることだ。

これが「陰翳礼讃」の結語である。この随筆は、「われわれ」が失われつつある陰翳を、「私」は文学の領域に呼び返したいのだ、という宣言によって締めくくられている。

この結語が随筆の主意だとしたら、「陰翳礼讃」はつまるところ小説家・谷崎潤一郎の文学論で、陰翳の美は社会から失われつつあるが、文学の領域だけは明るい西洋化＝近代化を拒否して暗いままにしたい、と主張していることになる。(3) なるほど文意を読み取るならそう言っているようである。だがレトリックに目を向けるとどうか。

陰翳と建築

「陰翳礼讃」は、さほど長くないエッセイだが、随想らしく話題はあちこちにとぶ。「陰翳」の例として挙げられるものも、羊羹、漆器、僧侶の衣裳、能役者の手、女性の顔、厠とさまざまである。一見するととりとめがないように思われるこれらの事例の根底には、実は、建築というそれらを支える場がある。文中の語で言えば、「日本座敷」「日本家屋」である。

暗い日本の家屋は、陰翳の事例の一つであり、さらに、そこにおいて羊羹や漆器や女性が美を発揮する場所、つまりさまざまな事例の基盤でもある。「陰翳礼讃」は、冒頭の「純日本風の家屋」を建てようとして照明器具や障子や便器をどうするか苦労したという経験談から、右に引いた結語まで、一貫して日本の建築と暗さの関係を語っているのである。

結語では、文学を日本の建築にたとえて、建物ののきを深くし、壁を暗くし、室内装飾を剝ぎ取りたい、という決意表明がなされていた。建築を事例として語りながら、結論で文学のための主張をする、と見える「陰翳礼讃」の事例と主張の関係は、実際にはもう少し複雑である。

近代化によって失われつつある陰翳は、最後は文学の領域に限定して残存を期待されているが、末尾のその宣言においても、陰翳は建築の比喩で語られている。これは、われわれの生活が西洋化して明るくなることは仕方がないけれども、文学だけは暗いままにしよう、私はそうする、という宣言ではない。そのような明暗の対比、つまりは陰翳という概念を導き出すための発想が、そもそも建築に由来するからである。

「陰翳礼讃」は、建築を基盤に、さまざまな事例を挙げて陰翳を語るエッセイである。著者は最後に、文学の領域に建築の比喩を導入する。「陰翳礼讃」で行われているのは、建築を文学を語るための比喩として組織すること、すなわち建築を文学の修辞とすることである。そこで案出されたのが、陰翳という概念であった。陰翳とは、日本の建築、暗い日本家屋を比喩化したものだと言ってもいい。「陰翳礼讃」というテキストにおいて、建築は文字通りの意味と比喩を兼ね、陰翳という概念を形成するのである。

四　建築と小説の一九三〇年代

ブルーノ・タウトという交点

「陰翳礼讃」は、一九三三年に総合誌「経済往来」に連載され（三三・一二〜三四・一）、谷崎の随筆集に収められた後、三九年に表題作として創元選書の一冊になった（本書終章参照）。この時代、一九三〇年代において、建築を話題にして日本的な美意識を論じるのは、「陰翳礼讃」以外にもひろく認められる現象であった。

「陰翳礼讃」を同時代の建築論とつなぐ手がかりは、一人のドイツ人建築家に求められる。

日本座敷の美は全く陰翳の濃淡によって生まれているので、それ以外に何もない。西洋人が日本座敷を見てその簡素なのに驚き、ただ灰色の壁があるばかりで何の装飾もないという風に感じるのは、彼らとしてはいかさまもっともであるけれども、それは陰翳の謎を解しないからである。

何もない日本座敷を「西洋人」は「何の装飾もない」と捉えるが、その美は陰翳によって生まれるのだ、と谷崎は説く。「これと云う特別なしつらえがあるのではない」単なるへこんだ空間である床の間は、蔭を追い払えば「忽焉として［…］ただの空白に帰する」。羊羹と同じく、これもそれ自体はたいしたものではないあるものが陰翳の作用によって美しくなるという例である。

名前は出していないが、この「西洋人」というのは、ドイツ出身の建築家、ブルーノ・タウトを指すとされる。具体的には、タウトの来朝を記念して開催された「新興建築講演会」での彼の講演を要約紹介する新聞記事を踏まえるという。(4)

ブルーノ・タウト（一八八〇〜一九三八）は、三三年五月に来日し、三六年秋にトルコに去るまで、日本で講演や著述、また工芸の指導等を行った。タウトの日本の建築や芸術に関する議論、特に桂離宮に寄せた称賛は、建築界を超えて反響を呼んだ。小説家の反応としては、タウトの著書と同じ表題を掲げる坂口安吾のエッセイ「日本文化私観」（「現代文学」四二・二）がよく知られている。

本書では、建築家が登場する小説（石川淳『白描』、横光利一『旅愁』、谷崎潤一郎『細雪』）や、建築を話題にする小説家のエッセイ（谷崎潤一郎「陰翳礼讃」、坂口安吾「日本文化私観」）を取り上げ分析する。これらは三〇年代に発表されたか、三〇年代を舞台もしくは題材にする作品である。三〇年代を起点にするという意味で、本書では一九三〇年代という呼称をややひろめに用いる。

これらのテキストには、タウトの発言や著作に直接あるいは間接に触発された形跡がうかがえる。一九三〇年代は、小説家と建築界の議論が交わった時代であり、タウトの存在はその交点になったのである。

本書の構成と方法

一九三〇年代、建築界では建築における「日本的なもの」が論じられた（本書第二章参照）。その議論に触発された小説家たちは、建築を媒介にしてそれぞれに思索を展開した。本書で取り上げるのは、そのような思考の痕跡の刻まれたテキストである。

建築と小説という異なる領域の交錯する地点から、日本的なものという主題を捉えなおすこと、本書のねらいはそこにある。本書の独自性は、建築界の議論と小説家のテキストが交錯する範囲を画定し、そこに対象を再配置する点にある。小説を他の芸術領域との関係の中に位置付けなおすことは、時代や社会といった大きな文脈と直結させるのでも、作家や文壇という小さい単位の中の差異によって評価するのでもない、中くらいの範囲と抽象度の地図を作成するような作業である。異なる領域を重ね合わせることで、いままでなかった道が引かれ、テキストの中の細部が浮かび上がる。同じテキストであっても接続する先が変われば引き出される意味も変わる(5)。本書が目指すのは、日本的なものという主題をめぐる建築と小説の一九三〇年代をそのように描き出すことである。

以下、本書の構成と方法を述べる。

Ⅰでは、タウトの滞日中の著作とタウトに言及する日本の建築家たちの建築論を取り上げ、タウトと日本の建築（第一章）、タウトと日本の建築家（第二章）の関係を検証する。一九三〇年代の建築家たちの日本の古建築をめぐる議論、その論理とレトリックを読み解く。Ⅱ以降の前提になるパートである。

Ⅱでは、タウトをモデルにする建築家が登場する石川淳の小説（第三章）と黒澤明の映画シナリオ（第四章）を取り上げ分析する。実在の人物をモデルにする建築家が登場するこれらの作品には、その人物に関して明らかに事実に反する要素が混入している。作品がフィクションすなわち虚構であることと、その中に混じるフィクション――この場合は虚偽に近い――、この二つのフィクションは別のことである。建築家のフィクションへの転用を事例に、タウトに象徴される一九三〇年代の建築界の議論が他の領域に何をもたらしたかを考察する。

Ⅲで取り上げるのは、小説家（坂口安吾）や美術家（岡本太郎）（第五章）、建築家（丹下健三）（第六章）のテキストである。どのような論理とレトリックで「日本」という主題を語るのか、引用・参照されている文献や同時代の表現と接続しつつ、各テキストの修辞上の戦略を明らかにする。取り上げるのはⅡと違ってフィクションではないが、語り口を論じるという意味で、これも文学の問題である。

Ⅳでは、一九三〇年代を舞台にする長篇小説、横光利一の『旅愁』（第七章）と谷崎潤一郎の『細雪』（第八章）を論じる。二篇とも作中に建築家が登場し、その造形に一九三〇年代の建築界の議論が取り入れられている。

一九三〇年代の日本の文壇では、アンドレ・ジッドに由来する「純粋小説」という用語によって長篇小説が論じられ、盛んに創作された。横光利一は、純粋小説論争と呼ばれるその議論においても、実作においても、中心を担った作家であった。ジッドの翻訳者であった石川淳の長篇小説もこの潮流の中にある（第三章）。

この時期の長篇小説には、東京や大阪など同時代の都市を舞台に、中上流階級《ブルジョワ》の人物たちの恋愛の動向を描く群像劇が多い。登場人物たちの恋愛模様、複雑に絡み合う人間関係や結婚をめぐる諸問題がいわば図だとすると、地に当たるのは、現代の都市の風景である。図だけを見て見過ごされがちな地、一九三〇年代の建築物がそこにある都市の風景に、本書では目を向ける。

小林秀雄は都市化が進む時代の感性を、谷崎潤一郎の随筆を踏まえて「故郷喪失」と名付けた（終章）。「陰翳礼讃」の陰翳は失われつつあることによってはじめて見出されたものだが、喪失と発見は、一九三〇年代の日本的なものという主題を構成するライトモチーフである。

同時代の文献にもとづく実証的な手続きとともに、本書は作品の読解を方法とする。各章で取り上げる作品は、それが小説なら小説という形式でなされた、日本的なものとは何かという問いに対する一種の応答であった。そのように読み得る作品であることを、本書の分析を通じて示す。小説とは、一定の時間と空間を備えた世界を立ち上げ、そこに人物を登場させ、物語を展開する叙述の形式である。その形式においてなされた思考を取り出すためには、個々の作品に応じて、世界・人物・物語を読み解く必要がある。

本章では、「陰翳礼讃」を文学の領域に建築の比喩を導入するテキストとして読み解いた。何が書かれているか、文意を読み取るだけでなく、叙述を解読することではじめて明らかになる小説の思考があるはずだ（それは作家の思想と一致するとは限らない）。以下、作品の中に保存されている「思索のしかた」（「陰翳礼讃」）を、圧縮されたものを解凍するように、解きほぐしてみたい。

（1） 西村将洋は、「陰翳礼讃」が先行する『草枕』を反復しつつも「羊羹と組み合わせる器（青磁か、漆器か）、表現の仕方（視覚的か、比喩的か）、身体との関係（食べないか、食べるか）という三点」で対立すると、両者の違いを整理している（『谷崎潤一郎の世界史 『陰翳礼讃』と20世紀文化交流』二〇一三・二、勉誠社）。

（2） 小森陽一は、「たしかに「礼讃」と題名が振ってありますから誉めたことになっていると、多くの読者が受け止めてしまっているのかもしれませんが」、あえて惨めなものを取り上げて「過剰に美的に描写」してみせているのではないかと推測している（「谷崎礼讃――闘争するディスクール」「国文学」九三・一二、蓮實重彦との対談）。

（3） 榊原理智は、この結語について「テクストを単純に日本文化論として読んだ読者には、この最後の一節は、消滅しつつある日本文化の真髄を保持する唯一の砦として、谷崎が文学を言祝いでいるように聞こえるだろう」と評している（「翻訳のポリティクスと『陰影礼讃』――谷崎の現在地」『谷崎潤一郎読本』二〇一六・一二、翰林書房、五味渕典嗣・日高佳紀編）。

（4）西村将洋は、「「陰翳礼讃」発表以前に日本でタウトの翻訳書は刊行されていないが、関西在住の谷崎は『大阪朝日新聞』紙上のタウトの講演記事「生活と建築」（一九三三年五月一二日朝刊）を参照していた。そのなかでタウトは、日本の壁が「何らの飾り気のないまゝで、床や棚の地位を高めてゐる」と賞賛していた」と指摘している（「「陰翳礼讃」と国際的ディスクール――一九三〇年前後の谷崎潤一郎を読む――」「日本近代文学」二〇一五・五）。この記事については他に、西村「伝統的最先端の視線――一九三〇年代モダニズム考――」（「日本文学」二〇〇三・九）、千葉俊二「複製技術の時代における「陰翳礼讃」」（『谷崎潤一郎　境界を超えて』二〇〇九・二、笠間書院、千葉俊二・アンヌ　バヤール・坂井編）。記事のもとになった講演会については、本書第一章参照。

（5）本書と分析対象を共有する研究には、タウトの評伝的研究（タウトと接した蔵田周忠『建築新書5　ブルーノ・タウト』（四二・七、相模書房）や藤島亥治郎『近代建築家3　ブルーノ・タウト』（五三・一一、彰国社）から近年の北村昌史『ミネルヴァ日本評伝選　ブルーノ・タウト　「色彩建築」の達人』（二〇二三・九、ミネルヴァ書房）まで充実している）や、作家論の枠組みでの文学研究（安吾のタウト受容やタウトとの比較による安吾の議論の評価など）、日本的なもの（もしくは日本趣味・日本精神）に関する建築史や思想史の研究などがある。

【付記】夏目漱石『草枕』の引用は岩波文庫版（二九・七→九〇・四）に、小林秀雄「当麻」は『モオツァルト・無常という事』（六一・五→九一・一一、新潮文庫）に拠った。

I
タウトと日本の建築、タウトと日本の建築家

第一章　桂離宮の弁証法——ブルーノ・タウトの「第三日本」

一　桂離宮のタウト、タウトの桂離宮

桂離宮のタウト

僕は日本の古代文化に就《つい》てほとんど知識を持っていない。ブルーノ・タウトが絶讃する桂離宮も見たことがなく、玉泉も大雅堂も竹田も鉄斎も知らないのである。

——坂口安吾「日本文化私観」（「現代文学」四二・三）

古代ギリシャと日本とを結びつけて見た人間として建築家ブルノオ《ママ》・タウトを私は思い出す。タウトは建築の極点としてパルテノンと桂離宮を対比させた［…］

——伊藤整『小説の方法』（四八・一二、河出書房）

> 多くの教養ある外国人の建築家や美術家等は、［…］最も原始的に素朴な構造を有する伊勢神宮や桂離宮や、それから農家の貧しい茅屋《ぼうおく》を模して造った茶室の如きを［…］口を極めて絶讃し、建築美学の粋を極めた世界最高の芸術だと言う。
>
> ――萩原朔太郎「日本文化の特殊性」（『帰郷者』四〇・七、白水社）

右に掲げたのは、文学者によるタウトへの言及の例である（萩原朔太郎は名前は出していないが、タウトを念頭に置いていることは明らかである）。いずれも一九四〇年代に発表された日本文化を論じる文章の一節で、タウトは桂離宮を絶賛した人として言及されている。

タウトをモデルにする人物が登場する同時期の小説からも引こう。

> フランスのコルビュジエとならんで有名なこのユダヤ系の建築家がさきごろある政治的事情に依りヨーロッパの某国を逐われて来朝し、つい二三年の間に観察の鋭敏な東北旅行記を著わしたり、桂離宮の美を再認識したり、小堀遠州を最高の位置に見極めたりしたことはまだ世人の記憶から消え去ってはいまい。
>
> ――石川淳『白描』（四〇・六、三笠書房）[1]

ブルーノ・タウトについて、桂離宮を称賛した建築家という認識が共有されていたことが確かめられる。桂離宮のタウト、とこうした事態を呼ぶことにする。

タウトの『桂離宮』

もう一例、小説家によるタウトへの言及の例を挙げる。川端康成の小説『虹いくたび』より、主人公の水原麻子が青木夏二という青年とともに桂離宮を見物する場面である。

ブルウノ・タウトが、「桂離宮は日本の最終で最高の建築的発光点」として、「このように至妙な芸術の源が冥想、凝思および日本的禅哲学にあることを、紛うかたなく感得する」という離宮の精髄とも見られる、簡浄な玄関先に、苔の花の咲いているのは、やさしい印象であった。

——川端康成『虹いくたび』(「婦人生活」五〇・三~五一・四)(2)

麻子の父は茶室の設計などを手がける建築家である。父の名前が効いて、麻子たちは桂離宮の拝観許可を得、特別に案内なしで自由に歩いて見てまわっている。この場面で、麻子は案内記を読んできたと言い、夏二は「僕もブルウノ・タウトの『桂離宮』は、高等学校の時に読みましたが、忘れちゃった」と返している。『虹いくたび』の作中の年代は作品の発表と同時期で、夏二は来年大学を卒業するとあるから、彼が『桂離宮』を読んだのは四〇年代と推定される。

高校生の夏二が読んだというブルーノ・タウトの『桂離宮』とは何だろうか。実はタウトが日本で執筆した著作に、「桂離宮」というタイトルの本はない。タウトの日本での最初の著作『ニッポン』（三四・五、明治書房）の中の「桂離宮」という章を指すか、もしくは、タウトの没後に刊行された全集の第一巻『桂離宮』（四二・一一、育生社弘文閣）や著作集の第一巻『桂離宮』（四六・六、育生社）のことだろうか。全集・著作集の『桂離宮』は、『ニッポン』の「桂離宮」の章などさまざまな機会に書かれた桂離宮に関する文章を集めて編まれている。全集・著作集の他の巻に特定の建築物の名前が冠されることはなく、桂離宮の扱いは別格である[3]。

読んだけれど忘れたと夏二は言っているから、別のタイトルの本を『桂離宮』と記憶している可能性もある。手がかりが少なく確定はできないが、桂離宮を見て歩いている登場人物の口から、タウトの『桂離宮』というフレーズが自然とこぼれることに意味があるのだろう。

タウト著『ニッポン』『日本文化私観』

ブルーノ・タウト（一八八〇～一九三八）は、ドイツ出身の建築家である。第一次世界大戦後のドイツで表現主義の建築家として活躍したが、ナチス政権を避け、三三年五月、日本インターナショナル建築会の招聘に応じて来日した。来日の翌日、五三歳の誕生日でもある五月四日、タウトは建築家の上野伊三郎らの案内で、早速桂離宮を訪れている。桂離宮には翌年五月七日にも訪れ、長時間滞在している。

三六年秋にトルコに去るまでの約三年半、日本でのタウトは、講演や著述、工芸の指導等を精力的に行った。三三年六月に起稿した最初の著作は、明治書房から『ニッポン　ヨーロッパ人の眼で見た』として刊行された。タウトの日本での二冊目の著作である『日本文化私観』（三六・一〇）も同社から刊行されている。タウトは『日本文化私観』の刊行を見届けて日本を離れた。

タウトの名前は桂離宮と結びつけて語られてきた。タウト自らも、「桂離宮の発見者」と自負していた（三五・一一・四の日記より）。タウトの桂離宮評価については、同時代の建築家や後年の建築史家によってさまざまに論じられている（本書第二章参照）。だがタウトという一人の建築家が桂離宮をどう見たかではなく、著作の著者であるタウトにとって桂離宮がどのような意味を持っていたかについては、なお検討する余地があると思われる。

本章では、タウトが日本で著した二冊の著作、『ニッポン』と『日本文化私観』を取り上げる。タウト全集・著作集の『桂離宮』、また、タウトの著作としてひろく読まれた岩波新書『日本美の再発見―建築学的考察―』（三九・六、岩波書店）や創元文庫『忘れられた日本』（五二・九、創元社）等は、いずれもタウトの没後に翻訳者の篠田英雄によって編まれたものである（本書第五章参照）。対して『ニッポン』『日本文化私観』は、タウト自身によって構成されており、断片的な感想の寄せ集めでなく、一冊の著作を貫く論理を備える。その論理の中で、桂離宮はどのような位置を占めるのか。以下、タウト著『ニッポン』『日本文化私観』から、絶賛したとか発見したとかとは違う形で、タウトの桂離宮を引き出してみたい。

二　天皇と将軍のアンティテーゼ――『ニッポン』

日本的なものとしての桂離宮

『ニッポン』は、日本への呼びかけからはじまる。「日本！　それはヨーロッパ並びにヨーロッパ文明の支配する世界にとって日出ずる国である」（「序説――何故に私はこの書を書くか」）。「序説」に続く「敦賀」は日本初上陸の印象を記した章で、その後の「伊勢」「桂離宮」も、伊勢神宮と桂離宮の印象を日本に来る前に立ち寄ったというギリシャの建築を引き合いに出しながら語る紀行文風の章である。桂離宮は、「一切の日本的なるものの規範」とされている、と説明されている。

こうした著者の経験にもとづく個別の建築物の印象を抽象し論理化するのが、続く「天皇と将軍」の章である。「天皇と将軍」では、桂離宮が「日本的」である所以が、「皇室と将軍家との意義を、それと平行的位置にある神道と仏教というものに関連せしめて」普遍的に解釈される。「天皇――将軍という日本の大きなアンティテーゼはまた同時に神道――仏教の反立でもある」。これが『ニッポン』の著者が提示する論理の図式である。

天皇と将軍、神道と仏教の対立は、それぞれ前者が「日本的」、後者が「非日本的」とされる。後者が「非日本的」とされるのは、「支那からの輸入であるがゆえ」である。[4]「アンティテーゼ」「反立」といった用語からわかるように、同書で用いられている論理は弁証法である。桂離宮は、日本的なもの（A）と非日本的なもの（非A）という対立図式の中に、その一方の側である日本的なもののほうに位置付けられるのである。

桂離宮を経て

「日本！」と呼びかけてはじまった『ニッポン』は、末尾の二章、「ニューヨークへ？」「否――桂離宮を経て！」で、現代の日本にメッセージを送っている。「ニューヨークへ？」という問いかけに「否」と答えるというふうに、最後の二章の章題はつなげて読むようになっている。摩天楼の並ぶニューヨークの方向へ行くのではなく、桂離宮を経るべきだ、という提言である。

現代の日本はヨーロッパやアメリカの影響下にあるが、かつて中国の影響を数世紀かけて「摂取同化」（「克服同化」）し日本化したように、今度もそれを「日本的なものへと変形」することを期待する、と著者は述べる。中国の影響がそのままあらわれている、従って非日本的である例が日光東照宮で、それと同時期の建築物に桂離宮がある。現代の日本も、中国的な日光東照宮に対する日本的な桂離宮のように、外国の影響を消化して日本的なものに向かうべきだ、というのである。

同様のメッセージは、『日本文化私観』でも繰り返される。『日本文化私観』は『ニッポン』の「続編」とされるが（付記参照）、それは単に二冊目の著作だからではなく、メッセージの一貫性という点でそう言える。『日本文化私観』にも、「日本！」という呼びかけ、「桂離宮を経て」というフレーズが見える。

三　床の間とその裏側――『日本文化私観』

床の間とその裏側のアンティテーゼ

『日本文化私観』が「本書の趣旨《ライトモティーフ》」に据えるのは、床の間である。タウトは、日本家屋における床の間が芸術を集める場所として建築の一部をなしていること、さらに壁一枚隔てたその裏側が芸術と関係のない場所、たとえば便所であることを面白がっている（図1）。(5)「壁一重を隔てて、お

図1　タウトによる床の間とその裏のスケッチ（『日本文化私観』ブルーノ・タウト著、森儁郎訳、明治書房、1936年10月）

よそこれ以上のものはないと云ってよい対立！　さらにこの対立によって示される二つの世界。」（「床の間とその裏側」）。

『ニッポン』にも床の間への言及はあるが、『日本文化私観』では床の間が、正確には床の間とその裏側の対立が、著作全体を貫く図式として選ばれている。巻頭の「床の間とその裏側」以下、「芸術」「絵画」「彫刻」「工芸」等の章では、さまざまなジャンルの対象にこの図式が適用されていく。たとえば彫刻について、「「床の間とその裏側」――このアンティテーゼには、日本の彫刻の運命が包含されている」。青年のスポーツ熱や泥酔について、「――床の間か、しからずんばその裏側かである」。芸術と金銭の関係について、「一方が芸術であるのに対して、他方は権力か然らずんば金銭、これは永遠のアンティテーゼである」、それは「ちょうど床の間の裏側に便所があっても、実際の使用のために尋ねる時の他は、便所のことなど口にすべきではないと同じである」。

このように『日本文化私観』において、床の間は文字通り家屋の一角にあるそれを指すだけではない。「芸術と非芸術、すなわち「床の間とその裏側」」というように、床の間とその裏側は、芸術と芸術でないものをあらわす比喩として用いられている。

この床の間とその裏側のアンティテーゼは、『ニッポン』の天皇と将軍のアンティテーゼに対応する。

前著『ニッポン』において、私は「天皇と将軍」のアンティテーゼのために、一章を割いておいた。この国を識るに従って、このアンティテーゼは、「床の間とその裏側」の象徴とともに、一層強大なものになって来ると云えよう。

『ニッポン』の天皇と将軍のアンティテーゼは、建築物では、桂離宮と日光東照宮に見て取られていた。『日本文化私観』でも、「桂の歴史的な規範ならびに同時に建造された日光、床の間とそしてその裏側」というように、桂離宮と日光東照宮は、床の間とその裏側の比喩によって言い換えられている。

再び、桂離宮を経て

この床の間とその裏側のアンティテーゼ、桂離宮と日光東照宮の対立を通じて、『日本文化私観』の著者はあるメッセージを発信する。『ニッポン』では、タウトは「ニューヨークへ」直行するのではなく、日本的な建築である「桂離宮を経」よ、と述べていた。「桂離宮を経て」というフレーズは、『日本文化私観』にも見える。

現代建築家はまず第一に、小堀遠州の道に進むべきか、それとも徳川初代の将軍家康の日光廟を建立した家光流の道に従うべきかということを熟と考えて見る必要があると思う。[…] 日本の建築家は真にこの点に鑑みて決断しなければならないのである。進むべきはただ一つしか有り得ない——桂離宮を経て建築術へ、しからずんば、日光廟を経て俗悪品へ。

タウトは現代の日本の建築家に、桂離宮と日光東照宮のどちらの道に進むのか、二者択一の形で迫っている。進むべき道は一つ、「桂離宮を経」るしかないのだ、とタウトは主張する。では、桂離宮を経由して、現代の日本はどこへ向かうべきだと言うのか。『日本文化私観』の結論、最終章のタイトルは「第三日本」である。

「第三日本」へ

「第三日本」とは何か。「第一日本」は伊勢神宮によって代表される。「第二日本」は中国の文化的影響を長年かけて「吸収同化」し「融和綜合」した日本で、桂離宮によって代表される。「「第三日本」――それは西欧の、地球上ほとんど正反対の位置にある世界の文化の吸収同化の後に現われる一つの渾一体《こんいつ》である」。

つまり「第三日本」とは、西欧の文化を「吸収同化」した後に出現するはずの、未来の日本である。その「渾一せる文化の国日本」は、まだ萌していない。しかし、「日本！　この語は今日もなお、その昔ながらの純潔の光輝を放っているのだ。病弊は未だ軽い。正しき道の見いだされるのもさほど困難ではあるまい。／第三日本／に到る道の見いださるることを衷心から希望して筆を措く」。いまはまだない「第三日本」に至る道が見出されることを希望すると述べて、タウトはこの書を締めくくっている。

『日本文化私観』の訳者である森儁郎は、「混乱錯雑した現代から真の文化的綜合による将来の日本、氏のいわゆる「第三日本」への道を暗示した警世の書」と同書を評している（「訳者の詞」）。「第三日本」とは、床の間とその裏側のアンティテーゼ、すなわち天皇と将軍、桂離宮と日光東照宮、日本的なものと非日本的なものの対立を止揚した先に浮かび上がる、ジンテーゼ（総合命題）

なのである。

「第三日本」という呼称からは、ナチスドイツの「第三帝国」が連想される。ナチスドイツは、神聖ローマ帝国を第一、ビスマルクの帝政ドイツを第二とした上で、それに続く第三のドイツ民族による帝国として自らを位置付けた。タウトはナチスに否定的な感情を持っていたが、過去の二つの段階の先に第三の国を描く論理は同型である。

同時代の建築雑誌に掲載された座談会で、ある建築家が「最近タウトが書いた本を読んだのですが、あれに第三日本文化とか、第三文化日本と云ふやうな言葉が御終ひの所に書いてある。あれは巧いことを云つたと思ひます」と発言している。(6)『日本文化私観』の「第三日本」を指すことは明らかだが、「第三日本文化」「第三文化日本」と、「文化」の語が追加されている。座談の場での不正確な引用と言えばそれだけだが、内容の理解としては的確である。タウトの「第三日本」は、「第三帝国」と違って民族ではなく、文化を基盤にするからである。タウトが将軍と対置する天皇は、「政治上の実権の掌握者」ではなく「日本の国土の、またその国民の、国民精神の、風俗の、文化の結晶」であり「日本独自の文化を代表」するとされていた(『ニッポン』)。

ただし、『日本文化私観』には、「第三日本」がどのようなものか、具体的な説明は見られない。タウトがその二冊の著作、『ニッポン』と『日本文化私観』において行ったことは、来るべき「第三日本」のヴィジョンの提示ではない。彼はそこに至る道筋を、その弁証法的な論理を示したのでである。タウトの桂離宮は、天皇と将軍すなわち日本的なものと非日本的なもの、床の間とその裏側すなわち芸術と非芸術、そのアンティテーゼの一方を構成する要素であった。桂離宮は、こうして文化としての日本というテーマの中に位置付けられた。

タウトは、世界の単一化は「非文化の、すなわち床の間の裏側の跳梁を招く」と述べている。インターナショナリズムではなく「日本的」であるべきだ、という主張だが、その「日本的」が、たとえば現代の建築においてどのようなあらわれをとるのか、これ以上は説明していない。桂離宮を経由する建築とは具体的にどのような建物なのか、議論を建築の領域に限ってもよくわからない。日本的なものが何であって、それが現代の建築においてどのように具現化されるのかという課題は、同時代の日本の建築家たちへと持ち越されたのである。

新興建築講演会

一九三三年五月、タウトを迎えた日本の建築家たちは、早速、来朝を記念して「新興建築講演会」を開催した。その中で行われたタウトの講演の内容は、新聞でも報じられた（「生活と建築／日本建築についての印象」「大阪朝日新聞」三三・五・一二）[7]。

講演会の全容は、建築雑誌「建築と社会」三三年六月号の特集によって知ることができる[8]。タウトの講演に先立ち、前座として複数の日本の建築家たちが挨拶や講演を行った。タウトを日本に招いた日本インターナショナル建築会の結成メンバーの一人、中尾保は、「日本に帰れ」と題した講演を以下のように締めくくっていた。

例へば桂の離宮が非常に佳い、法隆寺が非常に佳いと云ふと、それが佳いからと云つて、法隆寺や桂の離宮の形を取り入れやうと云ふので、今日鉄筋コンクリートを以て桂の離宮のカツフエや桂の離宮の学校、桂の離宮のお寺や法隆寺のやうな病院を拵えて見ても（哄笑）何の役にも立たない。［…］其のもの丶形体其の侭を写すと云ふことは間違つたことであります。［…］仍ちさう云ふ点をハツキリ頭に入れて置いて、今晩のタウト博士の講演もお聴き下さらないと、うつかりすればはき違へるやうなことが起きますから、私は老婆心ながら一寸御注意を申上げて置くのであります。

桂離宮がよい建築だとしても、桂離宮の形をコンクリートでそのまま写したようなカフェや学校を建てるのは間違いである。中尾はこのようにタウトの講演の前に念押ししている。意を迎えるような会場の「哄笑」が再現されているのも興味深い。会が開催されたのはタウトの来日直後で（タウトの講演は「私は日本へ参りましてから、まだ数日に過ぎませぬ」とはじまる）、既に桂離宮は訪問しているものの、タウト自身がまだ何も語っていない時点で、こうした牽制が行われていたのである。「新興建築」とはモダニズム建築の意であるが、講演会では「いわゆる「新興建築」とともに日本の歴史的建築について語られる部分も多」く[9]、「プログラムや講演者の顔ぶれからは、モダニズムと同時に「日本」への関心が読み取れる」[10]。タウトの講演を紹介する先の新聞記事にも、「日本建築界においても「日本にかへれ！」の呼び声が漸く高まらんとする時、日本建築に多大の関心をもつこの権威者を迎へたことは、日本独自の建築様式を正しく考察する上に大いに意義ありとされてゐる」という前置きが添えられていた。日本建築界における「「日本にかへれ！」の呼び声」とあるのは、中尾の演題を踏まえるだろう。

では、桂離宮、あるいは伊勢神宮や日本の建築について語ったタウトの言葉を、日本の建築家たちはどのように受けとめたのだろうか。次章では同時代の建築家たちの反応を検証する。

（1）ナチス政権下のドイツから逃れたため誤解されることが多いが、タウトはユダヤ系ではない。石川淳『白描』については、本書第三章参照。

（2）文中の引用箇所のうち前者は『日本文化私観』の中の「メランコリイ」の一節で、黒田清の序がこれと同様の切り取り方で引用している。後者は『建築芸術論』（四八・一〇、岩波書店）より。同書はタウトが日本で執筆した原稿をもとにトルコで完成させた本を、タウトの没後に篠田英雄が訳したものである。なお、いずれもタウトの全集・著作集の『桂離宮』（注3参照）には収録されていない。

（3）全集（全六巻（四巻欠）、四二・一一～四三・一二、育生社弘道閣）のタイトルは、順に「桂離宮」「日本雑記」「美術と工芸」「建築論集」「アルプス建築」。著作集（全八巻（四巻欠）、四六・六～四八・一一、育生社）は、「桂離宮」「日本の建築」「日本の居住文化」「現代の建築」「日本の芸術」「日本雑記」「批判と随想」。なお、決定版著作集（全五巻、五〇・八～五一・三、春秋社）は、第一巻が『ニッポン』、第二巻が『日本文化私観』（ただし、タイトルはタウトの原題をいかして「日本の芸術―ヨーロッパ人の眼で見た」）と、タウトの著作に応じた構成になっており、「桂離宮」というタイトルの巻はなくなる。

（4）講談社学術文庫版は「支那」を「中国」に改めている。

（5）タウトが三四年八月から二年余り住んだ高崎市の少林山達磨寺の洗心亭は、床の間のすぐ裏が便所という間取りであった。洗心亭は、その地域の農業指導をしていた東京農業大学学長の佐藤寛治のために建てられたもので、設計は佐藤の妻が行ったという。

（6）市浦健・大岡実・小野薫・権藤要吉・佐藤武夫・清水一・田辺泰・谷口吉郎・土浦亀城・藤島亥治郎・堀口捨己・山田守・吉田鉄郎、藤田金一郎（編集）「日本建築の様式に関する座談会」（「建築雑誌」三六・一二）。発言者は田辺。「日本とは」というセッションの中で、近代建築における「日本的」とは何かを議論している。

（7）谷崎潤一郎の「陰翳礼讃」はこの記事を踏まえるとされる（本書序章参照）。

（8）「新興建築講演会」の記事は以下の通り。「開会の辞」（竹腰健造）、「映画「現代フランス建築」の解説」（中西六郎）、「日本に帰れ」（中尾保）、「神話より空想へ」（瀧澤眞弓）、「日本に於ける折衷主義建築の功禍」（村野藤吾）、「日本建築と西洋建築との関係に就ての第一印象」（ブルノ・タウト、上野伊三郎通訳）、「ブルノ・タウト氏紹介」、「閉会の辞」（池田實）。

（9）桐浴邦夫「茶室建築特集号」（『モダンエイジの建築　『建築と社会』を再読する』二〇一七・三、日本建築協会編集・発行）。

（10）笠原一人「村野藤吾「日本に於ける折衷主義建築の功禍」」（『モダンエイジの建築』前掲）。笠原は「当時日本ではモダニズムが隆盛する一方で、帝冠様式などナショナリズムを背景として「日本」を表現する建築が流行していた。そんな中で、モダニズムを標榜する建築家にとっても、「日本」を表現することが新たな課題となっていた」と指摘している。

【付記】・『ニッポン』『日本文化私観』の引用は、明治書房刊の森儁郎訳の同題の本を底本とする講談社学術文庫版に拠った。『ニッポン』の初訳は平居均だが、『日本文化私観』と揃えるため、本章では明治書房から新訳として刊行された森訳に拠ることにした。明治書房は訳者の交代について、「昭和八年本書初版発行以来今日まで建築界はもとより、我国文化のあらゆる部面から異常な感激を以て迎へられた事実」を踏まえて、「このたび本書の続編たる『日本文化私観』の翻訳者森儁郎氏に依嘱し、全然翻訳の筆を新しくし、また写真版を整備して、決定的なものとして世に贈ることとした」と説明している（「あとがき」）。本書では踏み込まないが、訳者の交代だけでなく、版によって収録されている写真の量も異なる。東京のビルのコラージュ、ニューヨークの摩天楼とそれを横向きに変えた写真など、初版の『ニッポン』には日本の古い建築物だけではない写真が多数収められていた。沢良子は「日本におけるタウトの著作の多くが、タウトの意図とは切り離された事情から、図版の差し替え（削除、追加）や文章構成の変更がおこなわれた」ことを指摘している（「解題――「タウト建築論講義」について」沢監修『タウト建築論講義』二〇一五・三、鹿島出版社）。

・伊藤整『小説の方法』の引用は岩波文庫版（二〇〇六・六）、萩原朔太郎「日本文化の特殊性」は『帰郷者』（九三・八、中公文庫）、川端康成『虹いくたび』は新潮文庫版（六三・七→二〇一六・三）に拠った。

第二章　建築における日本的なものという主題――タウトと日本の建築家たち

一　「国際建築」の日本建築特集

特輯・日本建築再検　第一輯・数寄屋造

「国際建築」は、一九三四年一月、「特輯・日本建築再検　第一輯・数寄屋造」と題して、日本の古い建築を特集した。「国際建築」は海外の建築の新思潮や国内の建築家の新しい作品を紹介する建築雑誌で[1]、数寄屋造りのような古い日本の建築を特集するのは異例であった。特集中の岸田日出刀の「今回「国際建築」誌に於いて日本の古建築を新たなる眼で見直すことの計画あるをきゝ、些かをそき憾みなしとしないが、まことに慶ぶべきことだと思つた」、「国際建築はあまり西洋のもの丶紹介研究のみに片より過ぎはしなかつたか」という発言は、本特集の特異性をよくあらわしている。

特集には、前年から日本に滞在中だったタウトの講演録が収められている。論文は巻頭から順に、蔵田周忠「日本建築の国際性」、瀧澤眞弓「「日本的なもの」とは何か」、岸田日出刀「日本の古建築を見直す」、タウト「予は日本建築を如何に観るか」、藤島亥治郎「純正日本建築」と続く[2]。図版には、桂離宮など江戸時代から現代までの数寄屋造りの建物が並ぶ。堀口捨己は図版に自身が設計した家、論文に茶室論、さらに茶室用語・名称の図解に名前が見え、特集の中心を担っている。「日本建築再検」はこれが第一輯で、第二弾が続くことが予告されていた。同年七月の「特輯・日本建築再検　第二輯・民家」がそれに当たり、藤島亥治郎と考現学で知られる今和次郎が中心となって日本の民家を論じた。こちらは海外の民家も紹介していて、「国際建築」の他の号と大きくは変わらない。以下、本章では第一輯のみを指して日本建築特集と呼ぶ。

「日本趣味」批判としての「日本的なもの」

日本建築特集は、図版は数寄屋造りに限られるが、論文はひろく日本の古建築を論じる構えであった。たとえば瀧澤眞弓の「「日本的なもの」とは何か」は、「「日本的なもの」とはそもそも何であらうか」という問いかけからはじまる。この問いは、論文の結論部で「何がそもそも「日本的なもので《ママ》」あらうか」と繰り返され、次のように結論されている。

現代に於ける日本的なものとはいったい何であるか。［…］所謂日本趣味と称して作られた某々の建物が何と支那料理屋然たる事ぞ。日本的なものとは単なる「型」ではない。日本精神はあの軍人会館の様式に在るのではなくて、あのわが海軍の軍艦の様式にある。メートル法を最も早く採用した陸軍が最も日本的な存在となつた。重ねて言ふ、日本的なものとは型ではない。況んや祖先の「創造」した完成形態を現代に於て「模倣」する事ではない。

論文の導入部では、「「日本的であった」所のもの」の「実例」として、神社や茶室、民家が挙げられていた。それら過去のものに対して、現代における「日本的なもの」とは軍人会館の様式ではなく軍艦のそれだ、と瀧澤は「日本的なもの」とは何かを具体例によって説いている（ただし、その例は建築ではない）。

軍人会館は、鉄筋コンクリートの建物に寺院のような瓦葺の屋根をのせた建物で、設計競技《コンペ》を経て、このとき建設中であった(3)。同時期の東京帝室博物館とともに一九三〇年代の「日本趣味」建築を代表する建物で、これらの建物の様式《スタイル》は後に帝冠様式と呼ばれる(4)。屋根で古建築の形を模倣し再現する「日本趣味」建築への批判は、特集に寄稿した日本のモダニズム建築家たちが共有する前提であった。やや先走って言えば、「日本的なもの」とは、「日本趣味」批判のフレーズなのである。

タウトと日本の建築家たち

一九三〇年代の建築界の「日本的なもの」をめぐる議論には、「日本趣味」建築批判という文脈があった。では、その時代の日本の建築家たちにとって、ひいては日本の近代建築史において、タウトとは何であったのか。

「国際建築」の日本建築特集は、タウトと日本の建築家たちの関係を考える手がかりになる。特集中の「予は日本建築を如何に観るか」で、タウトは桂離宮を同時代の日光東照宮に対置して称賛し、伊勢神宮について、特に外宮をギリシャのアクロポリスに比し、世界の建築家が巡礼するべき聖地だと述べている。同様の内容は『ニッポン』等のタウトの著作でも述べられており、この講演録で特に注目すべき発言がなされたわけではない。しかし特集の中で、また特集の寄稿者である日本の建築家たちの言説の中で、このタウトの講演録は重要な意味を持っていた。

日本語を読むことができないタウトは、代わりに図版を「仔細に点検」(編輯部)し、特集の翌月号に「古日本と新建築」という「異議を表明する論考」を寄稿した。[5]「異例にも日本の伝統建築の新古の作に満たされてゐる事によつて吾人をことの外驚かせた」特集に自身の論考が掲載され「又私の名が他の各所に引用されてゐるのを見受けるに就て、こゝに一言することを許されたい」とはじまるタウトの抗議は、自説を繰り返すその内容より、特集が彼自身の主張とはずれたところで、日本の建築家たちにとって意味を持ったことを示す点で興味深い。タウトは日本建築特集について、「全体の印象から言うと、私の論文に正面から反対でもするかのような気味合いだ」と日記に記していた（三四・一・一七）。

滞日中のタウトと親しく交際し、各地の案内や生活の世話をした建築家には、上野伊三郎や吉田鉄郎らがいる。本章で検証するのは、そのようなタウトその人との接点ではない。日本の建築について考える上で――特集のタイトルに倣って言えば「日本建築再検」に当たって――タウトの存在が何であったかである。たとえば建築家たちの日本建築論は、タウト以前と以後で変容したのかどうか。

以下では、まず特集の寄稿者である同時代の建築家たちのタウトへの言及を、岸田日出刀（一八九九〜一九六六）と堀口捨己（一八九五〜一九八四）を中心に検討する。次いで、後続の世代として丹下健三（一九一三〜二〇〇五）、さらに磯崎新（一九三一〜二〇二二）を取り上げる。

二　タウトを借りる——岸田日出刀・堀口捨己

岸田日出刀『過去の構成』

日本建築特集の岸田日出刀の論文は、「私が「過去の構成」を著してからもう数年経つた」とはじまる。『過去の構成』（一九・一二、構成社書房）は、特集の約四年前に刊行された日本の古建築の写真集である。「現代日本の一建築家」の眼を通じて「過去の日本の建築」に「「モダーン」の極致ともいふべきものを見出」す試みで、著者自身が撮影した古建築や仏像の写真に短い文章が添えられている（写真の一部は藤島亥治郎の撮影）。岸田は「過去の日本の建築を新しい眼で見直した最初の書」と自負していた（序）。

『過去の構成』の建築家たちへの影響は大きかった。(6) 日本建築特集でも、「吾々はこの著に盛られた数々の日本建築の写真から、近代の建築が動き行く姿勢のそれを見る、進み行く方向のそれを認めることが出来ると思つた程だつた」と感謝の言葉を述べる論者がいる（佐藤武夫）。蔵田周忠の論文にも、「「過去の構成」に新らしいものを発見する目」と、岸田の著書のタイトルを織り込んで「過去を現代の目で見直す」眼を言いあらわす箇所がある。蔵田はそのような眼で見なおすと古建築に「不思議な位の近代性があるのに今更驚嘆する」、「過去の日本建築に新らしい国際性が見出される」と述べるが、これは岸田が『過去の構成』を通じて主張した命題そのままである。『過去の構成』は、工場や飛行船、軍艦等の写真を集めた『現代の構成』（三〇・二）とともに五〇〇部限定で出版され、三八年に『過去の構成』のみが別の出版社から再刊されている（三八・三、相模書房）[7]。建築史家のブノワ・ジャケは、再刊に際し桂離宮の写真が追加され、そこに以下のようなタウトへの言及が加筆されたことを指摘している[8]。「造形上の意匠に少し深い感覚をもつ西洋人なら、かうした棚のよいことが直ぐ判る筈、ブルノ・タウトが日本の建築を親しく見て、伊勢神宮と桂離宮の建築こそ、日本が世界に誇りうるもの、世界建築界の聖地がここにあると悟得したのも宜なる哉である」。

　実は同書の再刊には、日本建築特集が関与していた。入手困難になっていた『過去の構成』の再刊が決まったのは、岸田の建築論集『甍』（三七・八、相模書房）に収められた「日本の古建築を見直す」がきっかけだったという（再刊の序）。『甍』の「日本の古建築を見直す」の章は、「左に、ブルノ・タウト教授の「予は日本の《ママ》建築を如何に観るか」の小文を拝借して小稿を終り度い。それは私の言はんとするところの急所に触れてゐる。私自身の言葉では反響が小さい。世界の建築家ブルノ・タウト教授の言とあらば、すべての人がなるほどゝ肯くだらう」とあった後に、タウトの長い文章が続く。タウトの文章は七ページ分もあり、岸田の文章に戻ることなく章が終わることもあいまって、引用としてはバランスを逸しているように見える[9]。

岸田が『甍』で引用するタウトの文章は、日本建築特集の「予は日本建築を如何に観るか」の全文である。特集では、タウトの文章は岸田の論文の次に、ページを改めて、独立した論文として収録されていた。ただし、これももとは岸田の文章にそのまま続いていたようだ。誌面では、「下に、ブルノ・タウト教授の「予は日本建築を如何に観るか」の小文を拝借して小稿を終り度い」云々とあった下に、「本稿に附せられたブルノ・タウト教授の「予は日本の《ママ》建築を如何に観るか」の小文は筆者並にブルノ・タウト氏の了解を得て別稿にした」という編集者による注記がある。岸田の文章の下の空いたスペースには、埋め草のように岸田撮影の桂離宮の写真が貼り付けられている。つまりタウトの文章は、『甍』と同じように、当初は岸田の論文の中にあったと推測される。なお、翻訳者は岸田である。(10)

岸田の『過去の構成』はタウトの来日以前の著作で、タウトへの言及を加筆したと言っても、改訂版の主旨が変わっているわけではない。しかしタウト以後の岸田が、日本の古建築を論じる中で繰り返しタウトの名前を挙げ、タウトの言葉を引用していることも事実である。岸田は、自分が言いたいことをタウトの言葉を「拝借」して言う、と説明している。「拝借」することで、岸田はタウトを自説の中に取り込むのである。

日本建築特集の数ヶ月後に刊行されたタウトの日本での最初の著書『ニッポン』(三四・五、明治書房)は、岸田の序文「ブルーノ・タウト氏に就て」を巻頭に置く。岸田は「外国人の日本観といふものにはあまりに私共は慣れすぎてゐる」がタウトは「日本の建築を、更に深く日本そのものの真髄をその根本に於てとらへようと、努力せられ」たことをたたえた。タウトの経歴を紹介して読者に推薦する定型的な序文だが、そのあとに続くタウトの本文が、まるで岸田による長大な引用のようにも見えてくる。

堀口捨己「建築における日本的なもの」

堀口捨己もまた、一九三〇年代の建築論でタウトを引用している。特集の数ヶ月後、三四年五月号の「思想」の日本精神特集号に掲載された論文「建築における日本的なもの」がそれである。伊勢神宮に関連して、「最近この建築を見たドイツの建築家のブルーノ・タウト氏は［…］最大級の叙述を以てその感動を述べてゐた」として引用されるのは、日本建築特集のタウトの講演録の一節である。磯崎新はこの引用について、「タウトの文章など引用する必要もない文脈なのだが、それでも敢えて挿入する」と評している(11)。

堀口は後年、「何々における日本的なるものなどといふ題は、その頃は珍らしく、先駆けのものであつた。その頃の建築における日本らしさは、その頃行はれた鉄筋、鉄骨コンクリート造りで、日本の古い寺のやうな屋根や、城のやうな姿を表はすことでしかなかつた。そのやうな傾の考へ方や、建物に憎しみすら抱いた」と自らの論文の文脈を説明している。[12]「日本趣味」建築批判の言だが、注目したいのは、「何々における日本的なるものなどといふ題」が新しかったと振り返っている点である。日本建築特集に瀧澤眞弓の「「日本的なもの」とは何か」と題した論文が掲載されていたことは既に述べた。建築に関連して日本的なものを問うのは、堀口が最初ではないが、何々における日本的なもの、すなわち建築における日本的なもののことだとすると、なるほどそのような主題の提示には新鮮さがあったのかもしれない。[13]

堀口は、これに先立って「思想」三二年一月号に発表した論文「現代建築に表れたる日本趣味について」でも、東京帝室博物館の設計競技を話題に、「要するに現代建築界が特に日本趣味と称するものは材料構造を異にした過去の様式の其侭、或は其一部詳細の模倣再現を意味してゐる」として「日本趣味」建築を批判していた（この論文は板垣鷹穂との共編の『建築様式論叢』（三二・六、六文館）の巻末に収録されている）。

「現代建築に表れたる日本趣味について」はタウト以前の、「建築における日本的なもの」はタウト以後の日本建築論である。二つの論考はいずれも「日本趣味」建築への批判を旨とするが、両者の間には、現代の「日本趣味」建築を批判することから「日本的なもの」のフレーズによって日本の古建築を論じることへという論点の移動が見られる。「建築における日本的なもの」の堀口は、「建築における「日本的なもの」とは、日本の民族と国土との特徴を建築の中に、何らかの意味で、持つてゐるものを指す」と規定した上で、中国の建築の模倣ではあるが部分的な取捨選択や改変にそれが見出せるケースと、「根源的に日本民族の所産と考へるべきもの」を区別した。後者に相当するのは、神社や民家、茶室だという。

「日本趣味」建築を批判するのに、建築における日本的なものという主題をセッティングする。このような構えは、「日本」を批判する対象の側ではなく、論者側に奪還することを可能にしたのではないか。

タウトの威を借りる

岸田日出刀は、伊勢神宮と桂離宮を称賛したことをタウトの功績と認めた上で、それはタウト以前から知られていたことだと何度も釘を刺している。「由来日本人は外来のものを崇拝することの好きな国民だ。心ある建築家ならば敢てタウト教授に教へられるまでもなく、伊勢神宮と桂離宮の建物が古今を超越した絶世の傑作であること位は既に承知してゐる筈である。タウト教授に言はれて始めてさうなのかと感じ入る人もあるまいが、タウト教授といふ異国人の語るのを聞いてはじめて自国の建築のもつよさを認識するといふやうな種類の人もないではないやうに思はれる」（「日本の古建築を見直す」、傍点原文）、といった具合である。(14)

同様の発言は、同時代から現在まで多くの建築家によって重ねられてきた。たとえば日本建築特集の寄稿者の一人である藤島亥治郎は、ラジオ新書『ブルノ・タウトの日本観』(四〇・一一、日本放送出版協会)で、「実をいふと伊勢神宮と桂離宮が日本建築中傑出した建築であることぐらゐは、タウト氏が取り立てていつて呉れなくても、心ある建築家からは早くから知れてゐたので、タウト氏の言葉はいまさらの感なきを得ない」と述べている。

一方で、狐が虎の威を借りるように、建築家たちはタウトを、その発言を引用しその名前に言及し、自分たちの古建築論の中に取り込んだ。桂離宮や伊勢神宮といった特定の対象の評価ではなく、さらには発言の内容が建築家たちの議論に影響を与えたということでもなく、タウトはその置かれた文脈に意味があったのだと考えられる。

日本建築特集は、個々の論文の内容というより、「国際建築」という雑誌において、モダニズム建築家たちの中にタウトが並んで、その面々で日本の古建築を論じるという企画自体によってある方向性を示した。建築家たちにとって日本の古建築を再検討することは、「日本趣味」とは別の仕方で「日本」を語る試みであった。タウトが引き入れられたのは、そのような文脈であった。岸田が言うように、タウトが「外来のもの」「異国人」だからか(15)。そうかもしれない。ただしそれはテーマが日本に関わるためだろう。タウトと同じ位置から、タウトと声を合わせて建築における日本的なものを語る――日本の建築家たちはそこにタウトの置き所、つまり適切な使い道を見出したのである。

三　タウトを消去する、タウトを呼び戻す――丹下健三・磯崎新

もはやタウトについて言う必要はない

ただし、タウトは引用され、威を借りられているが、同時にその発言の価値を打ち消されてもいた。「タウト教授に教へられるまでもなく」、「タウトの言葉はいまさらの感なきを得ない」といった岸田や藤島の口ぶりは、両義的《アンビヴァレント》である。

日本建築特集が示した方向性は、こうした両義的な反応をともないながら、戦後、一九五〇年代の建築史の概説書に引き継がれ、定説となっていった。一例として、『建築学大系6　近代建築史』（五八・八、彰国社）の一九三〇年代の記述を参照しよう（引用は日本篇の「Ⅱ　日本近代建築史」の「2　日本における近代建築思潮の形成」より。執筆は神代雄一郎）。

同書は、まず先述の堀口捨己の日本建築に関する論文を発表年を添えて挙げ、「日本の伝統建築を様式や形式としてではなく、その背後にある精神的なものから捉えたのは、恐らく堀口が最初であろう。そして1933年にはタウトも来日する」と、それに続く形でタウトの来日に筆を及ぼし

ている。

もはやタウトについていう必要はないかもしれない。このナチに追われて来日したドイツの近代建築家は、吉田鉄郎や上野伊三郎といったよき案内人を得て、伊勢神宮や桂離宮などに、近代建築の目ざす合理性・機能性・即物性のあることを発見し、「日本美の再発見」「日本の建築」「ニッポン」「日本文化私観」などを著わしてそれを礼讃したのである。1934年正月の「国際建築」はタウトを交えた10人ほどの人たちで「日本建築再検（第1輯数寄屋造）特輯」を行った。

タウトの著作を伊勢神宮や桂離宮に近代建築に通じる性質を見出して礼賛したものと紹介し、「国際建築」の日本建築特集に接続している。しかもこの記述は、もはやタウトについて言う必要はない、と断った上でなされている。

続く箇所では、日本の古建築の価値をひろめた点にタウトの功績を認めつつ、「近代的な構成や機械的な表現との類似を、伊勢神宮から桂離宮への系譜に発見してこれを天皇芸術と呼」んだことについて、「刑事につきまとわれ、美濃部達吉の天皇機関説事件（1935）におののきながら、彼の不思議な「天皇芸術と将軍芸術」の系譜わけができ上ったのではないだろうか」と疑問を呈している。[16]「たまたまタウトの来日が、日本の伝統建築と近代建築の類似を指摘するが、天皇芸術という不思議な呼び名は日本のファッシズムのうちに吸収されてしまう」というのが総説である。タウトが伊勢神宮や桂離宮を天皇と結びつけて評価したことは、ファシズムにのみ込まれることであったと指弾されるのである。

翻って、一九三〇年代の建築家たち、たとえば岸田日出刀や堀口捨己は、タウトの伊勢神宮や桂離宮への評価を参照しながら、天皇と将軍の対立図式には言及していない。藤島亥治郎の『ブルノ・タウトの日本観』はタウトの著作を紹介する書なのでさすがに触れているが、「「天皇趣味」といひ「将軍趣味」といひ何となく外人臭のある言葉だ」と微妙な口ぶりである。藤島は伊勢神宮については、「伊勢神宮の御建築を批判しまつることや、外国の建築と比較し奉ることこそ畏れ多い極みであるが」と断った上で、パルテノンと比べることも正しくない、それは古今に比べるものがなく「パルテノン以上の真の建築だと確信するのである。これは過ぎたる言葉であらうか」と過剰にへりくだり、過剰にあがめるようにして、パルテノンに比肩するとしたタウトの評価を修正する言葉を付け加えている。同様の評価の差し控えや修正は、他の建築家の発言にも見られる。[17]

タウトの存在は日本の建築家たちにとって都合のいいものであったが、その議論の中には都合の悪い、慎重に扱うべき点があったのである。しかもそれはタウトの著作を貫く論理であった（本書第一章参照）。

丹下健三『桂』『伊勢』

タウトに対する戦後の反応の例として、丹下健三が制作に携わった二冊の写真集、『桂・日本建築における伝統と創造』（六〇、造型社）と『伊勢　日本建築の原形』（六二・二、朝日新聞社）を挙げよう。なお、丹下の著作の中で建築物をタイトルにした書物はこの二冊のみである（以下、『桂』『伊勢』）。[18]

『桂』と『伊勢』の写真は、それぞれ石元泰博と渡辺義雄という写真家の撮影になる。[19]かつて岸田日出刀は『過去の構成』で日本の古建築に見出した近代性を写真によって可視化しようとした。後進に影響を与えたこの写真集は、しかし現在の眼からみると、岸田が撮影した肝心の写真が案外素朴で拍子抜けする。丹下は石元や渡辺と組むことで、岸田が意図しても実現できなかった水準で、桂離宮や伊勢神宮の新しい見え方を引き出している。

と同時に、丹下は桂離宮と伊勢神宮を日本的なものとは別の系譜に位置付けようとしている。たとえば『桂』では、「記念碑的性格」の稀薄さという「空間の移ろいやすさ」は「いわゆる日本的と呼ばれているところのもの」であり、[20]桂離宮にはそのような「王朝的文化」の伝統が認められるが、一方で民衆のエネルギーが創造性を与えているのだと主張される（序）。

『桂』では、丹下による序と丹下の論考の間にバウハウスの創立者であるドイツ人建築家、ワルター・グロピウス（一八八三〜一九六九）の論考が並んでいる。丹下は、日本を訪問したグロピウスが桂離宮に「近代性を見出」し、日本の「伝統と現実」に理解を示したことへの感謝を記している。グロピウスの論考は、桂離宮と日光東照宮を対置するくだりなど、タウトの言葉と見紛うような内容である。「民主」といった戦後的な価値も加えているので、戦後に再来日したタウトかのようだ。

むしろこう言うべきだろう。桂離宮と伊勢神宮を表題にしたこれらの本にはタウトの名前が不自然にないのだ、と。桂離宮を天皇の系譜に位置付けたタウトに対し、『桂』は桂離宮に民衆的なものを認めようとする。(21)丹下は『伊勢』ではタウトが伊勢神宮を称賛したことをグロピウスと並べて紹介しているが、ここでもタウトが天皇の系譜としての日本的なものに位置付けた伊勢神宮が、民衆のものへと置き換えられている。『伊勢』には縄文の面や土偶、ストーン・サークルの写真など、伊勢神宮とも伊勢という土地とも無関係な写真が混ざっている。伊勢神宮は、天皇と結びついた神話的な古代から、土器の発掘による考古学的な古代へと置きなおされるのである。

磯崎新『建築における「日本的なもの」』

直接もしくは間接にタウトを知っていた建築家たちのこうした反応は、(22)否認の身振りのように思われる。タウトの名前は、一九五〇年代以降、近代建築史の記述において抑圧され消去されていく。

この場合のタウトとは、天皇の系譜として描かれた日本的なものの賛美者である。

そのタウトを再び議論の場に呼び戻したのが、丹下健三の弟子の磯崎新であった。磯崎は、「批評空間」連載（九九・四〜二〇〇〇・四）の批評をもとにする『建築における「日本的なもの」』（二〇〇三・四、新潮社）で、一九三〇年代の建築界における日本的なものをめぐる議論について、ここに論じるべき問題があると示した。[23] 同書のタイトルは、堀口捨己の論文「建築における日本的なもの」を踏まえる。

磯崎によれば、タウト以前に用意された言説があり、そこに登場したタウトを契機として、堀口が立てたのが「「日本的なもの」という問題構制」である。磯崎の議論は、タウトという一建築家ではなく、タウトが登場した場を論じる視座を示すものであった。後に磯崎は、「堂々めぐりの思考をやりながら、「日本」を「日本的なもの」を介して批判することが、この「日本」に近代性《モダニティ》をつくりだしたのだったと理解するようになった」と述べている。[24]

「日本的なもの」を介して「日本」を批判することが「日本」に近代性をつくったとは、レトリカルな言い方である。本章の議論に引きつけて敷衍するなら、一九三〇年代の建築界では、「日本的なもの」とは「日本趣味」建築批判のフレーズであった。モダニズム建築家たちは「日本趣味」建築批判の文脈で、日本の古建築を事例に、タウトを借りながら建築における日本的なものを論じた。それは「日本趣味」とは別の仕方で「日本」を語る試みであった。「日本」は、こうしてモダニズムの問いになったのである。

建築における日本的なものという主題

本書が以下の章で記述しようとするのは、この建築における日本的なものが、建築界の外で、小説家たちの主題にもなっていたことである。なぜ建築だったのか。要因はいくつか想像されるが、建築における日本的なものという主題を立ち上げるとき、日本の建築家たちがタウトを借りたことは大きかったと思われる。タウトは建築雑誌以外の一般の雑誌や新聞に登場し、著作も読まれた。タウトは建築界の内外をつなぐ一種の共通言語になったのである。

磯崎新は、「タウトが発見した日本は文化的問題構制としての「日本」である」と指摘する。[25] タウトの「発見」というと、桂離宮の発見者かどうかといった特定の建築物の評価に関するプライオリティが論じられるが、そうではなく、タウトが桂離宮や伊勢神宮といった建築を通して語った「日本」が日本文化――文化としての日本――であったことに意味があったのだと考えられる。文化としての日本を語るのに、タウトのような建築家や、桂離宮のような建築物、あるいは建築論を手がかりにする。それが建築における日本的なものという主題と本書が呼ぶところのものである。

一九三〇年代を起点に、建築を通じて「日本」を語るという方法が、建築界の内外で行われた。

本書では、複数の事例を示すことで、この主題のひろがりを描き出す。また、個々の事例を分析することで、その中に含まれる思考を抽出する。事例は点在していて、表現はそれぞれの形態を備える。Aと書いてあればAという意味であるわけではない。アイロニーや韜晦、屈折が織り込まれている場合もある。本書では、小説家たちが話題にする建築家や建築物、建築論を広義の比喩《レトリック》と見なし、その表現を同時代の文脈の中で読み解く。ごちゃまぜの色の毛玉たちから同じ一つの色の糸だけを注意深く引き出してつなぐように、以下、複数の事例から建築における日本的なものという主題を引き出してみたい。

（1）二八年一月創刊、四〇年九月終刊、五〇年七月再刊、六七年六月廃刊。戦前の特集テーマには、アメリカやロシアの現代建築、ル・コルビュジエら同時代の海外の建築家、鉄筋コンクリートやオリンピック競技場といったトピックが選ばれている。

（2）論文は以下、佐藤武夫「蔵の中の祖父」、板垣鷹穂「一つの警告」、堀口捨己「有楽の茶室・如庵」、木村栄二郎「曲がり木」、本野精吾「日本古建築の機能的要素と近代思想」（エスペラント語）。

（3）三〇年にコンペ、三二年に着工、竣工は三四年三月。後に九段会館と改称。題は表紙や目次と異なる場合があるが、中の表記に従う。

（4）東京帝室博物館や帝冠様式については、本書第七章参照。「国際建築」でも東京帝室博物館に関する論考が集められており（三一・一）、コンペティション特集も組まれている（三一・六）。

（5）日埜直彦『日本近現代建築の歴史　明治維新から現代まで』（二〇二一・三、講談社）。日埜は、「タウトの異議は、タウトの見方と［岸田や堀口が組み立てた］〈日本＝モダニズム神話〉が異質であることをはっきり示している」とし、これを根拠に、岸田や堀口らが「タウトのテクストを強引にモダニズムに引き寄せて読み、またバランスを省みず一部を切り出すことによって、牽強付会的な解釈」を行ったこと、すなわち「タウトを受け止める日本側にはバイアスが存在し［…］バイアスのかかったタウトの名の利用は続いた」ことを指摘している。

（6）岸田の追悼座談会「先生を想う（第一座談会）」（『岸田日出刀』上、七二・三、相模書房、吉武泰水編）で、堀口と丹下が同書に感銘を受けたと語ると、浜口隆一が「タウトがそういうようなことをいう、かなり前なのですね」と受け、佐藤武夫が「「過去の構成」は岸田さんのヒットだった。［…］われわれの眼を開いてくれた」、市浦健が「あれは、堀口先生が一番われわれを啓蒙して下さって、それが建築界全体の目を開いたんじゃないかとわたしは思うのですけれども。岸田先生や堀口さんは同じグループで、ずっと主張しておられたのです。それでタウトが来た時、タウトにそういうふうな見方を、ある程度指導したのはやはり本当に日本人だと思うのです。しかしタウトが来てから、彼の書いたものを通じて伊勢神宮とか、桂の価値が、一般の人に知られて、日光は駄目だということなどもタウトがいったので、他の人もそうかと思うようになった。あれには一寸憤慨したのです。その前に日本人が主張していたのだということを、われわれはいいたかったのです」と発言している。

（7）同書は戦後にも復刊されている（五一・一、相模書房）。『現代の構成』は初刊のみ。

（8）ブノワ・ジャケ「桂離宮とその庭園―1930年代における日本建築の近代性の発見―」（『お茶の水女子大学比較日本学教育センター研究年報』二〇一一・三）。

（9）井上章一は『甍』のこの箇所を引いて、「このあと、タウトの引用がえんえんとつづいて末尾にいたる。ずいぶん屈折した文章である。岸田の無念のほどがうかがよう」と評している（『つくられた桂離宮神話』八六・四、弘文堂→九七・一、講談社学術文庫）。

（10）講演録は再録。初出の「帝国大学新聞」（三三・一一・六）では「日本古建築巡礼」の題で、「真の日本的な建築に芸術家らしい燃える熱愛を示してゐる」とタウトを評する岸田の前書き付きで掲載された。

（11）磯崎新『建築における「日本的なもの」』（二〇〇三・四、新潮社）。

（12）「建築における日本的なもの」を収録する『草庭　建物と茶の湯の研究』（四八・九、白日書院）の「はしがき」。

（13）「思想」の日本精神特集号で、堀口の論考は「絵画に於ける日本的なるもの」（金原省吾）、「音楽に於ける日本的なるもの」（須永克己）と並んでいる。この号は、「日本精神について」（津田左右吉）・「国民的性格としての日本精神」（長谷川如是閑）という概論と、絵画・音楽・建築の各論からなる。タイトルは他と揃えられているため、編集部から指定されたものかもしれない。

（14）最も強い口調なのは、『建築学者伊東忠太』（四五・六、乾元社）で、「ここで一言わたくしはタウトのことに言及したい」と唐突に挿入される以下の一節である。「タウトの言葉によつて、建築としての伊勢神宮の尊さや桂離宮の美しさを始めて識つた日本人があつたのだつたら、その妄たるや度しがたいものがあるといはねばならぬ。それは、同じことが言はれて語られても、外国人の言葉を日本人のそれよりも高く認めるといふ嗤ふべき自己冒瀆の一例にすぎない」。なぜなら伊勢神宮の尊さや美しさは「タウトが指摘するまでもなく」既に伊東が道破しているから、というのである。なお、伊東はタウトが伊勢神宮を褒めていることを、滞日中の会話や著作を引いて何度も嬉しそうに紹介している（『神社建築に現れたる日本精神』三五・一〇、日本文化協会出版部、日本文化小輯第九他）。

(15) 藤島亥治郎は、桂離宮を評価したのは「欧人」にしては珍しい感覚であり、「東洋人的哲学感」がある、とタウトを東洋人化している（『ブルノ・タウトの日本観』前掲）。これも一種の反応なのだろう。

(16) 後半の引用は、同書の「ファッシズムに屈したものと抗したもの」という見出しの項より。タウトの日記には、天皇機関説事件への言及や、刑事につきまとわれた経験が記されている（三五・四・一一、五・二九）。

(17) たとえば佐藤武夫は日本建築特集で、タウトの評価を仄聞したとして、「真の日本建築を懼れ多くも伊勢の大廟と桂離宮とに発見したといふ。彼亦具眼の士なる哉と茲に於てか叫ばざるを得ぬが、敢て併乍らこの二造営のみを挙げるに止まる必要はない」と述べている（「蔵の中の祖父」）。伊勢神宮の「大廟」という呼称については、本書第七章参照。

(18) 単著ではないものの、序文は丹下の単独の署名で、写真撮影にも同行している。丹下の本のように見えるが、『桂』の解説の執筆は堀口と丹下が候補になり、堀口に『桂離宮』（五二・九、毎日新聞社、佐藤辰三（撮影））があったために丹下が選ばれたという（森山明子『石元泰博―写真という思考』二〇一〇・五、武蔵野美術大学出版局)。

(19) 石元泰博(一九二一〜二〇一二)はアメリカの大学の建築科を経て、バウハウス系の学校で写真を学び、五四年に来日して桂離宮の撮影を行った。五七年、「日本のかたち」「桂離宮」等で日本写真批評家協会作家賞受賞。八一年、改修を終えた桂離宮を再び撮影し、磯崎新・熊倉功夫・佐藤理との共著『桂離宮　空間と形』(八三・一一、岩波書店)を日本やドイツ等で刊行した。渡辺義雄(一九〇七〜二〇〇〇)は板垣鷹穂の紹介で堀口捨己の知己を得て、戦前からモダニズム建築の写真を発表していた。五三年に写真家としてはじめて許可を受け伊勢神宮の御垣内を撮影、以後も式年遷宮の際に三度撮影。堀口が解説を寄せた『伊勢神宮』(七三・一〇、平凡社)で毎日芸術賞受賞。渡辺はタウトが伊勢神宮の「建築美を絶賛していた文章を読んだことがある」という(「はじめに」『渡辺義雄の眼　伊勢神宮』九四・八、講談社)。

(20) 日本的な空間に関する議論は、浜口隆一の議論を踏まえると推測される。浜口隆一の日本建築論については、本書第六章参照。

(21) そこで参照されたのが、縄文的なものと弥生的なものという五〇年代の伝統論争の用語であった。『伊勢』は、論争の仕掛け人だった建築雑誌の編集者・川添登との共著である。伝統論争の起点となった岡本太郎の縄文土器論については、本書第五章参照。

(22) 丹下は学生時代、タウトのデザインした工芸品を扱う井上房一郎の店、銀座のミラテスの客だったらしい(井上房一郎『私の美と哲学』八五・二、あさを社)。井上とミラテスについては、本書第三章参照。

（23）対談集『建築の一九三〇年代――系譜と脈略』（七八・五、鹿島出版社）など、磯崎にはこのテーマに関する論考や発言が多数ある。遺著となった『デミウルゴス　途上の建築《アーキテクチュア》』（二〇二三・一〇、青土社）まで関心は一貫している。

（24）磯崎新「反回想1　散種されたモダニズム（著者解題）」（『磯崎新建築論集1　散種されたモダニズム――「日本」という問題構制』二〇一三・二、岩波書店）。同様の内容は次のようにも説明されている。「難民」（「知的流民」）であるタウトは、生き延びるためにその地で「天皇的＝「ほんもの」」と将軍的＝「いかもの」」の二分法を編みだし、「日本的なもの」が問題構制とされる契機をつくった」。堀口は「日本趣味」建築に対して「その逆手をとってアイロニカルに「日本的なもの」を問題構制する」。すなわち「問題構制としての「日本的なもの」は、堀口捨己がたてたモダニズム救出の戦略であった」（『デミウルゴス』前掲）。

（25）磯崎新『デミウルゴス』（前掲）。引用は坂口安吾のタウトへの反論を説明する箇所。安吾のタウト論については、本書第五章参照。

II

フィクションの中の建築家

第三章　ブルーノ・タウトと日本の風土——石川淳『白描』と井上房一郎

一　タウトと井上房一郎

『白描』の梗概

『白描』は、一九三九年に「長篇文庫」に連載された、石川淳の最初の長篇小説である(1)。連載の第二回、三・四章が掲載された同誌の四月号には、一・二章の内容が紹介されている。以下がその「白描——前回までの梗概」の全文である。

椅子職人勘吉の息子の鼓金吾と云ふ少年が柏木に住む画家リイピナ夫人の許を訪れる。夫人一行が旅行に出るので、留守中その家に泊つて、彫刻家にならうと決心した少年は牡丹の浮彫を一つ仕上げるつもりでゐる。また、ちようどその家に有名な建築家クラウス博士が来合せてゐたので、少年は博士の指導を受ける機会を願つてゐる。少年の紹介者であり、柏木の家の持主でもある中条兵作は表面美術家を保護するやうな恰好を装つてゐるが、肚の中はあやしげな人物である。さて、夫人たちは出発した。そのあとで、少年が夫人の画室をのぞくと、描きかけの画布がそこにあつた。未知の美しい少女の像である。少年は一目で常ならぬ感動を受けた。その時玄関でベルが鳴つた。出て見ると、その画面の少女が戸口に立つてゐて、いきなり少年の名を呼びかけた。（時は昭和十一年夏）

椅子職人の息子で彫刻家を志す主人公の少年・鼓金吾が対面した少女は、中条兵作の姪の一色敬子であった。金吾は連載の初回、一・二章の段階で、中条兵作、リイピナ夫人、クラウス博士、敬子と次々に出会う。これに四章で登場する、兵作の同級生で敬子の両親の死後、彼女の親代わりをつとめる花笠武吉を加えれば、金吾と本作の主要な登場人物たちの邂逅はおおよそ果たされたことになる。

『白描』は、金吾が彫刻への志と敬子への恋にともに挫折し日本を去るまでの一ヶ月を追跡する。「この一ヶ月、ぼくはたれかの手でいきなり突き飛ばされてて、いろいろな人間にぶつかったり、さまざまな事件にこづかれたり、やっと渦の中を泳ぎきって来ました。そして、現在のぼくはたしかに一ヶ月前のぼくとは別のものです」。最終章の十五章で花笠武吉が受け取る手紙にこのように記した金吾は、「美術家的」に改めていた名前を本名の金吉に戻して署名している。作中人物である金吾は知らないが、この「たれか」とは小説の創造主であろう。本作はさまざまな人物に出会って変貌する少年の一夏の物語であり、右の梗概にあるように、その夏は「昭和十一年夏」である。

登場人物のモデル

主人公の少年とヒロイン役の少女は別として、[2]『白描』の主要な登場人物には実在のモデルがいる。「名誉ある世界的建築家」として金吾の前に登場するクラウス博士は、ブルーノ・タウトがモデルである。リイピナ夫人とその夫アンダノフは、ロシヤ人画家ワルワーラ・ブブノワと写真家の夫ゴロフシチコフ、リイピナ夫人の作品や工芸品を並べる銀座の便宜荘の店主・中条兵作は、銀座に創作版画専門の画廊である版画荘を開いていた平井博がモデルである。版画荘は、ブブノワの版画本など美術・文学に関する書籍を多数刊行しており、平井と友人関係にあった石川淳も最初の単行本『普賢』と次の『山櫻』をここから出版している（ともに三七年刊）。兵作の店の名前は、はんがをべんぎに、音をずらすようにして命名されたのではないかと思われる。[3]

小説では「目下日本滞在中のクラウス博士夫妻がふだん住んでいる高崎在の某寺から上京したせつには、昵懇のリイピナ夫人の家に泊るのが例」と説明されているが、ブブノワ夫妻はタウトと親しく、ブブノワ宅は高崎の達磨寺に住んでいたタウト夫妻の東京滞在中の定宿であった。平井博は、平居均の名前でタウトの日本での最初の単行本『ニッポン』（三四・五、明治書房）の翻訳を手がけている。ただし、版元は後に同書の翻訳者をドイツ文学者の森儁郎に代えており、タウトの最初の著作の翻訳者としての平居均は現在では知られていない。(4)『白描』の登場人物たちのモデルは、タウトの日本での関係者たちである。タウトが人脈の中心、いわば扇の要の位置にいる。

井上房一郎とは誰か

花笠武吉は、群馬の名士でクラウスの後援者という設定である。指摘されていないが、これはタウトのパトロンであった井上房一郎をモデルにすると推定される。

井上房一郎とはどのような人物か。井上の回想集『私の美と哲学』（八五・二、あさを社）をベースにその経歴を整理し、武吉と照合しよう。(5)

一八九八年に群馬県の産業資本家の父のもとに生まれた井上は、早稲田大学入学後、東京で美術学校の学生たちと親交を持ち、洋画家・山本鼎を知り師と仰いだ。『白描』では武吉は兵作と同級生という設定だが、井上と平井博も学校歴は重ならないものの同年の生まれである。(6)井上の父は建設業から出発し、製糸所・紡績会社など多くの会社の設立・経営に携わった。高崎市の市会議員も長年つとめており、『白描』の「家が群馬県の織元で、当時父親が多額納税議員であった」という説明と重なる。

一九二三年、井上は山本の薦めにしたがいパリに留学、多くの画家・彫刻家と親交を持った。武吉も「海外視察旅行の途中、ヨーロッパのある都に滞在」し、「日本の留学生や美術家たちともしばしば往来する機会をもった」。井上の留学中、父が群馬県工業試験場高崎分場を開設（三六年に群馬県工芸所と改称）、二九年に帰国した井上は、翌年、井上工業取締役に就任し、高崎分場の嘱託となってここを拠点に「日本の伝統的工芸を欧米諸国の生活に応じた新しいデザインとすること」を「基本的考え」として工芸運動を興した（『私の美と哲学』）。

三三年、自ら設計に関与した井上工業本社ビルが完成、また高崎絹を改良して服地拡大し、布帛を販売する外国人向けの店・ミラテスを軽井沢に開店する。翌年、タウトを高崎に迎え、三五年、タウトとともに銀座にミラテスを開店した。『白描』の「驢馬の皮」は、この銀座ミラテスに重なる。敬子の説明によると、武吉はクラウスを後援しており、「『驢馬の皮』はそのために出来たようなお店よ。品物の材料は全部群馬県の産物ばかり。つまり、県の産業のためと、先生の才能のためと。」とのことである。兵作は「驢馬の皮」の商品を模した商品を便宜荘で売ろうと画策するが、タウトの日記には「銀座通りの工芸品店を数軒見て廻ったら、たまたまそのうちの一軒で、私の設計した籠の模造品を発見した」という記事が見える（三四・一〇・二五）。

このように井上房一郎の経歴は、クラウスの後援者としての花笠武吉と重なる。ただし、武吉の会社は「某重工業会社」で、「利潤とぼしからぬ飛行機製造業が目下の職業である」が、井上の経歴に飛行機製造業は見当たらない。武吉の「かつての理想は建築家になることであった」が、「今日われわれの生きているこの地上が［…］殿堂を建てるのに、適さないということをさとった」ために「建築の理想から身を引きそらした」という。飛行機製造業に関する具体的な描写がないことからも、井上と一致しないこの設定は、武吉に建築の理想の断念、それも「われわれ」の生きるこの地が「殿堂を建てるのに、適さない」という理由での断念を、背景として与えることを目的としていると考えられる。飛行機とは、つまり土地からの離脱をあらわす形象なのだろう。

ブルーノ・タウトと彼の日本での関係者たちを登場人物のモデルにする『白描』は、タウトと日本の関係に託して、建築がその上に立つべき土地を主題化する小説である。タウト＝クラウスは、日本という土地とどのような関係を結んだか。本章では、日本におけるクラウスについて、特に日本を去るクラウスの送別会の場面で花笠武吉らが展開するクラウス論にフォーカスして分析する。あらかじめ言えば、この場面で武吉らが語るクラウスは、タウトの桂離宮論を下敷きにして造形されており、かつタウトのそれとは明らかにずらされているのである。

二　昭和十一年、タウトの離日

タウトが日本を去るとき

前提として、作中世界の時代設定を確認しておこう。「白描――前回までの梗概」の末尾には、「(時は昭和十一年夏)」と作中年代が付記されていた。連載第四回の「白描――梗概に代へて」にも「小説の中の時代が昭和十一年の夏なので」、第五回の「梗概に代へて」にも「昭和十一年をそれの時代とする本篇」と、梗概の類いには繰り返し昭和十一年という時代への言及が見られる。

ところが小説の本文では、日付は細かく刻まれるものの、年代が明示されるのは、二章のリイピナ夫人の来日時期を「満洲事変のおこるすこし前」と説明することに関連して「現在(ここで遅蒔ながら年代を明記すれば、金吾が柏木の家を訪れたのは昭和十一年の夏で、現在とはやはりそのころと承知されたい)」と注記する箇所と、(7) 最終章の「今年昭和十一年、それはもはや満洲ではなく、北京です」と北京行きを宣言する金吾の手紙の中の一節、この二箇所のみである。この数少ない用例からわかるのは、本作において昭和十一年が満州事変以後という意味を与えられていることである。だが昭和六年に勃発した満州事変以後だとして、なぜ昭和十一年なのか。

昭和十一年は、タウトが日本を去った年である。『白描』のクラウスは王宮新築のためにペルシャに招聘され、八月三十一日に東京を、九月中旬に日本を去る。タウトも昭和十一年九月にトルコ政府からの招聘に応じることを周囲に報告し、十月に日本を去っている。月はわずかにずれるが、日本を離れる年は一致している。

クラウスは一章で、「フランスのコルビュジエとならんで有名なこのユダヤ系の建築家がさきごろある政治的事情に依りヨーロッパの某国を逐われて来朝し、つい二三年の間に観察の鋭敏な東北旅行記を著わしたり、桂離宮の美を再認識したり、小堀遠州を最高の位置に見極めたりしたことはまだ世人の記憶から消え去ってはいまい」と紹介されている。政治的事情でヨーロッパを離れて来日し、数年間の滞在期間に東北地方など各地を旅し、桂離宮を評価した著名な建築家というこのプロフィールが、昭和八年に来日したブルーノ・タウトのそれと一致することは言うまでもない(8)。単に一致するというよりも、並び称されているル・コルビュジエ（一八八七〜一九六五）が実名であることもあいまって、あからさまにクラウスをタウトとして読むように読者を誘導している。

タウトは離日後間もなくトルコで亡くなる。昭和十三年十二月のことである。青柳達雄は、「おそらく、石川淳は翌十四年早々、その訃報が届いた時、その死を契機にして、彼をクラウス博士として小説中に拉し来たり、物語の時間をタウト滞日中の昭和十一年八月に設定したこの「白描」の物語を構想したのであろう」と推測している(9)。小説の終盤のクライマックスをなすのは、主要な登場人物が一堂に会するクラウスの送別会の場面である。一九三九年＝昭和十四年に連載された『白描』は、日本を去るタウトを描くために、舞台を彼が日本を離れたその年、連載時より数年前の昭和十一年に設定したのだろう（作中の表記に従い、本章では以後、原則として元号を用いる）。

建築家としての不遇

タウトの日記によれば、彼の送別会で挨拶に立った人々は口々に、建築家として十分な仕事ができなかったことを残念に思うと発言したという。「最初に上野君が立ち、『タウト氏のすぐれた才能が、日本で十分に発揮できなかったのはまことに遺憾である』と述べた。［…］日向氏は、送別の言葉のなかで、『タウト氏は生憎なときに日本へ来た、もし同氏が毒ガスの専門家であったら、日本で遊ばせておかないだろう』と言った」。タウトは「美しい屍に捧げる頌辞」のようだと返答したという（三六・一〇・一〇）[10]。

タウトの日記からは、日本での建築家としての不遇を、ナチス政権下のドイツと協力しつつ戦争に向かうこの時期の日本の国際的・政治的状況によるとする認識がうかがえる。一方、小説では、クラウスの不遇は、明治以後の近代日本の建築をめぐる問題の一環として語られる。

日本におけるクラウスについて、敬子は銀座を歩きながら金吾の問いかけに答えて次のように説明していた。なお、外国人が設計した日本の建築の例として敬子が挙げる帝国ホテルと聖路加病院は、銀座からほど近くにあり、前者はフランク・ロイド・ライト（一八六七～一九五九）の、後者はロイドの弟子のアントニン・レーモンド（一八八八～一九七六）の設計である。レーモンドは井上房一郎と親交があり、タウトも日本で会っている。

「［…］あわれな先生。建築家として……」／「建築家として、先生の才能は日本ではもてあましものだというのですか。」／「いいえ、単に不必要なの。先生の理論とか様式とか、そんなものは流行の中に呑みこんでおけば十分な日本だわ。日本の建築というものがあるところに先生の才能が根を張る地盤はありっこないわ。ただ旅行記の翻訳が売れるだけ。」／「あなたは先生をみとめないのですか。」／「反対に。これ以上のみとめ方はないわ。」／「じゃ、かりにそこにあるビルディングの代りに、先生の設計になる建物が銀座に出現したとしたら……」／「さぞ不調和で、おまけに請合って不便だわ。［…］日本にあるものが日本的でないということはばかばかしいみたいだわ。東京にある建物の中で、折合のついた外国人の作品は帝国ホテルと聖路加病院のほかに何があると思って。［…］」／「それなら、日本の建築……もちろん昔ではなく、今日の日本に、どんな立派な作品があるんです。」／「なんにも。［…］明治以後の建築に、これといって自慢できるようなしろものは一つもありやしないわ。さばさばしてるわ。それでも現代の日本建築というものがわがもの顔で存在することをさまたげはしないわ。」

／「明治以後、日本は近代文化の時代をもち、しかもその時代を代表するようなすぐれた建築を一つももたないとは、どういうわけですか。」

クラウスは日本では「建築家として」必要とされていない、と敬子は言う。「ただ旅行記の翻訳が売れるだけ」であって、クラウスの設計になる建築はここには出現していない。これはそのまま、著作は歓迎されても建築家として腕をふるう機会に恵まれなかった、日本におけるタウトを評する言葉になっている。

昔のものでなく明治以後の日本の建築に傑作は一つない、近代の日本の建築は「日本にあるものが日本的でない」という事態に陥っている。こうした『白描』の登場人物たちの会話は、神社や茶室など古い建築に日本的なものを探る一九三〇年代の建築界の議論を背景とするだろう。

日本には建築家としてのクラウスの「才能が根を張る地盤」がないのだ、と敬子は評している。敬子の発話の「〜日本だわ。」という構文にも注意したい。一連の会話で論じられているのは、単にクラウスあるいはタウトという一人の建築家のことではない。議題は近代の日本の建築であり、ひいては、明治以後、時代を代表する建築の傑作を持たなかった日本という土地なのである。

タウトを去らせた日本

これは敬子一人の考えではない。中条兵作の退場と入れ替わるように途中から登場するヨーロッパ帰りの画家・盛大介は、(11)武吉からクラウスの送別会に誘われると、「この国では持ちくされにおわった建築の観念よ、さようならですか」とつぶやく。大介は送別会の席上でクラウスの挨拶を遮り、次のように彼に呼びかける。

博士よ、どうかこの土地のことはもう考えないで、かなたの土地、そこで具体化されるであろう貴下の建築の観念のことでいっぱいになっていて下さい。向うでは、貴下がここで通り一遍に示された批評家まがいの珍ポーズはやめにして、すなわち特産芸術とか、固有風俗とか、すべてそんなものに色眼をつかいたがる無駄骨はさし控えて、もっぱら寸陰を惜しみ、心思を苦しめ、貴下の内部にかためられている思想を、組み立てられている理論を、純粋に、建築に於て実現して下さい。そんなふうにして沙漠の真中に立ちのぼるであろう殿堂はたぶんバケモノかも知れません。しかし、そのような稀有のバケモノなくしては、この地べたが一厘でもずり上る見こみはないのです。

大介は日本のことを「この国」「この土地」と呼んでいる。この箇所に限らず、本作では、日本は「この土地」、また「国土」「風土」「地上」等の語によって言い換えられている。『白描』は、建築家として不遇なまま日本を去るクラウスを通じて、「建築の観念」が根づかない日本の土地を語ろうとする。クラウスの行き先がトルコでなくペルシャになっているのは、砂漠に殿堂を建てる――つまりは砂上の楼閣――の意だろうか。

日本の土地には、クラウスの建築が出現することはなかった。「ただ旅行記の翻訳が売れるだけ」、「特産芸術とか、固有風俗とか」の批評が歓迎されるだけだった。本作は、そのように日本を去るクラウスを、いや、その設計になる建築を自らの上に立たせないままに彼を去らせる日本という土地を語るために、舞台を昭和十一年に設定していると考えられる。『白描』は、クラウス＝タウトが日本を去る物語なのではなく、彼に去られる日本、その土地を主題化するのである。

三　民衆とその裏側

桂離宮の件

全十五章からなる長篇小説『白描』は、十四章をまるまるクラウスの送別会の場面に割いている。

タウトの送別会は、彼の日記によると「井上氏の肝煎で、同氏のほか吉田（鐵郎）、蔵田（周忠）、齋藤（寅郎）の諸氏が幹事役となって、盛大な送別会を催してくれた」とのことで、ブブノワ夫妻の出席も確認できる（三六・一〇・一〇）。日にちや会場など細部は異なるが、建築家としての彼が日本で十分な仕事ができないままに去るという認識を集まった人々が共有しているのは同じである。『白描』では、花笠武吉やリイピナ夫人ら、また「工学関係の大学教授、文学者、美術家たち」が集合し、武吉が主催者代表として長い挨拶をする。小説はこの送別会の場面で、武吉の挨拶とそれに応えるクラウスの挨拶という形で、作中でクラウス論を展開する。以下、この場面の議論を『白描』のクラウス論と呼び、その論点と表現を分析する。

武吉は、「そもそも何についてわれわれはクラウスさんに感謝しなければならないか」を明らかにしたいと言って、おもむろに挨拶をはじめている。

滞在数年のあいだ、建築家としての博士の仕事は結局この国の土に根をおろすには至らなかったようです。［…］第一、この国土の上に落ちて来ては、博士は理論や作品のほうはよろこんで閑却して、もっぱらその芸術家性を優游させるにいそがしいていでした。げんに旅行と旅行記がありますす。博士をはなはだ有名にさせた旅行記に関しては、今さら紹介の蒸しかえしをするには当りません。しかし、ありていにいうと、われわれは何も一から十まで博士の観察に感服しきったわけではないのです。[…] ただ一つ、博士のある注意はたしかにわれわれをおどろかせました。すなわち、桂離宮の件です。[…] 遠州に対するクラウスさんの認識の卓抜さはもちろんですが、その認識を世間に広く知れわたるような仕方で示されたという、世間をして遠州を見直さしめるような契機をあたえられたという、まさしくその点について、われわれはクラウスさんに感謝すべきだと考えます。

武吉は日本におけるクラウスについて、彼が著した旅行記、特にその中の小堀遠州作の桂離宮への高い評価[12]、そしてその認識を世間にひろく知らしめたことによって、「われわれ」は感謝すべきだと総括する。武吉の謝辞はクラウスの「芸術家」としての側面を強調するもので、それは「建築家としての博士の仕事は結局この国の土に根をおろすには至らなかった」という認識を前提としている。

「この国の土」、「この国土」にクラウスの建築が立つことはなかったが、彼の桂離宮に関する認識は世間に知れわたった。「ただ一つ」、「すなわち、桂離宮の件」が、彼が日本を去るいま、クラウスの特筆すべき功績として語られる。それが「われわれ」にとっての、日本におけるクラウスの意義だというのである。

桂離宮は民衆的なのか

ひろく知れわたっているというクラウスの桂離宮に関する認識とは、どのようなものか。武吉は続けて、クラウスが見出した桂離宮の美について、次のように説明する。

単に桂離宮の美、孤蓬菴の美ということならば、また遠州の茶礼式とでもいうことならば、外国人の注意をまつまでもなく、われわれのほうがより多く知っているにちがいありません。そしてまた、たれかが日光廟の前に立ったとき、ふとそこに封建的なものを感じあてたとしても、格別奇とするにたりないでしょう。しかし、日光廟との対照に於て、ほとんど同時代の作品である桂離宮の美を民衆的と規定したことはクラウスさんの透徹せる見識でした。そういったのがクラウスさんが、そういわれたのが桂離宮か、われわれはもうその辺に足をとめているひまもなく、このことばに依ってもっと廓然としたところへつれ出されてしまいます。つまり、われわれは今桂離宮を見ることに於て日本の広場に心を置いているのです。遠州の位置とともに、日本民衆の精神の在りどころが向うから顔を出して来て、われわれもまたそのおなじ場所に立たざるをえない有様です。

（傍点原文）

武吉は「桂離宮の美を民衆的と規定したこと」がクラウスの見識だと述べている。「民衆的」は本文において傍点を振って強調され、「封建的」と対置されている。武吉はこの後も小堀遠州の精神について、「われわれは何の精神として理解すべきでしょうか。それが民衆のものでなくて、たれのものですか。[…]民衆の精神以外のどこに求めることができましょう」と反語を混じえてたたみかける。桂離宮の形態にあらわれた「民衆の美学」は、日光廟に象徴される封建的なものによって立ちふさがれて短命に終わった。「江戸政権確立後、われわれはどこに民衆の精神の健全なる発展をみとめうる」かと言えば、わずかに俳諧という「民衆の歌」にほそぼそと継承された、というのが武吉の披瀝する史観である。

「民衆」の語を連呼する武吉の挨拶は、やがて「民衆の精神」に対して余計なものである、「幽玄」という「封建的なもののにおいが沁み」た「おそらく何かを美化しているのであろうこのことば」に対する攻撃に移っていく。武吉の後に挨拶に立ったクラウスはこれに応えて、「わたくしが民衆的と申しましたとき、それはただ民衆一般に通じるものの謂であって、花笠氏がこころみたような分析、民族の特殊性にまでは立ち入らなかった」と述べ、「民衆的」の意味を「民族の特殊性」から「民衆一般」へと修正する。これは「民衆」を日本人に限定することへの異議だろう。クラウスはまた、「花笠氏がもっぱら弾劾に努められた「幽玄」」についても、「幽玄にいささか突飛な政治的解釈を附したのは花笠氏の独断である」と穏当にただし、「危険」を回避する。「あるいは諸君はわたくしに対して、［…］桂離宮につき民衆的といったことばの上に、ここでふたたび説明を立ちもどらせるよう要求されるかも知れません。しかし……」（傍点原文）。

クラウスは「幽玄」の話題を切り上げ、「桂離宮につき民衆的といったことば」を自ら解説しようとする。ところがこのタイミングで、彼の挨拶は盛大介の嘲笑によって中断されてしまう。大介は武吉とクラウスの議論をともに否定し、先に引いた通り、新天地では建築が具体化されることを望むとクラウスに呼びかけた。その直後、武吉が散会を告げると大介は駆け去り、ピストル自殺を遂げる。

このように武吉によるクラウス論は、続くクラウスの挨拶の中で当人によって修正され、さらに大介によって否定され、その大介は自殺する。そもそも武吉の挨拶は、本文において「……（下略）」という形で途中から略され、全文が示されていない。読者は武吉の長い話も、それに応えるクラウスの話も、完結した形で読むことができないのである。二人の挨拶は、「ことばを摘要しておく」と、あらかじめ抜き書きであることが断られてもいた。

『白描』のクラウス論を構成する各人の発言は、論旨を追って読み進めようとすると、「幽玄」の話に逸れたり、途中で省略されたり断ち切られたりしてつまずく。それぞれの人物が何を言おうとしたのか、その全容はつかめない。だが最低限、彼らの議論がクラウスの桂離宮評価を話題にしていることは確かである。クラウスの挨拶は「しかし……」と、再び桂離宮のことを話しはじめたところで大介によって遮られていたし、武吉の挨拶が本文で下略される直前、「要はただクラウスさんに対して、桂離宮に於て一眼で民衆的なものを見て取ったような享受の仕方に対して、敬意を表したまでです」と、武吉は謝辞を自ら要約してもいた。

クラウスの桂離宮の件、すなわちクラウスが桂離宮を「民衆的」と規定して評価したこと、この点がわかれば、少なくとも本作のある仕掛けに関しては十分である。と言うのも、送別会の席上で武吉が再現し、クラウス自身も説明しはじめようとしていたクラウスの桂離宮論は、他ならぬこの民衆という一点において、タウトの桂離宮論と明白に異なるからである。

天皇の日本、民衆の日本

ブルーノ・タウトの桂離宮論において、桂離宮は天皇と結びつけられ、将軍の日光東照宮と対置されていた（本書第一章参照）。タウトの『ニッポン』には、「天皇と将軍」という章もある。「天皇――将軍なる日本の大きなアンティテーゼは又同時に神道――仏教なるアンティテーゼである。〔…〕神道の尊崇が日本人を其の国土と独自に結びつけてゐる一事は非常に明白であるらしい。〔…〕それは仏教とは反対に、何か元始的、日本的なるものに係つてゐる」。タウトの日本建築論は、「いかもの」（キッチュ）に対する真に日本的なものを、日光廟に対する桂離宮に見出すものだった。

タウトの議論にあって天皇は、「政治的権力者といふよりは［…］むしろ日本なる国土の、憲法の、風習の、そして文化の結晶」と規定される（以上、引用は平居均訳に拠る）。

桂離宮を日光廟に対置して称賛した著作によって知られる世界的建築家という『白描』のクラウスの設定は、あからさまにタウトと重なり、読者にクラウスをタウトとして読むよう促す。だが『白描』のクラウス論、武吉やクラウス自身によるクラウスの桂離宮論の説明には、タウトのそれにはない、民衆という概念が混入している。タウトの著作中に「民衆」の語がないわけではないが、桂離宮評価の文脈では出てこない。しかもその概念は、タウトの桂離宮論において天皇が占めていた場所に代入されている。

ただし、これをもって『白描』から桂離宮は民衆的だ、日本的なものは民衆の中に見出すべきだ、という主張を読み取るのは適切ではないだろう(13)。もとより『白描』は民衆を描くような作品ではない。武吉の挨拶の中の表現を借りるなら、民衆とはここでは「ことば」である。

『白描』は単に、タウトが言っていないことを、タウトをモデルとする登場人物に言わせているのではない。武吉や他の人物にもモデルと一致しない要素はあるが、これはそうした登場人物とモデルのずれとは別の問題である。本作はモデルとなった人物というより彼の議論を、ひろく知られたその桂離宮論の中の言葉を書き換える。『白描』は、著述によって知られたタウトの桂離宮論を作中に取り込み、その中の天皇の日本を民衆の日本へとひそかにすりかえる。これは意図的な改竄だろう。

『白描』のクラウス論は、桂離宮を民衆的だとして評価した建築家という、タウトとは民衆という一点において異なるクラウスを語る。クラウスの桂離宮論の「民衆」という語が何を置き換えたものなのか、その単語は小説の本文中には出て来ない。武吉やクラウスの挨拶中にはもちろん、作中に「天皇」という語は見えない。

タウトは『日本文化私観』で、床の間の壁のすぐ裏に便所が配されているような、壁一枚隔てて対立するものが隣接する日本家屋の構造に注目し、それを「床の間とその裏側」と呼んでいた（本書第一章参照）。それをもじって言えば、『白描』のクラウス論の民衆という言葉の裏側には、天皇が貼りついている。『白描』のクラウス論の中の民衆という言葉をカードのように裏返すなら、そこには天皇と記されてあるはずである。

この仕掛けは、クラウスをタウトとして読ませるようなわかりやすいものではない。送別会の場面では、武吉の議論もクラウスの議論も、後に発言する者によって弁証法的に否定されていく。そもそもどちらの発言も省略あるいは中断されているため、全容を把握できない。群像劇であるこの小説では、武吉、クラウス、大介と順に行われる発言の誰に作者が自らの立場を代弁させているのか、同定できない。さらに、主要な登場人物が集結するクラウスの送別会の場面に、主人公の鼓金吾は不在である。このような何重もの韜晦を介在させつつ、『白描』は、タウトの桂離宮論を下に敷くことで、クラウスの桂離宮論の中の何が民衆に置き換えられているか、言葉の裏側を透かし見るように目配せをしている。これは床の間に設けられた隠し扉のようなものである。その存在に気づいて指摘した人はいない。

四　昭和十一年を振り返る

満州から北京へ

『白描』の冒頭で主人公として登場した鼓金吾は、十三章の盛大介の展覧会の場面を最後に登場しなくなる。小説の最後の二章に姿をあらわさない金吾に代わって、花笠武吉が本作の主人公の位置につく。最終章の最後の場面では、その武吉のもとに金吾からの手紙が届く。

手紙の中で、金吾は「議論や作品の中ではなく、ぶつかるところが現実の土地」だと述べ、「最新の世界地図をひろげ」ることを要求し、北京に向かうことを宣言する。冒頭の時点では「美術志望」だった金吾は、「大きい墨画の牡丹花が一輪浮き出」た「元人の描いた牡丹図の玻璃版」を桜の板の上に生かす浮彫の制作に取り組んでいた。リイピナ夫人が描こうとするクラウス像と金吾の彫刻、作中の現在時において取り組まれていたこの二つの白描はともに破棄され、二人は最後にそれぞれ次の段階へと進む。金吾にとってこの花の浮彫に代わるのが、北京行きであった。「われわれはもっと多くの立派な花を咲かせるべく、まず花が咲くに適応したところの社会から創り出す」必要がある、金吾はそう手紙に記している。

そんな社会を地球上のどこに実現すべきか。われわれはその場所を承知しています。北京です。今年昭和十一年、それはもはや満洲ではなく、北京です。やがて数年後新聞記事的現実が追いついて来るであろう日よりも前に。われわれのすばらしい速力はただちに北京へ飛んで行くのです。

金吾の手紙は、「今年昭和十一年」という作中世界の年代に言及している。この年を理由に、金吾はもはや満洲ではなく北京なのだと、中国の特定の地域を目指して出発した。「やがて数年後新聞記事的現実が追いついて来るであろう日よりも前に」、彼は「すばらしい速力」で北京に「飛んで行」った。

ここで金吾が競争している数年後の未来とは、『白描』の連載時の昭和十四年なのではないか。展覧会で見た盛大介の作品に「現在よりもずっと先へ駆け抜けて、未来のほうからこちらをふりかえった顔」を認めたという金吾は、未来からの視線によって自らを捉え返し、彫刻を破棄して急ぎ北京へ飛び立った。昭和十一年夏に生きる金吾は、その時点ではわからないはずの、既に日中戦争がはじまっている『白描』の連載時である昭和十四年を先取りするかのように、「北京征服」の事業のため、かの地に向かうのである。

日本という風土

『白描』の結末部では、次の土地、砂漠の地であるペルシャへと去るクラウスをはじめ、登場人物たちがこぞって日本を離れる。野口武彦は、クラウスを中心とする「強力な重力圏」が彼の出発とともに分散し、「要するに、みなめいめいにこの地上の現実から観念の地平線へ向ってまっしぐらに疾走して行ったあと、花笠武吉がただ一人、この極東の辺土に残る」と論じる。(14) クラウスが日本を去るのと同時に、扇の要がはずれるように、人物たちは散り散りになる。金吾は北京に向かい、敬子はアメリカのユダヤ人街に出発し、盛末亡人はヨーロッパの故国へ帰る。盛大介は死という彼岸へ飛び立ち、リイピナ夫妻は「ソウェートの国籍を離脱」し「作者が思想的立場のことで良心にお伺いを立てないでもすみそうな」「芸術の国」に住むことを宣言する。こうして去っていく人々に対し、武吉は一人この地に残る。

それぞれに目的を持って去っていく人々と違って、日本に残る武吉の未来は不透明である。予告されていることの一つは、盛大介の遺児を育てることである。中欧出身の異邦人である盛未亡人は、これから産まれてくる子を「日本の男子」として育ててほしいと武吉に頼む。それは自分や夫の考えというより「この風土の意志なのでございましょう」と未亡人は言う。娘のような存在の敬子を「日本人に仕立てること」には失敗した武吉だったが、「お子さんは今やわれわれの子供です。われわれの中で発展するものです。[…] あなたの表現に倣えば、それはまた日本から委託されたわたし自身の子供でもあります」とその依頼を引き受ける。一方、敬子は出国の場面で憔悴しており、「先方からつながりを断つものはこちらから切り捨てるほかないのだというような健全な無関心、風土の静粛な刑罰」が見て取られている。

本作において風土は、登場人物たち以上に意志を持った主体であるかのようだ。山口俊雄は、武吉を「風土の意志の権化のような人物」と評し、『白描』の結末を「残ったのは、《風土》の代表者格を演じて来た花笠武吉のみ」だと解釈している。(15) 武吉は日本の風土の意志を代行的に実現するものとして、この土地に一人残る。建築の理想を諦め飛行機製造業を職業としていた武吉は、小説の現在時の先にある未来で、離れていた土地に降り立つのかもしれない。

昭和十一年の日本

小説のラストシーンで武吉がいるホテルの部屋に金吾の手紙が速達で届いたとき、「ふいに、この室内に於ける主人公の椅子がかすかにずらされたようであった」。武吉は既に自分と金吾の関係を「一つの時代と、それが早晩逆に食われるであろうために孕んでいるところのつぎの時代」という「抽象的図式」によって捉えていた。武吉の中から金吾という新しい時代があらわれ、食い破っていくのだとすれば、昭和十一年の先に展開される金吾の「北京征服」の物語は、金吉と名前も変えた彼を主人公とする、『白描』とは別の新しい小説を要求するだろう。

速達で届いた手紙を武吉が受け取るいま、金吾はもう日本の地にはいない。金吾は「現代日本の青春」が「ぼく自身のうちに存する」と記していた。結末部では、武吉がクラウス＝タウトに去られた昭和十一年の日本の風土を、金吾が中国を侵略するその後の現代の日本をそれぞれ代行する。近代の日本は建築と呼ぶに値する建物を持たなかった。建築の立たない不毛な土地と、一花咲かせる土地を外地に求める動きと。『白描』の結末があらわしているのは、そのような二つの道にいままさに分裂したところの日本、すなわち昭和十四年から振り返ったとき岐路に立っていたと見える、昭和十一年の日本の姿なのである。

五　その後の井上房一郎

井上房一郎と群馬県立近代美術館

『白描』は、「窓の外では、嵐が一そう烈しくなっていた」という一文で終わる。昭和十一年夏の先の日本を予言するような一文である。

小説はここで終わっている。だが本章では、『白描』の作中年代の先、そして連載時点よりもさらに先の未来に、作品から半ば離陸して飛んでみたい。再び参照するのは、武吉のモデルである井上房一郎である。

昭和十一年＝一九三六年、白衣大観音建立を機に隠居した父から家督を継いだ井上は、高崎毛織株式会社を設立し、満州産の羊毛を高崎で糸にするため満州に足を伸ばした。「タウトさんは二年三ヶ月の高崎での生活の後、次の亡命国トルコに旅発ち、私も、国策に従い、満州北支に事業を持つようになって旅発し、二人の交友関係も幕を閉じた。［…］まもなく職人達も戦場にとられるようになり、私の工芸運動も終止符を打った」（『私の美と哲学』）。『白描』の連載時にはまだミラテスは閉店していないが、タウトが去り、日中戦争が始まったことで、井上の工芸運動は終わった。

戦後の井上は、群馬で高崎市民オーケストラの創設に尽力する。(16) また、群馬音楽センター、後述の群馬県立近代美術館、高崎哲学堂の設立運動を主導した。音楽センターはアントニン・レーモンドの設計、哲学堂はレーモンドのスタイルによる井上の自邸である。

もちろん『白描』の連載の時点で、このような井上の未来は見通せない。だが花笠武吉は「鑑識ある美術愛好家としておりおり世間に伝えられる評判」のある人物で、彼の「郷里の本宅」は「多年の蒐集品を蔵した小さい美術館と精撰された図書室とをもって土地の名物」になっていると説明されている。武吉はその「コレクションはいずれ公共のものにするつもり」で、盛大介は自選作品のすべてを「ほとんど公共のものである」「武吉の本邸の美術館に寄贈」していた。結末部では盛大介やリイピナ夫人の作品を収める公共の美術館が実現するであろうことが暗示されている。風土の代行者として大介の遺児を日本人に育て上げることの他に、武吉の未来については、コレクションをもとに群馬で公共の美術館を設立することが予告されているのである。

井上もパリから帰国後、「長く西欧において養われた目をもって、日本文化を見直すことに努め、進んで現代日本の美的貧困を克服することを志し」（『私の美と哲学』）、日本の古美術からはじめて徐々にコレクションを充実させていった。小堀遠州にちなんで戸方庵井上コレクションと名付けられたそのコレクションは、後年、井上の主導で群馬県立近代美術館が設立されるとそこに寄贈された。古美術のほか、山口薫や福沢一郎ら群馬県出身の洋画家の作品もある。

磯崎新とブルーノ・タウト

群馬県立近代美術館は一九七四年に竣工している。設計には、井上房一郎によって磯崎新が指名された。磯崎はこの作品で日本建築学会賞を受賞している。

設計の依頼は七一年で、これは新進気鋭の建築家であった磯崎が初めての批評集『空間へ』（七一・二、美術出版社）を刊行した年でもある。その後、批評家としても活躍することになる磯崎が問い続けたのが、一九三〇年代の建築における日本的なものというテーマであった。『建築における「日本的なもの」』（二〇〇三・四、新潮社）にまとめられる一連の批評で、磯崎はタウトが提示した天皇と将軍の図式が、政治的に作用する美的判断であったと論じた（本章第二章参照）。

『白描』は、日中戦争開戦後の昭和十四年から振り返って、タウトの建築が立たなかった不毛な風土と、北京征服に向かう意志とに分裂する昭和十一年の日本を描いた。天皇と結びつけて桂離宮を評価する著作を残したタウトは昭和十一年に日本を去り、彼の設計になる建築はこの地に残らなかった。

タウトが天皇ではなく民衆という言葉によって桂離宮を評価していたら――。実際にはそうでなかったとわかっているのだから、これは偽史を創出するための仮定である。『白描』は、タウトという建築家をフィクションの中に移して、彼の建築論を下敷きにして、それを書き換えている。フィクションである小説の中の、タウトならぬクラウスの桂離宮論なのだから、これを虚偽や改竄と形容するのは当たらないのかもしれない。しかし何かに仮託してはじめて表現できることもある。偽史を創出するようなこの仮定が昭和十四年、日中戦争開戦後に措定されていることは改めて指摘しておきたい。わずか数年の違いだが、満州事変以後ではあっても日中戦争以前の昭和十一年と、昭和十四年とでは、建築における日本的なものという問いも変質していたはずだからである。

（1）三笠書房が創刊した「長篇文庫」は、その名の通り長篇小説の連載を主とする限定版雑誌で（三九・二〜四〇・一）、『白描』はその二号から八号まで、一九三九年三月から九月まで、全六回にわたって連載された。翌年六月、「長篇文庫」掲載作を中心とする「現代小説選集」の一冊として同社より単行本化。

（2）鼓金吾はタウトの工芸の弟子である水原徳言、敬子は平井博の姪である北林谷栄から部分的に要素を借りているかも知れない。後に女優になる北林は、平井の自宅の蔵書を耽読して新劇を志し（小田光雄『近代出版史探索Ⅲ』二〇二〇・七、論創社）、版画荘の手伝いもしていた（桑原規子『恩地孝四郎研究　版画のモダニズム』二〇一二・一〇、せりか書房）。

（3）版画荘は『白描』連載時には倒産していたようである。小田光雄は桑原規子の調査を踏まえて平井の経歴を整理し、「昭和十三年に版画荘文庫三十巻を出したあたりで、版画荘は銀座の画廊も含めて消滅へと向かったようだ。『ニッポン』の訳者の交代もこのことと関係しているのだろう」と推測している（「明治書房、版画荘、石川淳『白描』」『近代出版史探索Ⅲ』前掲）。なお、『白描』の便宜荘及び中条兵作は、出版や翻訳には関わっていない。

（4）スタンダードになっている森訳や篠田英雄訳と比べて平居訳は生硬で、現在では参照されることがない。だがこれは『白描』連載時に唯一刊行されていた訳で、作中のクラウスの発言は平居訳『ニッポン』に拠ると考えられる。たとえばクラウスがはじめて登場する場面で、彼は金吾に「ホワット、イズ、アーキテクチュア?」と二度繰り返す。狼狽する金吾に、「博士はすぐ自分で「それはアート、オブ……」と英語でつづけ、「プロ、ポオ、ションです。」と最後のことばをゆっくり区切って発音した」。建築の定義のように口にされる「プロポーション」という語は、平居訳『ニッポン』では序章「何故此の本を書くか?」や「桂離宮」「否、――桂離宮を経て!」等の章に散見される。森訳は平居訳で最初に「プロポーション」が登場する箇所こそ「均斉《プロポーシオン》」とルビを振るが、以後は「均斉」もしくは別の語に代えていてキーワードとして扱っていない。篠田訳の該当箇所は「釣合」である。平居訳『ニッポン』に他の訳にはあまり見られない「国土」の語が頻出することも指摘しておく。

（5）『「パトロンと芸術家――井上房一郎の世界――」展』（九八・九、群馬県立近代美術館・高崎市美術館編・発行）、熊倉浩靖『井上房一郎・人と功績』（二〇一一・七、みやま文庫）も参照した。井上を花笠武吉のモデルと指摘する先行論はなく、本章ではやや詳しく紹介した。ブブノワについては、拙稿「小説の中の絵画（第十二回）石川淳『白描』――覆われた少女の肖像画とワルワーラ・ブブノワ」（「奏」二〇二〇・六）参照。

（6）井上と平井の関係は不明だが、接点はあったようで小さな行き違いもあったようである（タウトの三四・一二・一及び一二・四の日記より）。
（7）ブブノワの来日は一九二二年とはやく、リイピナ夫人の来日時期とは一致しない。
（8）タウトはユダヤ人ではないが、ナチス政権下のドイツから逃れてきたことでしばしばユダヤ人と誤解された。石川淳がタウトと接点があったのかどうか、タウトをどのように認識していたのかはわからないが、『白描』では中条兵作と姪の一色敬子にユダヤ人の「血」が入っているという「秘密」が与えられている。
（9）青柳達雄「石川淳「白描」を読む」（「日本文学」八八・九）。
（10）上野はタウトを日本に招待した日本インターナショナル建築会の上野伊三郎。日向はタウトに熱海の別邸の離れの設計を依頼した日向利兵衛。旧日向家熱海別邸はタウトが日本に残した唯一の現存する建築である。
（11）九・十章で中条兵作は脳の血管が切れて「ほとんど死んでいるような病人」になり、彼と入れ替わるように、九章で盛大介が登場する。かつてスキャンダラスな遊蕩生活を送り、ヨーロッパ出身の夫人をともなって帰国し、東北地方に旅行しているというプロフィールは、藤田嗣治のそれと重なるが、モデルというよりは部分的に要素を借りたというにとどまるだろう。少なくともタウトの日本での関係者には、盛大介に対応する人物はいない。
（12）桂離宮は、現在では遠州作ではなく遠州好みとされる。
（13）日本的なものをめぐる議論を民衆を持ち出すことによって批判した同時代の論者に、戸坂潤がいる。戸坂は「なぜ人々は「日本的なるもの」という風にばかり云って、「日本民衆的なもの」とは云わないのであるか」と問い、「現代の日本の民衆」と「民族のあれこれの文化的特色から引き出された所謂「日本的なるもの」」とは一致しない。このギャップを埋める心算でない限り、所謂「日本的なるもの」は日本の民衆にとってはまるで遠いどこかの国の物語りのようなもの」だろうと述べた。戸坂は、「民族」「血統」「伝統」といった語を「お題目」だとして退け、「日本の民衆は初めから日本的なのだ、ただそれだけだ」、「日本民衆こそ唯一の日本的なるものと見做されねばならぬ」と断じている（「日本の民衆と「日本的なるもの」」「改造」三七・四、『戸坂潤全集』第四巻（六六・七、勁草書房）には『思想としての文学』（三六・二、三笠書房）の付論として収録、引用は全集より。傍点原文）。

(14) 野口武彦「虚構の建築学」『石川淳論』（六九・二、筑摩書房）。野口は武吉に戦中の作家・石川淳を重ねつつ、「国内亡命者として逼塞する」とそのさまを形容する。

(15) 山口俊雄『石川淳作品研究―「佳人」から「焼跡のイエス」まで』（二〇〇五・七、双文社出版）。

(16) 一九四五年、群馬フィルハーモニーオーケストラ、群馬交響楽団と改称。オーケストラは、今井正監督の映画『ここに泉あり』（五五・二、松竹）で知られる。ただし映画には井上に当たる人物は出て来ない。

第四章　美しい日本、戦う日本——黒澤明のシナリオの中の建築家たち

一　タウトはいつ日本にいたのか——「達磨寺のドイツ人」

浦野芳雄『ブルーノ・タウトの回想』

黒澤明の映画化されなかったシナリオに、ブルーノ・タウトをモデルにする建築家が登場する「達磨寺のドイツ人」（「映画評論」四一・一二）がある。黒澤はこの時点ではまだ最初の映画『姿三四郎』（四三・三、東宝）を撮る前、つまり監督以前である。

タウトは、井上房一郎の仲介で、離日までの二年余り、群馬県高崎市の少林山達磨寺洗心亭に居住した。これは井上から相談された浦野芳雄が洗心亭を思いつき、広瀬和尚に依頼したことで実現した。俳人である浦野は俳句を解するタウトとすぐに「百年の知己」となり、離日まで親しく付き合った。その浦野の著書『ブルーノ・タウトの回想』（四〇・一二、長崎書店）が黒澤のシナリオの原作である。

シナリオは、人物の名前は変えてあるが、土地や寺の名前は変えずに使用している。主な登場人物と対応する人物は、以下の通りである。

・ルドウィッヒ・ランゲと妻＝ブルーノ・タウトと内縁の妻エリカ
・河野＝浦野芳雄
・達磨寺の和尚、妻、娘時子＝達磨寺の広瀬大蟲和尚、妻、娘敏子
・木下＝井上房一郎

「達磨寺のドイツ人」は、河野と和尚が「何でも大変えらい建築家」だというランゲを寺に迎える準備をする場面からはじまり、ランゲの送別の場面で終わる。これは浦野の本と同じ構成だが、浦野の回想は断片的な挿話からなり、一貫したストーリーを持たない。黒澤は浦野の本から多くの挿話を文言もほぼそのまま借りつつ、[1] 建築家と村の人々の交流を物語の軸に設定している。

映画は制作されていないが、雑誌に掲載されたシナリオもこの時代の作品と見なし得る。本章では、建築家が登場する黒澤明の二本のシナリオ、「達磨寺のドイツ人」（以下、「達磨寺」）と「静かなり」（「日本映画」四二・二）を取り上げ、同時代の建築論と接続し分析する。

日独関係と旗

「達磨寺」では、ランゲと村の人々の関係が、ドイツと日本という国と国の関係に対応するように描かれている。ランゲと村の人々の関係は、その時々の日独関係の変化によって左右される。その関係を示す小道具が、旗である。「達磨寺」は、三回登場する旗によってランゲと村の人々の関係の変化を視覚的にあらわす。以下、シナリオから映画のシーンを立ち上げるようにして分析を行う。

一回目は、ランゲを村に迎える場面である。小学校教員である河野は、教室で生徒たちに寺にドイツ人が来ると話す。河野の教えを受け、子供たちはランゲをもてなすべく、ドイツ国旗を作って迎えることにする。

河野「日本は今、ドイツとそれからイタリヤと日独伊防共協定という大切な条約を結んでいる」

黒板の片隅に、子供の稚拙な字で、

昭和十四年七月二十日

と、書いてある。

河野「いわば、ドイツは日本にとって大切なお友達だ。そのドイツ人が明日っから少林山へ来るんだ。いいかね、みんな日本の子供として恥かしくないように、礼儀正しく、親切にそのドイツ人をもてなさなくてはいけない。わかったね?」

乗合自動車で村を通るランゲは、「手に手にドイツ国旗を持った子供達が自動車を追いかけている」窓の外の光景に顔を輝かせる。やがて子供たちは、ランゲが村を歩くと「手に手にドイツ国旗を持って」ついて歩くようになる。「青田の海の上を小さなドイツ国旗がペリスコープのように進んで行く。[…]ピーヒョロヒョロ。/ランゲも子供達も空を見上げる。/頭の上を鳶が輪を描いて飛んでいる。/「あれッ! 鳶もドイツ人見にきやがったんべや!」」。

河野は日独伊防共協定を理由に、「日本の子供」として「ドイツ人」をもてなすように説いていた。だがこの後、日独関係が悪化すると、村の人々はランゲを敵視するようになり、旗は川に捨てられてしまう。「独ソ不可侵条約締結さる!」という新聞記事が映された後、村の青年が子供の持っていたドイツ国旗を取り上げる。国旗は小川に流れ、それをランゲが拾う。これが二回目の旗の登場シーンである。

達磨寺の和尚は、「たとえ、ランゲさんの国が我々を裏切ったとしても、いや、当の敵国となったにしても」我々はランゲさんを保護すべきだ、「冷い目を向けたり、誹謗したりするのは、大国民の態度ではない」と主張する。和尚の主張は正しいものとして作中で扱われているが、「独軍ポーランド進駐!」、「英国対独宣戦!」、「仏蘭西対独宣戦!」、「独軍ワルソー占領!」という新聞記事によって示される時代情勢の中では無力である。

ランゲは「日本文化に関する論文を起草中」で、そのために「純日本的な環境」が必要だとしてこの地に滞在している。机には「大分進行したらしいニッポンの原稿」が置かれており、「机の上の筆立に水ににじんだドイツ国旗が立ててある」。村の人々に敵意を向けられても、ランゲの側はそれを受けとめ、変わらず日本文化を愛するという意味だろう。ランゲが執筆中の「ニッポン」は、タウトの最初の著作のタイトルである。(2)

三回目に旗が登場するのは、再び日本とドイツの関係が変化したときである。「独軍白蘭侵入！」、「伊国参戦！」、「巴里陥落！」、「独仏停戦！」、「日独伊三国同盟締結さる！」という新聞記事が次々に映される。日独伊三国同盟の締結を伝える記事が最後の記事で、直後に以下の風景がひろがる。

達磨寺の山門の石段に、村人たちによる旗行列が作られている。「日の丸の旗と、ハーケン・クロイツでうずまった達磨寺の石段は、まるで絢爛たる滝である」。これまでの二回はドイツ国旗だったが、最後に登場するのはナチスの旗である。それが日の丸の旗とともに山門を埋める。このあとタウトは日本を去ることになり、村を離れる。

「達磨寺のドイツ人」は、タイトルに示されている通り、ランゲをドイツという国をあらわす人物として配置する。村の人々のランゲに向ける感情は、その時々の日独関係の変化に応じて、友好から敵、再び友好へと変化する。ただし、同じ友好関係を示すにも、最初に振られるのはドイツ国旗で、最後はナチスの旗になっている。また、最後はこれまで登場していない日本国旗もあわせて振られている。

タウトと旗

旗の挿話は、浦野の本には見えない。だが黒澤の創作というわけではなく、これに近い出来事は実際にあったようである。

タウトの日記には、村の子供たちとの交流が記されている。タウトが村を歩くと、子供たちは興味を示してついてきた（ベルリンでサモア人を見る人のようだ、とタウトは日記に記している）。日本を去るタウトが村を離れるとき、村の子供たちは旗を振って彼と妻を見送った。以下は一九三六年一〇月八日の日記である。

出発の時がきた、誰もが微笑のうしろに別離の悲しみを隠してゐる。［…］お寺の長い石段を降りてもすぐ自動車に乗らないで、碓氷川の橋を渡りながら浅間山に最後の一瞥を与えた、いつもながらの噴煙である。向う岸の橋の袂には、全村の人々が集まっていた、子供達は手に手に日本とトルコの旗をもっている、なかには鳥のような鷲を描いたドイツの旗もいくつかまじっていた、これらの旗はすべて敏子さんと玄嶺さんとが拵えたのである。［…］上野君が万歳の音頭をとった、これに和して一斉に『タウトさん万歳！　奥さん万歳！』と叫ぶ、私も『八幡村万歳！　少林山万歳！』私達は、今日の別れを心から惜しんでくれる村人達に取巻かれた。私達は自動車に乗った、『左様なら！』、あとから三台の自動車が続いた。通りがかりに、戸口に出て目送する人達が見えた、子供達はしきりに例の旗を振っている。

別れを惜しむ村の人々が集まり、子供たちは旗を振って見送る。感動的な別れの場面である。振られている旗は、日本の旗と、タウトがこれから向かう先であるトルコの国旗、そしてドイツの国旗であった。

「達磨寺」では、日本を去るランゲの行き先はあいまいである。帰ると言っているので、ドイツに帰国するのだろうか。トルコの旗が登場しないのはそのためだが、問題は、そのドイツをあらわす旗である。タウトに向かって振られたのはドイツ国旗だが、「達磨寺」でランゲを送るのはナチスのハーケン・クロイツなのである。

ランゲ／タウトはいつ日本にいたのか

日独関係に関連して、黒澤が「達磨寺」の作中の時間を一九三九年、作中の表記では「昭和十四年」に設定している点に触れておく必要がある。作中の年代は、河野が教室でランゲを迎える心得を説く場面で「昭和十四年七月二十日」という黒板の文字として示され、以後も新聞報道を通じて明示される。

「達磨寺」の登場人物は、実在の人物をモデルにする。作中の出来事も、浦野の本をもとに、基本的に事実にもとづいて作られている。だが黒澤は、この作品で事実に対して大きな変更を加えている。それがタウトの滞日の時期である。

ランゲ／タウトは、いつ日本に来て、日本から去ったのか。滞日時期の変更について、映画評論家の佐藤忠男は次のように説明している。

タウトはナチスに追われて国外に亡命し、一九三八年にはトルコのイスタンブールで死んでいるのだが、黒澤明がタウトをモデルとして創作したランゲは、一九三九年から一九四〇年まで、日本のある田舎の小さな禅寺に下宿して日本文化を研究していることになっている。タウトが滞在した時期より五年ほどあとにずらせているのは、一九三九年が独ソ不可侵条約の結ばれた年であり、当時、日独伊防共協定を結んでいた日本としてはドイツに裏切られたと感じた年だからである。そして、翌一九四〇年は、日独伊三国同盟が結ばれて、日本とドイツとは、それ以前よりさらにいっそう強固な同盟関係に入った年だからである。［…］タウトをモデルとしたランゲが、あたかもナチス・ドイツを代表するような人物として脚色され、ナチス・ドイツと軍国主義日本の民衆の心の掛け橋のようなイメージを与えられているのは奇妙なことである。(3)

タウトは一九三三年、ナチスが台頭するドイツを避けて来日し、高崎の達磨寺では三四年八月から三六年一〇月までの二年余りを過ごした。トルコに招かれて日本を去り、三八年に客死している。黒澤はこの作品で、ランゲの高崎滞在を実際のタウトのそれから五年ほど後にずらしている。ランゲは三九年七月から一年間、お月見、大晦日、節分、満開の桜など、季節の年中行事を一通り体験して去る。和尚は、寺ではこの間いろいろなことがあったが、「この一年と言うもの、世の中全体が、恐ろしい程の動き方をした」と振り返る。

この作中年代の変更によって、ランゲはタウト没後の四〇年九月に締結された日独伊三国同盟を背景に、ナチスの旗によって見送られて去ることになる。ナチス政権下のドイツを避けて来日したタウトをモデルとするランゲがナチスの旗に囲まれるのはグロテスクな改変だが、これを単に作中の年代をシナリオの発表時期にあわせたことに付随する結果と見るべきではないだろう。ハーケン・クロイツの旗とともに振られる日の丸の旗と、ランゲが執筆する「ニッポン」、二つの日本の間にも、ずれがあると思われるからである。ランゲ／タウトの日本文化論の検討に移る前に、次節では黒澤明の同時期のもう一つのシナリオ、「静かなり」を分析しよう。

二　老建築家の日本建築論――「静かなり」と伊東忠太

老建築家たち

「達磨寺のドイツ人」と同時期の黒澤明のシナリオ「静かなり」にも、建築家が登場する。ランゲは「六十近いお爺さん」という設定だが、「静かなり」の主人公も「菊地博士（建築学教授、六十歳）」である。

建築家と言っても、作中で設計に携わる場面はない。彼らがするのは、日本の古い建築物に関する価値判断を表明することである。老建築家たちの発言は、若い世代の登場人物の身に起きるドラマの外にあって、作品の主題を提示するものとなっている。

法隆寺は日本建築である

「静かなり」の冒頭と末尾は、菊地博士の大学での「建築史の講義」の場面になっている。話題として取り上げられるのは、「民族的記念碑」だという法隆寺である。

博士は、法隆寺には「滔々たる夷狄の侵入に抗して、寸土と云えども確保して譲らなかった民族的義勇軍の戦史を見るような趣き」があり、それは「云わば［…］文化的に来寇と戦った、その記念すべき古戦場」なのだと語る。「義勇軍」「戦史」「古戦場」等の戦争の比喩で語られるのは、日本に対する中国の影響である。「文化的」な「来寇」とあるように、それは文化の上での戦争だったと意味付けられている。

博士はまた、法隆寺が学界で重視されるようになったのは「明治二十二、三年、ちょうど日清戦争に国内が沸き立ち、勃然たる民族的精神昂揚の時代だったのも意味深く思われる」と語る。事実、建築界での法隆寺に関する議論は明治半ばに萌芽した(4)。古い建築物の評価がその時の情勢によって規定されるとすれば、博士がいま法隆寺を評価するのも、このときの日本が中国と戦争をしているためだろう。日清戦争ならぬ日中戦争の最中である現在、博士は法隆寺を中国の影響下にある建築ではなく、日本的な建築として評価しようとする。

末尾の場面で、博士は「仏教芸術が百済及び唐、隋の圧倒的な影響下にあった飛鳥時代」に「堂塔の構造、様式、細部の手法に至る迄日本の美しさに充ち充ちた法隆寺の如き伽藍が建立せられたのは、全く不思議」なようだが、「そこらにゴロゴロしている国籍不明の建物こそ、実は不思議極る産物だと云わねばならん。今、便宜上建物と云ったが実は建物じゃなくて化物だ！」と、法隆寺をたたえ、返す刀で現代の建築を否定する。「国籍不明の建物」は、「唯の箱」とも言い換えられている。これは白い箱（ホワイトキューブ）と呼ばれるモダニズム建築を指すだろう。

特定の地域性を持たないモダニズム建築に対して、法隆寺は「日本の美しさ」に充ちていると博士は主張する。日本美の観点で古建築を評価することは、同時代の建築を日本的でないと否定することと対になっているのである（本書第三章で取り上げた石川淳の小説『白描』の登場人物も、現代の建築を「日本にあるものが日本的でない」と批判していた）。「静かなり」において、その美しさは、「日本民族の精神の美しさ」へと敷衍されている。

伊東忠太の法隆寺論

佐藤忠男は「菊地教授の日本建築論は、ブルーノ・タウトの日本伝統建築礼讃に、国粋主義イデオロギーをつけ加えたようなもの」だとするが、(5) 事例が法隆寺であることから、参照されているのはタウトではなく伊東忠太だと思われる。伊東忠太（一八六七〜一九五四）は、明治二〇年代の法隆寺再建論争の一端を担った「法隆寺建築論」で博士号を取得し、東京帝国大学等で長く教授をつとめ、この時期は講演録『神社建築に現れたる日本精神』（三五・一〇、日本文化協会出版部、日本文化小輯第九）や『建築に現れたる日本精神』（三六・三、啓明会事務所）など、古い建築に「日本精神」を見出す議論を公にしていた。

伊東の法隆寺論は時期によって変容している。「静かなり」の菊地博士のモデルを伊東忠太だと同定するより、菊地博士の議論が伊東のこの時期の法隆寺論、直接にはおそらく創元選書『法隆寺』（四〇・一一、創元社）を参考にすると見るほうが適当だろう。(6)

『法隆寺』では、建築の様式は土地の気候風土に「民族性」が干渉して成立するという前提のもと、法隆寺が日本建築として説明される。仏教渡来期の飛鳥時代の建築である法隆寺は「百済建築の移植か、もしくは拙劣な模倣」になりそうなものだが、「法隆寺建築に現れた大体の相貌や、これを形づくつてゐる細部の手法の中に、日本固有の素因が発見される」と伊東は主張している。

法隆寺は日本人である

だが建築に何らかの「日本固有」の要素が見られるとして、そのことと建築に「日本精神」を見出すことの間には飛躍があるように思われる。それをつなぐのが、比喩である。

伊東忠太の『法隆寺』の論法はこうである。「法隆寺建築の外観は、人に譬へると正に日本人の型であり、一体に小柄で引締つてゐることがその第一の特長である。〔…〕この小柄な男がよく正しい姿勢を保ち、骨格筋肉共によく発育し、脚が長すぎるとか、頭が大きすぎるとか云ふ畸形でなく、又贅肉の多い俗相もなければ枯痩の貧相もない、先づ殆んど申分のない体躯であると謂ふことが出来る。即ち法隆寺建築は支那人でもなければ朝鮮人でもない。どこ迄も日本人であるといふ点が貴いのである。この日本の肉体を有する建築には、また当然日本の精神が宿つてゐなければならぬ」。

法隆寺に日本的な要素が見られるという議論が、法隆寺は日本人であるという比喩を媒介にして、法隆寺には日本精神が宿っているというテーゼに行き着く。建築を人間（の男性）にたとえるのは、人間の肉体に精神が宿るように建築にも精神が、すなわち法隆寺に日本精神が宿ると主張するためのレトリックである。

「静かなり」の菊地博士も、「人間がただ物を食う生物でなく、その民族固有の精神を持ち、その理想に生きると同時に、真実なる建築も民族の精神に礎石を置き、その理想を支柱として、毅然と聳ゆるべきものである」と、建築を人間にたとえて語っている。人間が民族固有の精神と理想を持つように、建築も民族の精神と理想を持ち、精神は礎石、理想は支柱としてその建築を支える。建築を人間に擬える比喩によって、法隆寺が日本精神を持った日本人として語られるのである。

法隆寺と日本精神

ラストシーンで、菊地博士は法隆寺が体現する日本精神を「強いが故にあくまで静か」だと説明する。タイトルでもある「静か」は、作中世界では、床の間に飾られた博士の父の書、「静処」（静かに処す）として視覚化されている。

「静かなり」は、菊地博士の息子である圭介が応召の報を受け取り、出征するまでの物語である。圭介は、横光利一の長篇小説『紋章』（「改造」三四・一〜九）の主人公を思わせる、大豆の工業化の研究に情熱を注ぐ技師である。出征までの短期間で彼がなすべきことは、「重大なる国策の一つ」になるはずの「満洲大豆」の加工の研究を引き継いでくれる人を探すことと、家族や淡い恋愛感情を抱き合う女性との別れである。家族や恋人は彼を「静かにたたせてやる」ため、直接出征を話題にすることはせず、しばしば無言になる。妹が弾くショパンの軍隊ポロネーズ、床の間の「奉公袋と目に痛い様なまあたらしい日の丸の国旗」、そして「〽海行かば水づく屍／山行かば草むす屍」という「海行かば」のピアノのメロディによって、応召は間接的に示される。博士は「静処」の書が自分の言いたいことを尽くしているから何も言わないと圭介に伝える。

圭介の恋人も軍隊ポロネーズを演奏する。「あの静かな恥しがりやのお嬢さんの何処にこの様な気魄がかくされて居たのだろう」と驚かれるような凛然とした「力強」い彼女の演奏は、それを聴く「圭介の心を遠く大陸の戦野に連れて行った」。圭介の「幻想」は、ゲートルを巻いた無数の軍靴と、理想に燃えて進んでいく無数の顔という映像によって表現される。演奏を聴いた後、圭介は支度を整え、仏壇の前に座り、「祖先の位牌の前に静かに頭を垂れて祈る」。

博士が法隆寺に体現されていると語る「強いが故にあくまで静か」だという日本精神は、出征する青年と彼を送り出す人々のあるべき心構えと一致する。青年は死を覚悟しており、大陸を歩進する兵隊の一人となることが予告されている。父である老建築家の大学での講義の場面は、青年の出征の物語を取り囲む枠のように、冒頭と末尾に配されている。その講義によって、出征する青年は法隆寺に重ねられる。法隆寺は中国の文化的な侵入に対抗する「義勇軍」にたとえられていたが、青年は軍隊の一員として中国に出征する。法隆寺は、中国と戦う日本人の記念碑《モニュメント》として意味付けられるのである。

三　戦う日本――「達磨寺のドイツ人」と映画『新しき土』

幻影の日本

「達磨寺のドイツ人」のランゲも、日本の古い建築物について、自らの価値判断を表明する。彼の部屋の壁には桂離宮など日本の古建築の写真が貼ってある。河野に「日本で一番好い建築は？」と質問されたランゲは伊勢神宮と桂離宮を挙げ、日光東照宮はどうかと質問されると、憤然として「アレハイケナイ！」、「ニッコウハイケナイ！」、「ショウグンノケンチク、ミナイケマセン！」と繰り返す。ランゲの発言は、伊勢神宮・桂離宮と日光東照宮を対置するタウトの議論と一致する。

ただし、この発言にはランゲがタウトをモデルにすることを示す以上の意味はなさそうである。「達磨寺」においてより重要なのは、ランゲが音から幻を見る場面である。「ニッポン」の原稿が置かれた机の前にいるランゲのところに、「琴の音が聞えて来る。／ランゲ、顔を上げてそれに聴き入る」。この場面では、寺の和尚の娘が弾く琴の音から、ランゲの頭の中に「幻影」が浮かぶ。「琴の音は、ランゲに日本の古い建築物の優雅な屋根の勾配や、壁画の美しい配列や端麗な柱の構成を思い出させる。／ランゲの頭の中を、東大寺法華堂の破風や、孤蓬庵の一室や、白壁の美しい農家などの幻影が不思議な夢のように去来する」。そして「ランゲは我にかえると、憑かれた人のようにペンをとって、夢中で書きはじめる」。ランゲは別の場面でも、寺の鐘の音に触発され、法隆寺や東大寺法華堂の仏像を「夢の中で」思い浮かべている。

「達磨寺」では、古い・美しい日本の建築や仏像が幻影として登場する。ランゲが執筆する「ニッポン」に対応するのは、この幻影の日本である。

富士山と浅間山、昔の日本と今の日本

「達磨寺」のラストシーンは、浅間山の爆発である。ランゲは「アサマハヨイ！」と叫ぶ。河野が「そんなに浅間が好きですか？」と聞くと、ランゲは「タイヘン、ヨイ！」と答える。

時子「富士山と、どちらがお好き？」
ランゲ「フジモ、ヨイ。シカシ、フジハムカシノ、ニホン。ウツクシイ、ムカシノ、ニホン」
河野「浅間は？」
ランゲ「アサマハ、イマノ、ニホン。タタカッテイル、ニホン」
河野「ほう！」［…］
ランゲ「アサマハ、ヒノヤマ。ニホンハヒノクニ。ニホンハ、トウヨウノ、ヒノヤマ」

浅間山の爆発の直前の地鳴りが聞えて来て、ランゲは両手をひろげて、高らかに叫ぶ。「エッキスプロージョン」。「達磨寺」には、遠くに富士山らしいものを認める場面がある。この挿話は浦野芳雄の本にもあり（ただし、富士山ではなく雲だったらしい）、浅間山の爆発に「爆発《エキスプロージョン》！」と興奮するタウトの姿も記されている。

タウトが富士山について書いた文章は、岩波新書『日本美の再発見』（三九・六）に収められていてよく知られている。『日本美の再発見』の最後に置かれた「永遠なるもの――桂離宮」がそれである。この章は、日本を離れるときに富士山を仰ぎ見て、「私達はこれこそ日本である、最も明白な形で現はされた日本的精神であると語り合つた」と締めくくられている。黒澤は助監督としてついていた映画監督の山本嘉次郎に薦められて、タウトの『日本美の再発見』を読み、タウトに関心を持ったようだ。(7)「達磨寺」の富士山への言及は、『日本美の再発見』を踏まえるだろう。

「達磨寺」における黒澤の創意は、その富士山を浅間山と対置し、それぞれ古い日本と現在の日本の象徴とした点である。富士山は「ウツクシイ、ムカシノ、ニホン」、つまりランゲが「ニッポン」に書きとめたであろう古い建築や仏像によって代表される、幻影の日本の象徴である。その古い・美しい日本に対して、今の日本は「タタカッテイル」、つまり戦争をしている日本である。それは「トウヨウノ、ヒノヤマ」、つまりアジアで戦う日本である。作中には「この村から出征した者達」は「みんな満蒙国境さ行ってる」という村人の発話もある。

日独合作映画『新しき土』

富士山と浅間山というと、映画史の文脈では、日独合作映画『新しき土』（三七・二〈日本公開〉）、東和商事映画部）が先例として思い浮かぶ。『新しき土』にはアーノルト・ファンク版と伊丹万作版が存在するが、山岳映画の巨匠であるファンク版は、冒頭、浅間山の爆発からはじまって、海と富士山を映した後、主人公の実家である茅葺の農家に至る。

『新しき土』では、小杉勇演じる主人公の青年・大和が、日の丸と鉤十字の旗が飾られた船で、ドイツ人女性をともなってドイツから帰国する。映画研究者の瀬川裕司は、ファンク版には伊丹版にはない、「寺での和尚と輝雄が、「卍」が裏返しになってナチの鉤十字のように見える木組の模様の前に立つショット——明らかにナチと日本の親縁性をアピールしようとするものだ——がある」ことも指摘している。[8] 欧化して帰国した大和は、いったんは原節子演じる許嫁の女性との婚約を破棄しようとするが、桜や能などの日本文化に接し、心を入れ替える。浅間山に身を投げようとした許嫁を助けた主人公には、結婚して満州という新しい土地の開拓に臨む未来が予告されている。

『新しき土』で日本的なものとして描かれるものたちは、自然の風物や伝統芸能などである。それらはパッチワーク的に並べられるだけで、論理化されていない。瀬川によれば、同時代の反応として、絵葉書を並べたものに過ぎないという評が複数あったという。

翻って、黒澤明の「達磨寺のドイツ人」や「静かなり」では、作中の建築家が日本の古建築や日本文化を論じる。タウトや伊東忠太の議論を借りるそれらの建築論は、日本を語るためのレトリックを組織し、日本的なものを論理化して提示している。

将軍の比喩

あわせて指摘しておきたいのは、満州事変以後ではあっても日中戦争以前の作品である『新しき土』とは違って、日中戦争開戦後の「達磨寺」も「静かなり」も、明確に戦う日本を語っていることである。このときの日本は、富士山に象徴される美しい日本から、アジアを侵略する戦う日本に変質している。

「達磨寺」のランゲは、日光東照宮を否定するのに、「ショウグンノケンチク、ミナイケマセン！」と言っていた。同様の会話は浦田芳雄の本にもあるが、そこではタウトは「将軍」という語にヒットラーのイメージを重ねている。ドイツには「最も恐るべき将軍が居ます」と言って、「タウトは肩をはり、肱をつき、眼をみはらして、儼と椅子に構へて、天下に呼号し執政する将軍的存在を示すのだった」。浦野によると、「タウトはドイツの国家事情に就いては何も語らなかった。否、語るに堪へざるものゝ如くであつた」が、この発言は「ヒットラーを日本の将軍に譬へた」ものであったという。

黒澤明はこの本を読んで、ハーケン・クロイツの旗に囲まれるドイツ人建築家を描いた。タウトは日光東照宮を将軍の建築とし、伊勢神宮や桂離宮を天皇の建築とした（本書第一章参照）。黒澤は「達磨寺」でタウトがヒットラーに重ねていた将軍の語を、その文脈を無視して、ランゲの発言に用いた。一方、タウトが将軍と対置していた天皇の語をランゲが口にすることはない。タウトが日本に滞在していた時期から数年しか経っていない。だが彼が日本を去って亡くなった後、その存在は本人のあずかり知らない文脈に、糸を切断して別のところに結びなおすように接続されていたのである。

---

(1) 伊丹万作は「浦野芳雄著、ブルーノ・タウトの回想よりという見出しがついている。私は最初にシナリオを読み、後から浦野氏の著書を読んでみた」と述べ、それが評価を左右するものではないと断りつつ、原作に「殆ど其の侭有る」箇所を複数指摘している（「シナリオ時評　達磨寺のドイツ人」「映画評論」四一・一二）。

(2) 「その表紙には、稚拙な字で、／ニッポン／と、書かれてある」とあるが、『ニッポン』もタウトの手になる字が装丁に使用されている。ただし、タウトの『ニッポン』は達磨寺で執筆されたものではない。

(3) 佐藤忠男『黒澤明の世界』（六九・六、三一書房→増補改訂版、八六・六、朝日文庫）。

(4) 伊東忠太は、「伽藍建築の再建・非再建の論争」を中心に「法隆寺に関する議論は、明治の中年頃から萌芽」したと述べている（「自序」『法隆寺』前掲）。

(5) 佐藤忠男『黒澤明の世界』（前掲）。

(6) 創元選書については、本書終章参照。

（7）山本嘉次郎は、「「日本文化《マ》の美《マ》」という本が岩波から出て大変に僕は惚れてねえ、黒澤に貸した。で、黒澤君がやっぱりブルーノ・タウトに……」と振り返っている（『黒澤明を語る人々』二〇〇四・九、朝日ソノラマ、黒澤明研究会編）。

（8）瀬川裕司『新しき土』の真実——戦前日本の映画輸出と狂乱の時代』（二〇一七・四、平凡社）。

III

建築の語り方、「日本」の語り方

第五章　喪失と発見——坂口安吾「日本文化私観」と岡本太郎

一　発見と再発見——坂口安吾「日本文化私観」

法隆寺は焼けてもいい

坂口安吾の「日本文化私観」（「現代文学」四二・三）は、ブルーノ・タウトの著作と同じ表題を掲げて、タウトとは違う立場で日本文化を語るエッセイである。安吾は、タウトが称揚した古い日本文化を自分はほとんど知らないと述べて、そういうものたちよりも生活する人間の必要に即したものこそが美しいのだと主張した。その主張は、よく知られた以下の箇所に端的に示されている。

法隆寺も平等院も焼けてしまって一向に困らぬ。必要ならば、法隆寺をとりこわして停車場をつくるがいい。我が民族の光輝ある文化や伝統は、そのことによって決して亡びはしないのである。

法隆寺が焼けてもいいというのは、極論として述べられている。だが挑発のための極論だとしても、文化・伝統の象徴である古い建築物の焼亡のヴィジョンにはインパクトがある。一方で、安吾は「我が民族の光輝ある文化や伝統」は不滅だと、高らかに宣言してもいる。日本の文化・伝統を破壊し否定するのか、称賛し擁護するのか。啖呵を切るような口調についのせられてしまうが、著者の立ち位置は意外に捉えにくい。

安吾の「日本文化私観」は全四節からなる。最初の節は「「日本的」ということ」と題されている。一九三〇年代以降、「日本的なもの」、また「日本精神」や「日本美」といったフレーズによって、日本文化はさかんに論じられていた。四二年に「日本文化私観」を発表した坂口安吾、そして四〇年にフランスから帰国した岡本太郎は、ともに日本的なものを批判しながら「日本」を語った。後述するように、岡本太郎も法隆寺は焼けても構わないと発言している。

本章では、坂口安吾と岡本太郎の日本文化論を取り上げ、その論法——論理とレトリック——を読み解く。彼らの著述においては、「日本」に対する引き裂かれとも言うべきアンビヴァレントな態度が、高いテンションの中で保たれている。日本的なものを批判しつつ日本の文化・伝統を論じるとき、安吾も太郎も、タウトに代表される「彼（ら）」と「我々」＝日本人を対置する構図を作っている。安吾や太郎が試みたのは、タウトらによる日本的なものへの評価をそのまま受け入れるのでも退けるのでもなく、いかにして「我々」が「日本」を語り得るのかという、対抗《カウンター》の議論であった。

日本文化に無知な「僕」

「日本文化私観」の冒頭、安吾は自分がいかに日本の古い文化に無知であるか、たたみかけるように述べる。

僕は日本の古代文化に就《つい》てほとんど知識を持っていない。ブルーノ・タウトが絶讃する桂離宮も見たことがなく、玉泉も大雅堂も竹田も鉄斎も知らないのである。［…］タウトによれば日本に於ける最も俗悪な都市だという新潟市に僕は生れ、彼の蔑み嫌うところの上野から銀座への街、ネオン・サインを僕は愛す。茶の湯の方式など全然知らない代りには、猥りに酔い痴れることをのみ知り、孤独の家居にいて、床の間などというものに一顧を与えたこともない。

桂離宮からはじめて、文人画家、茶の湯、床の間と、安吾はタウトが称賛したものを並べ、タウトが否定した東京のネオン・サイン街や新潟市を対置する。自分が日本の古い文化を知らないことを述べる箇所だが、これはそのままタウトの日本文化論の要約になっている。タウトが『ニッポン』や『日本文化私観』で何を褒め、何を貶したか。安吾は日本文化に無知な「僕」を対置することで、タウトの日本文化論の要点をコンパクトに示している。

「僕」はタウトのように日本の古い文化に関する知識を持っていない、見たことがない、知らない。安吾は「〜ない」と否定文をたたみかけると、「けれども、そのような僕の生活が、祖国の光輝ある古代文化の伝統を見失ったという理由で、貧困なものだとは考えていない」と逆接の接続詞によってそれを一挙に反転させる。

これとほぼ同じ内容は、「日本文化私観」という表題に触れつつこのエッセイの主旨を説明する箇所で、ほぼ同じ口調で繰り返されている。「僕は先刻白状に及んだ通り、桂離宮も見たことがなく、雪舟も雪村も竹田も大雅堂も玉泉も鉄斎も知らず、狩野派も運慶も知らない。けれども、僕自身の「日本文化私観」を語ってみようと思うのだ」。

「日本精神」を論じる日本人

この限りでは、日本の古い文化に詳しいタウトに、無知な「僕」を対置するという構図である。だがこれらの箇所は、ほぼ同じ内容を言うもう一つの箇所と重ねて読む必要がある。

日本の文化人はまったく困った代物《しろもの》だ。桂離宮も見たことがなく、竹田も玉泉も鉄斎も知らず、茶の湯も知らない。［…］故郷の古い建築を叩き毀して、出来損いの洋式バラックをたてて、得々としている。［…］そうして、ネオン・サインの陰を酔っ払ってよろめきまわり、電髪娘を肴にしてインチキ・ウイスキーを呷っている。呆れ果てた奴等である。［…］然しながら、タウトが日本を発見し、その伝統の美を発見したことと、我々が日本の伝統を見失いながら、しかも現に日本人であることとの間には、タウトが全然思いもよらぬ距《へだた》りがあった。即ち、タウトは日本を発見しなければならなかったが、我々は日本を発見するまでもなく、現に日本人なのだ。我々は古代文化を見失っているかも知れぬが、日本を見失う筈はない。日本精神とは何ぞや、そういうことを我々自身が論じる必要はないのである。説明づけられた精神から日本が生れる筈もなく、又、日本精神というものが説明づけられる筈もない。

ここでは、桂離宮以下、日本の古い文化に無知なのは「僕」ではなく、「日本の文化人」になっている。古い文化の伝統を見失っているのは「僕」という一個人ではなく、「我々」という集団だとされるのである。安吾はタウトと「我々」を対置し、タウトは日本の伝統美を発見する必要があったが、日本の伝統を見失った「我々」は「日本を発見するまでもなく、現に日本人なのだ」と弁ずる。

タウトは外国人で「我々」は日本人だ、だから「我々」はタウトのように日本を発見するまでもなく知って（わかって）いるのだ――そんなしょうもないことを言いたいのだろうか。だが「僕」や「我々」が日本の古い文化に無知であることは、十分すぎるほど強調されている。「我々」は日本の伝統を見失っているが、日本を見失うことはない。後者の「日本」が伝統と切り離されている点にまず注意する必要がある。

右の議論は、「日本精神とは何ぞや、そういうことを我々自身が論じる必要はない」という主張に行き着く。本章でここまで引用し検討してきたのは、「日本文化私観」の中の最初の節、「一「日本的」ということ」の議論である。このエッセイが、「日本的なもの」や「日本精神」といったフレーズで日本の古い文化を論じる同時代の「日本の文化人」を批判するものであることは明らかである。タウトを批判しているようで、安吾の論敵はタウトではなく、「日本精神」を論じる日本人なのである（そもそもこの時点でタウトは日本を離れて亡くなっている）。

タウトの「発見」？

タウトは日本の伝統美を発見したが、「我々」は日本を発見する必要はない。このように安吾が言うときの「発見」の語は、タウトの著書『日本美の再発見―建築学的考察―』（三九・六、岩波書店）のタイトルに由来すると考えられる。[1]

『日本美の再発見』には、安吾の出身地である新潟市への悪印象を記した紀行文「飛騨から裏日本」が収録されているし、安吾の文中に鉤括弧付きで登場する「永遠なるもの」には、同書の最終章「永遠なるもの――桂離宮」が響いているだろう。[2] 山根龍一は、同書が「安吾の蔵書として残存する唯一のタウトの著作であることも勘案すれば、これが本作成立に与えた影響は小さくない」と指摘する。[3] 安吾の「日本文化私観」は、表題はタウトの『日本文化私観』からとるが、『日本美の再発見』を発想源の一つにすると推測される。

安吾は「タウトが日本を発見し、その伝統の美を発見した」、「タウトは日本を発見しなければならなかった」と言う。だが安吾が言うようにタウトは日本を、日本美を発見したのだろうか。なるほどタウトは桂離宮の発見者だと自負していた（三五・一一・四の日記より）。その発見が、来日直後に桂離宮に案内する段取りをつけていた上野伊三郎や、その背後にいる堀口捨己ら日本の建築家によって導かれたものであったことは既に指摘されている（本書第二章参照）。

タウトが真の発見者かどうかというプライオリティをここで問題にしたいのではない。そもそも『日本美の再発見』のタイトルは、タウトが日本美を発見したという意味なのだろうか。同書のタイトルは「再発見」であって「発見」ではない。わずか一字の違いだが、以下、この点に着目して、しばらく「日本文化私観」を離れて『日本美の再発見』という本の成り立ちを追ってみたい。

二　ブルーノ・タウトの「日本精神」

『日本美の再発見』と編訳者・篠田英雄

一九三九年刊の岩波新書『日本美の再発見』は、タウトの滞日中に明治書房から出版された二冊の単行本、『ニッポン』『日本文化私観』以上にひろく長く読まれたタウトの著作である。タウトがしばしば日本美の発見者（あるいは再発見者）というフレーズを冠されて紹介されるのは同書による。

同書の広範な影響を調査した酒井道夫と沢良子は、これが前の「書き下ろし著作とは異なり、訳者篠田英雄によって編まれた本」であることに注意を促している。[4] 篠田英雄はドイツ哲学者で、カントの翻訳者である。来日中のタウトと親交を結んだ篠田は、三八年一二月、岩波書店と新書刊行の話をまとめ、トルコに手紙を送ったが、エリカ夫人の返信はタウトの逝去を知らせるものだった（「あとがき――ブルーノ・タウト氏の思出」）。篠田はその後、エリカからタウトの日記を託され、全集の編訳を担うことになる。

『日本美の再発見』は、篠田の訳で雑誌掲載された講演録や紀行文を中心に編まれている。[5] その中で最終章「永遠なるもの——桂離宮」は、英語で出版された『日本の家屋と生活』（Houses and People of Japan, 1937.2, 三省堂）の一部で、これだけが初の邦訳である。沢は、この章が「私達はこれこそ日本である、最も明白な形で現はされた日本的精神であると語り合つた」と締めくくられていることに着目し、「篠田がここで訳出した「日本精神」（Geist Japans）が「永遠なるもの」というタイトルに結びつき、国威発揚の時代の空気と共鳴した可能性は大きい」と論じる。(6) ここで「日本精神」の発現と評されているのは、車窓から見た富士山である。

「日本精神」の語は、『日本美の再発見』の末尾の一文に登場するというにとどまらない。篠田は同書のあとがきで、タウトを「日本的精神をその真実の相に於て理解した稀な異国人の一人」と紹介している。篠田はこのようなタウト像に即して文章を採録し配置したと推測される。

『日本美の再発見』では「永遠なるもの」の章が最後に置かれることによって、富士山を「日本精神」の発現として仰ぎ見ながら日本を去るタウトの姿が印象付けられる。ただし、この場面はタウトが離日前に想像で書いたものである。もとの『日本の家屋と生活』はザンダーズ夫妻という架空の人物の日本滞在物語という体裁をとる。これは『日本美の再発見』でこの章を読むのではわからないことである。

「日本精神」というパッケージ

『日本美の再発見』刊行後の四二年、篠田は二つの本に関与している。一つは田部隆次編『日本を観る』（四二・八、青山出版社）で、篠田はこの中のタウトの章を担当している。もう一つはこの年から刊行を開始されたタウト全集の第一巻『桂離宮』（四二・一一、育生社弘道閣）で、篠田は他にも複数の巻の訳を担当している。四二年は安吾の「日本文化私観」が発表された年だが、これらの本によってタウトの名前が当時どのように流通していたかはおおよそ知られる。

『日本を観る』は、日本に対する小泉八雲やチェンバレンら「異国人の観察」を並べた本である（田部「序」）。タウトが最後で、篠田の解説と、概ね『日本の家屋と生活』から「採訳」された抜粋からなる。その最初の抜粋には、「日本精神」というタイトルが付けられている。文中では、「それは実に日本精神を秘めた神殿にほかならない。この精神は日本民族の一切の業績を貫いてゐる」と、「日本精神」の語によって伊勢神宮が説明されている。この「日本精神」という短文は、『日本の家屋と生活』のある章の一部を切り取ったものだが、該当する範囲内でも訳出していない箇所があるなど、編集のあとがうかがえる。引用した箇所の「日本精神」も、他では「日本の農民精神」と訳されている。(7)

タウト全集第一巻にも、「日本精神」という題の文章が収録されている。これは『日本を観る』

所収の「日本精神」よりやや長く、『日本の家屋と生活』のある章の全体に相当する。[8] 篠田は後記で、「なほ『日本精神』といふ標題は、内容に即して訳者の附したものである」と、自分がタイトルを付けたことを断っている。全集版「日本精神」は、篠田訳のタウト著作集第一巻『桂離宮』（四六・六、育生社）に引き継がれ、巻末の訳者後記に同様の説明がある。[9]「日本精神」は、『日本美の再発見』と同じく一般向けのタウトの著作である創元文庫『忘れられた日本』（五二・九、創元社）にも、こちらは「日本の心」の題で収められている。

タウトが「日本精神」と名付けた文章は存在しない。にもかかわらず、複数の著書にこの題の文章が収められている。それを生んだのは篠田であり、その起点には『日本美の再発見』があるのだ。なるほどタウトの文中に「日本精神」と訳すことができるフレーズはあり、篠田は捏造したわけではない（自分がこの題を付けたことを断っているのも良心的である）。だがタウトは自ら「日本精神」を論じたのではなく、没後にその文脈の中に引き入れられたと言うべきだろう。その影響を示す一例として、哲学者の西田幾多郎が岩波新書『日本文化の問題』（四〇・三）でタウトを引き合いに出して「日本精神」を論じている事実を挙げておこう。[10]

こうした議論は、安吾の言葉を借りるなら、日本人による——日本の文化人たちによる——「日本精神」論である。没後の三九年以降、タウトの著述には「日本精神」というパッケージが与えられた。タウトの日本文化論は、『日本美の再発見』が起点となって、「日本精神」をめぐる議論の中に引き入れられた。タウトに言及するという意味では、安吾の「日本文化私観」もこの文脈の中にある。安吾が他と違うとしたら、タウトの議論に依拠して、その名前を自説を補強するために引用して日本文化を論じることだけは避けている点である。

三　（再）発見したのは誰か——岡本太郎の日本論

ブルーノ・タウトの『日本美の再発見』『忘れられた日本』

タウトの滞日中に刊行された『ニッポン』と『日本文化私観』は、そのタイトルにタウトを指す語が含まれる。『ニッポン』の副題で『日本文化私観』の原題にもある「ヨーロッパ人の眼で見た」の「ヨーロッパ人」、『日本文化私観』の「私」はそれぞれタウトを指すだろう。これらはヨーロッパ人であるタウトが自らの「眼」で見た（観た）日本文化を語るという意味である。対して『日本美の再発見』は、タウトを主体にしてタイトルの意味を説明しにくい。

篠田英雄は『日本美の再発見』のあとがきで、「斯の人の発見した日本的美を読者の前に提示するのは、単に理解ある一異国人の卓抜な観察を伝へようとするばかりではない、これによつて我々の元来もつてゐた美が新たに発見せられ附加せられたと信じるからである」と述べている。タウトが日本美を発見し、それによって「我々」が持っていた美が新しく発見されたとは、つまりタウトの発見が「我々」にとっては再発見だということだろう。タウトの発見が再発見と言い換えられているのは、そこに「我々」という彼とは別の主体が紛れ込んでいるからである[11]。

同じく篠田による編著、『忘れられた日本』のタイトルはより明白である。篠田は解説で、「手近なものは却って我々の注意をひかないのを常とする。タウトが日本の美を、ややもすれば我々の忘れがちな日本文化の中から取りあげて、[…]彼独自の美しさをもつ文章に託したことは多としてよい」と述べている。つまり同書のタイトルは、忘れられた日本がタウトによって発見されたという意味である。日本を忘れたのは「我々」である。

『日本美の再発見』『忘れられた日本』のタイトルは、タウトによる日本(美)の発見を、日本人が忘れた日本(美)がタウトによって再発見された、と読み換えている。著者であるタウトに代わって「我々」が主体の位置に滑り込み、かつ、その主体は明示されない。これらのタウトの著書のタイトルにおいて、「我々」は隠れた主体として設定されているのである。

岡本太郎の『日本再発見』『忘れられた日本』

ここで比較のために、ほとんど同じタイトルの著作のある美術家・岡本太郎(一九一一～九六)の日本論を取り上げよう。

一九四〇六月、一〇年間の長期に及んだフランス留学から帰国した太郎は、日本を知るために京都・奈良を訪れるが心に響かない。その後、出征を経て、戦後に縄文土器と出会い（「縄文土器」「みづゑ」五二・二）、五六年に『日本の伝統』（五六・九、光文社）を著す。翌年からの東北行きにはじまる旅行が『日本再発見——芸術風土記』（五八・九、新潮社）に、沖縄旅行が『忘れられた日本——沖縄文化論』（六一・一、中央公論社）に結実する。[12]『日本再発見』『忘れられた日本』と『神秘日本』（六四・九、中央公論社）は太郎の日本論の三部作である。[13]

太郎は「日本」に、「いわゆる日本美とは正反対な様相」を求めた。[14]彼は明治以降の「伝統」が西欧人の「発見」になるとして、タウトによる桂離宮の発見をその一つに数えている。「考えてみれば、明治以来、今日まで近代的な意味で自覚された「伝統」の価値はほとんどが西欧人の判断に依存しているといってさしつかえない。浮世絵、仏像、桂、伊勢等々」。太郎は、ピカソの浮世絵、グロピウスやアルプの石庭への評価と並べて、「タウトが桂や伊勢神宮や飛騨の農家に頭を下げ」たことを挙げ、これらは単なる「エキゾチックな興味ではなく」造形的な感動であると一定の評価を与えつつ、「彼ら」と「われわれ」の立場を区別した。

しかし、それは純粋に彼らの発見であり、彼らの実力なのである。[…] その邂逅、発見は彼らにとってたしかにすばらしい。しかしこの事実がいったい、われわれにとってはどうなのか。全く別の問題である。この違いをはっきり見きわめなければならないのだ。／われわれの側から考えてみよう。／彼らに指摘され再認識し、親しく見なれてきたものでも、あらためて新しい角度から眺めれば、別個の感動がおこる。［…］しかし、それは決して彼らが見る場合と同じプロセスを通過することはないだろう。［…］われわれに新鮮であり有効であるためには、それは、かえって切り捨てることによってしか生きてこない。つまり「日本美」としてではなく、逆にそういう観念を無効にするものとして出てくるのだ。［…］彼らのいう良さがたとえ事実であったとしても、手続きに関するかぎりまったく逆であり否定すべきではないか。浮世絵も、桂も、伊勢も、よくいえばのり越え、悪くいえば切り捨ててしまわなければならない要素といって差支えない[15]。

いわゆる「日本美」は、「彼ら」の「発見」による。それによって「われわれ」がその美を「再認識」するとしても、「われわれ」はあえてそれを切り捨てなければならない。太郎は彼我の「プロセス」＝「手続き」の違いを重視する。桂離宮や伊勢神宮がタウトの言うように美しいとしても、「われわれ」が「彼ら」と同じ手続きによってそこに至ることはないからである。

岡本太郎の『日本再発見』は、「彼ら」が発見した「日本美」とは違う「日本」を「われわれ」

が再発見するという意味である。縄文土器に自らが求めるものを見出した太郎は、同様に「原始的なもの」、「古い、うしなわれたわれわれの文化の根源」を探して東北や沖縄に旅した。彼はそこに「暗く深い、もう一つの美の伝統」、すなわちオルタナティヴな日本の美の伝統を見出したのである。

太郎は、「彼ら」の「日本美」の発見に対して、「われわれ」はそれとは別の経路で「日本」の伝統を再び発見するべきだと主張した。では、タウトは発見したが「我々」は日本を発見する必要はないと言った安吾はどうするのか。「僕」はどのような手続きをとって「日本文化」を語るのか。安吾の「日本文化私観」に戻ろう。

四　美と郷愁──坂口安吾「日本文化私観」

「日本文化」から「美」へ

「日本文化私観」の一節の末尾で「僕自身の「日本文化私観」を語ってみようと思う」と宣言した安吾は、しかし最終節では「日本文化」を語っていない。「美について」と題された四節で語られるのは、「日本文化」ではなく「美」である。安吾はここで「美的装飾」のない、必要のみにもとづく「美」を語っている。この「美」が「日本美」でないことに注意を払う必要がある。「一

「日本的」ということ」からはじまった「日本文化私観」は、「四　美について」で、ひそかに「日本」の語を取り外しているのである。

安吾が挙げる具体例に即して検討しよう。安吾が「美」の例として持ち出すものは、日本のものに限らない。最初の三つの例、小菅刑務所・ドライアイスの工場・軍艦は、日本製ではあるかもしれない。[16]だが最後の事例である戦闘機は「イ―十六型戦闘機」で、ソ連が起源である。「分捕品」とあるので他から奪ってきたものらしい。しかもこれは「日本の戦闘機」との対比の上で、こちらに「速力的な美しさ」があると選ばれている。速力という必要に即した形の例として挙げられる陸上選手たちも、日本人選手ではない。

これがどうして「日本文化」を語ることなのだろうか。この点を解読するためには、安吾の言う「美」が「郷愁」という語によって説明されている点に注目する必要がある。安吾は、小菅刑務所やドライアイス工場には、「懐しいような気持」を感じる、「僕の郷愁をゆりうごかす逞しい美感がある」、「僕の心をすぐ郷愁へ導いて行く力」があると述べている。装飾のない必要にもとづく美を形容するなら、質実や素朴といった語のほうが相応しいだろう。ところが安吾は自身の提示する「美」を、「郷愁」という情緒によって説明するのである。

帰る家

最終節の前には、「三　家に就て」というごく短い節がある。「日本文化私観」全体の中で位置付けがよくわからない節である。(17) タウトの名前もここだけ出てこない。

安吾はこの節で、家に帰ることには「変な悲しさと、うしろめたさ」がある、「「帰る」ということは、不思議な魔物だ。「帰ら」なければ、悔いも悲しさもない」と述べている。帰る家と言っても、遠く離れた故郷の実家でも、いま家族と住んでいる家のことでもない。叱る人がいなくても、帰ると叱られる場所が家なのだという。包まれるのではなく突き放される場所が、観念上で「家」と呼ばれている。

「二　俗悪に就て（人間は人間を）」では、タウトが「いかもの」として否定した「俗悪」が、「簡素」「高尚」と「同じ穴の貉《むじな》」であると喝破され、人間を基準にすれば「京都や奈良の古い寺がみんな焼けても、日本の伝統は微動もしない」とされていた。結論と同じ内容は、二節の段階で既に記されている。この二節と四節の間になぜ三節があるのか。

「日本文化私観」の結論は、見かけほどシンプルではない。整理しよう。命題を取り出せば、人間の生活の必要にもとづいて作られたものが美しいという結論である。この命題は、簡素な桂離宮と俗悪な日光東照宮を対比して前者を称賛したタウトに、簡素も俗悪も同じく俗悪だと反論した上で提示されている。ただし、タウトの桂離宮論は、それを真の日本文化、日本的なものとして評価するものだが、安吾の結論では「日本」は消えている。と同時に、安吾の言う美には、「郷愁」という形容が添えられる。つまり帰る家という三節の話題は、「日本」に代わる「郷愁」のために挿入されているはずである。

郷愁と喪失

小菅刑務所以下、安吾が懐かしい美の例として挙げるものたちは、古い伝統文化ではなく、近代的なものである。古いものに懐かしさを感じるのならわかるが、なぜこれらに「郷愁」を揺り動かされるのか（「郷愁」や「ふるさと」は安吾文学のキー概念だが、ここでは作家論には踏み込まない）。「日本文化私観」の安吾はこれ以上説明していないが、ここで列挙されている対象に「郷愁」を感じるのは、喪失感によると仮定してみたい。たとえば自分の幼少期の思い出と結びついているから懐かしいというのでは、その美が必要に即すことと論理的につながらない。必要に即したものが「郷愁」を感じさせるとしたら、それは必要のために失うものがあるからではないか。

谷崎潤一郎のエッセイ「陰翳礼讃」は、日本が明治以降の近代化によって失ったものたちを数えるものであった（本書序章参照）。明るさは便利でもはや捨てられない。いまさら後戻りはできないが、せめて文学の領域で「陰翳」を残したい、というのが「陰翳礼讃」の結語であった。安吾は、「僕」及び「我々」は日本の伝統を見失っている、と繰り返していた。伝統の喪失と、この「郷愁」はつながっているのではないか。

失ったものがそこにあるとき、人はその対象に懐かしさを感じるだろう。伝統を失っているからこそ、伝統的なものが懐かしく感じられるのである。だが安吾が「郷愁」を感じるという対象は、喪失したものを備えているわけではいない。この場合、失ったものを対象の中に見出すからではなく、「僕」及び「我々」が伝統を失っていることが、「郷愁」を呼び起こすのではないか。つまり「郷愁」は、必要を追求して伝統を見失った主体の側に、情緒として生じるのである。その情緒には、家に帰るような「変な悲しさと、うしろめたさ」が混じっている。

五　彼我の日本文化論

日本文化論のレトリック

岡本太郎は、四九年に法隆寺の壁画が失火によって焼失すると、「私は嘆かない。どころか、むしろけっこうだと思う」と発言した。「嘆いたって、はじまらないのです。［…］自分が法隆寺になればよいのです」(『日本の伝統』)。

古い文化財の焼失を惜しまないという発言は、過激に聞こえる。だが太郎も安吾も、古い遺物ではなくいま生きている者が文化・伝統を創るのだと、要約してしまえばしごく当たり前のことを言っている。こうした要約からこぼれるのが、それをどういうレトリックで語っているか——たとえばどういう語を使っているか、避けているか——である。太郎も安吾も、「日本」をタイトルに掲げながら、「日本的なもの」「日本美」とは違う日本文化論を語ることを試みていた。

岡本太郎の「日本」

岡本太郎の『日本の伝統』には、よく知られた縄文土器論の他に、光琳論と中世の庭に関する論考が並んでいる。[18] 太郎は縄文土器を戦後に日本の博物館で発見したというが、光琳と庭は、フランス留学中に接していた。光琳と庭に関する論考は、ヨーロッパ人による評価を、内容が妥当だとしても日本人である自分の立場ではそのまま受け入れられないとする問題意識が起点になっている。それは「日本美」だとされていない別のものを探すのではなく、「彼ら」の評価によって「日本美」とされている同じものの評価の仕方を変えるという議論である。太郎の言葉では、「プロセス」=「手続き」の問題である。

だが太郎は手続きの議論にとどまることを選ばず、別のものを探す旅に出た。その彼の前にあらわれた、従来の「日本美」とは違う「日本」を語るのが、『日本再発見』以下の三部作であった。『日本再発見』『忘れられた日本』『神秘日本』は、より古層に遡行して原始的・呪術的なものを探すという意味で、『日本の伝統』の縄文土器論の線上にある。これらは彼らの発見とは違う対象を、我々の再発見として見出すという論法である。

誰の「日本文化私観」か

坂口安吾は「日本文化私観」というタイトルのエッセイで、日本の文化・伝統という意味では「日本」の語を使わず、法隆寺が焼けても「我々の文化は健康だ。我々の伝統も健康だ」と言った。なるほどこの「我々」は日本人で、「祖国の光輝ある」文化と言うときの「祖国」は日本を指すだろう。「我々」「祖国」を「日本人」「日本」に置き換えても文意は変わらない。しかし、たとえば「祖国」の語は、彼らについても同様に用いられている（フランス人はルーブル美術館の収蔵品を彼らの「伝統の遺産」として大事にするが、「祖国の伝統」を生むのは彼ら自身だ、というように）。「日本」の語は避けつつ、我々の祖国の光輝ある伝統・文化をたたえる、というのが安吾の「日本文化私観」のレトリックである。

「日本文化私観」というタイトルがタウトの著作名からとられているのは、彼(ら)からの奪回のしるしである。ヨーロッパ人である彼ではなく、「僕」が語る日本文化論である、というように。表題の「私」は、タウトから安吾へと置き換えられる。だが奪回のようで、これは共有でもある。「日本文化私観」の「私」は、タウトであり安吾でもある。安吾において、彼我は同じフレーズを共有するのである。

安吾の「日本文化私観」の最初の節は、「「日本的」ということ」と題されていた。一九三〇年代の日本文化論では、「日本的なもの」というフレーズが使われていた。安吾はこれを「もの」、つまり対象の側から、「こと」、つまりそれをする主体の側にずらし、反転させているように思われる。「日本的」は、対象の中に見出されるのではなく、主体の側に根拠を求められる。それが必要を追求して伝統を喪失した主体の感じる、郷愁という情緒である。

古いものがそれだけで懐かしいのではない。喪失感が懐かしさを生じさせるのだとすれば、郷愁をかきたてられる美とは、伝統を喪失した近代の主体である「僕」や「我々」の側の問題なのである。日本文化を語る構えで、「日本美」から「日本」を剥いで、「日本」を冠さない「美」を語る。ずらし、剝ぎ取りながら「日本」を語るのが、タウトとタイトルを共有する安吾の「日本文化私観」の論法であった。

（1）　花田俊典は、「日本文化私観」の本文中の鉤括弧付きの「発見」の語はタウトの『日本美の再発見』の「タイトルの一部をアイロニカルに引用したもの」だと指摘している（「悲願について──坂口安吾「日本文化私観」再考──」「九大日文」二〇〇三・一〇）。
（2）　「庭や建築に「永遠なるもの」を作ることは出来ない相談だという諦めが、昔から、日本には、あった」（「日本文化私観」）。「永遠なるもの」という章題については、ドイツ文学者の高橋英夫が原題の Das Bleibende が、永久を意味する Das Ewige ではなく「持続するもの」という意味であることを指摘している。高橋は、篠田英雄訳を「誤訳」ではないが「いとも誤られやすい名訳」と形容し、この本によって「永遠なる桂」という神話がタウトから遊離して一人歩きしたと論じた（『ブルーノ・タウト』九一・一〇、新潮社→九五・一二、講談社学術文庫）。
（3）　山根龍一「坂口安吾「日本文化私観」論──記憶の問題を中心に──」（「国語と国文学」二〇一〇・五）。蔵書は『坂口安吾蔵書目録』（九八・八、新津市文化振興財団編・発行）に整理されている。
（4）　沢良子「解題」（『図説精読　日本美の再発見──タウトの見た日本』ブルーノ・タウト著、篠田英雄訳、二〇一九・一一、岩波書店、沢編）。酒井と沢はこの問題を継続的に追っている。同書以外の酒井の発言に、「この書物はいわゆる「タウトの著書」そのものではない。篠田英雄氏の手により「日本美」啓蒙の書として編まれたため、氏によって理想化されたタウトのアンソロジーといったものである」（「「タウト再読」覚え書き」『シンポジウム「タウト再考」』八六・七、武蔵野美術大学）、「直接的に本人の意志とはかかわりなく編集・出版され、しかもこれをもってして著者の主著たらしめるほどの存在に仕上げていったいきさつがある。[…] ほかならぬ「日本美の再発見」というフレーズは、タウトという個人を遥かに越えて飛翔し、［…］多くの日本美愛好家の拠りどころとして、これは読まずとも有難いほどに聖典化している書物ですらある」（「『日本美の再発見』を再発見する」『編集研究』二〇〇二・四、武蔵野美術大学出版局）など。

（5）講演「日本建築の基礎」（『日本評論』三六・一〇、原題「日本建築の史的考察」）、紀行文「飛騨から裏日本――旅日記抄」（『日本評論』三五・一一、原題「飛騨から裏日本（旅日記抄）」、同三五・一二、原題「飛騨から裏日本 続き（旅日記抄）」）、同三六・一、原題「奥の細道」）・「雪の秋田――日本の冬旅」（『文芸春秋』三七・三）。増補改訳版『日本美の再発見』（六二・二、岩波書店）では、「日本建築の世界的奇蹟」（グラフ雑誌 *NIPPON*,1935.1）、「伊勢神宮」（『ニッポン』より）の二章が追加されている。

（6）沢良子「解題」（『図説精読 日本美の再発見』前掲）。ただし、沢は増補改訳版の訳文を使用しており、若干の異同がある。

（7）原文は the peasant spirit of Japan（日本の農民精神）。タウト全集の該当箇所は、「日本の農民精神を籠めた聖櫃であり、『神殿』なのである。［…］この精神は、日本民族の行動の一切を貫いてゐる簡明な原理であり、［…］」。篠田訳の著作集・『日本の家屋と生活』・『忘れられた日本』はすべて「日本の農民精神」。

（8）この章のタイトルは、「完全な形として刊行するのは今度が初めて」（訳者「あとがき」）だという『日本の家屋と生活』（篠田と吉田鉄郎の共訳、四九・一二、雄鶏社）では「日本精神」と訳されているが、著作集第五巻『日本の家屋と生活』（篠田訳、五〇・一二、春秋社）では「諸神と半神達」になっている。

（9）全集と著作集の関係については、著作集第一巻の「訳者後記」に以下の説明がある。「前版『タウト全集』七巻は、昭和十七年秋に第一巻を、また昭和二十年夏に六冊目の第四巻を刊行して、一応完結する筈であつた。最終の七巻、『ブルーノ・タウトの研究と回想』は、執筆諸家の原稿が略集つてゐたにも拘らず、切迫した時局に鑑みて刊行を延期せざるを得ない状勢になつたからである。ところが昨二十年春の戦災で、丁度紙型にしたばかりの第四巻を既刊分の紙型諸共焼失してしまつた」。全集と著作集の第一巻では編集に多少改変があるが、「桂離宮」に加えて「永遠なるもの」「伊勢神宮」「神道」「第三日本」を収録するのは同じである。

（10）該当する西田の議論は以下の通り。「私には建築のことは分らないが、試にタウトによれば、彼は永遠の美とは、芸術品がそのやうな形式を得た所の母胎たる一切の事物（国土、風土等）の総体によつて課せられた諸の要求を、最も純粋に且つ力強く充足するにあると云ひ、伊勢神宮は人間の理性を反撥するやうな気紛れな要素を一つも含んでゐない、その構造は単純であるが、併しそれ自体論理的である、構造自体がそのまゝ美的要素を構成して居ると云ふ。その美を日本の風土に於ての パルテノン的のものと考へて居る。すべての物を総合統一して、簡単明瞭に、易行的に把握せうとするのが日本精神である。[…] タウトは日本こそ一九〇〇年来その伝統たる単純性を以て、陳腐な衣裳をつけた道化芝居から蝉脱せんとするヨーロッパの極めて真摯な試に、最も大なる寄与を致した国であると云つて居る」。傍線部は、『日本美の再発見』の文言をほぼそのままつないだ箇所である。西田は「私には建築のことは分らないが」と断っているが、タウトのテキストと対照すると、日本様式や材料など建築に関することは省いてタウトの議論を引用・参照していることがわかる。

の古い建築を論じるタウトの議論は、建築に関する要素を捨象されて、「日本精神」「日本文化」の議論の中に吸収されているのである。西田は他の箇所でも、「（恰もタウトが伊勢神宮について云ふ如くに）。」と、タウトの議論を比喩として借りて「日本精神」を説明している。

(11) 篠田は増補改訳版『日本美の再発見』の「あとがき」では、桂離宮等の美が「タウトによって本来の意味で「再発見」された」と説明している。

(12)『日本再発見』の原題は「芸術風土記」。『忘れられた日本——沖縄文化論』の原題は「沖縄文化論」で、「忘れられた日本」は出版社の意向でついたタイトル。後に正題と副題を入れ替えている（『沖縄文化論—忘れられた日本』七二・一〇、中央公論社）。岡本敏子によると、「その頃の日本人にとって、沖縄はあまりに遠く、意識の外にあり、『沖縄文化論』では誰も手にとってくれないだろうと出版部が危惧した」ために連載時とは異なるタイトルになったという（「「一つの恋」の証言者として」『沖縄文化論　忘れられた日本』九六・六、中公文庫）。

(13) 赤坂憲雄は一連の太郎の日本文化論のタイトルについて、一見すると「古色蒼然としている」、「安っぽいナショナリズムの匂いが垂れ込めている」が、「どれも、きわめてアイロニカルに、挑発的な意味合いを負わされている」と指摘し、「「日本の伝統」を壊すためにこそ、太郎によって『日本の伝統』が書かれたのだという逆説はむしろ、いたってわかりやすい」と述べている（『岡本太郎の見た日本』二〇〇七・六、岩波書店→増補版、二〇二〇・一〇、岩波現代文庫）。

(14) 岡本太郎「原始の美」（『私の現代芸術』六三・八、新潮社→『伝統との対決　岡本太郎の宇宙3』二〇一一・三、ちくま学芸文庫、山下裕二編）。

（15）岡本太郎「伝統と現代造形」（「建築文化」五七・一、原題「現代造形における伝統の問題」→『黒い太陽』五九・五、美術出版社→『伝統との対決』前掲）。

（16）小菅刑務所は、二四年着工、二九年竣工。蒲原重雄（一八九八〜一九三二）の設計で、建築史では後藤慶二（一八八三〜一九一九）設計の豊多摩刑務所などと並ぶ大正期の表現主義的な監獄建築の傑作の一つとされる。

（17）「日本文化私観」は複数の高等学校の国語教科書に採録されているが、一節もしくは四節のみで、二・三節は省略されている。これだと「日本文化私観」のタイトルを冠するエッセイが最終節で「日本美」ならぬ「美」を語ることの意味は見えない。「日本文化私観」は、よく知られているわりに全体の構成を踏まえた読解が行われていないテキストである。

（18）「光琳論」は、上は「三彩」五〇年三月の宗達特集掲載で、五二年の縄文土器論よりはやいが、『日本の伝統』に収める際に改稿され、重要度が後退している。

第六章　富士山という解答――丹下健三「大東亜建設忠霊神域計画」と横山大観

一　大東亜建設記念営造計画案コンペ

丹下健三の案

丹下健三（一九一三〜二〇〇五）は、広島平和記念資料館や国立代々木屋内総合競技場を手がけた戦後最大の建築家である。その丹下の名前が最初に知られたのは、戦中のあるコンペによってであった。

一九四二年、日本建築学会は、「大東亜共栄圏確立ノ雄渾ナル意図ヲ表象スルニ足ル記念営造計画案」を募集した。建築展覧会のための建立を前提としない《アンビルド》このコンペで一位を獲得したのが、丹下健三の「大東亜道路を主軸としたる記念営造計画　主として大東亜建設忠霊神域計画」であった（以下、「忠霊神域計画」）。

「建築雑誌」四二年一一号に掲載された丹下の案は、立地や施設の外観等を示す八枚の図と、「計画内容」「忠霊神域計画主旨」の二つのパートからなる文章によって構成されている。特に有名なのが、富士山のかすむ麓に、鳥瞰的に捉えた施設の屋根や広場を描いた一枚である（図2）。建築史家の藤森照信の描写を借りよう。「左上方に霊峰富士を据え、春霞たなびく裾野のそこここには深い樹海が顔をのぞかせ、そうした森と霞の広がりのなかに神域が静かに広がる。広場が開かれ、回廊が巡り、社殿がひとつ顔を見せるのだが、いずれも森と霞の中に散在し、その輪郭は木立と霞のなかに溶けて消える[1]」。

丹下案は、東京と富士山麓をつなぐ道路を主軸に、政治経済・文化・忠霊の三つの区域を作るという内容であった（「計画内容」）。ただし、丹下自身、「本案に於ては特に大東亜建設忠霊神域の計画に主力をそゝいだ」と断るように、三区域のうち、具体的な計画が示されるのは、富士山麓の忠霊神域のみであ

図2　大東亜建設記念造営計画、1等当選丹下健三案（「建築雑誌」1942年12月号、建築学会）

る。

「建築雑誌」の同じ号に掲載された他の案と比べても、丹下案、特にその富士山麓の忠霊神域を描いた一枚と「忠霊神域計画主旨」の文章は際立って美しく、またレトリカルである。これらは計画の内容を図示し説明するものであるにとどまらず、それ自体読み解かれるべき作品なのである。本章では、丹下の「忠霊神域計画」——雑誌に掲載された図と文章——を一つの作品と見なし、同時代の文脈を踏まえてその表現の意味を読み解く。

前川國男の評

コンペの審査をしたのは、岸田日出刀・堀口捨己・前川國男らモダニズム系の建築家たちであった（ただし堀口は体調不良のため欠席）。「建築雑誌」の同号には、丹下らの入選作とともに、前川らの審査員参考出品作が掲載されている。前川は審査員を代表して「競技設計審査評」という評も寄せている。

前川國男（一九〇五〜八六）は、東京帝国大学工学部建築学科を卒業した後、渡仏してル・コルビュジエ事務所に入所、三〇年に帰国すると、「日本趣味ヲ基調トスル」という指定のある東京帝室博物館設計競技にあえてモダニズム建築の案を出して落選し、「負ければ賊軍」（「国際建築」三一・

六）という檄文を発表した。彼は自らの案を「似而非日本建築」に対する「真正な日本的な途」、「最も日本的なるものの一例」として提出していた（「東京帝室博物館設計競技案」「国際建築」三一・六）。この一件から、前川は日本の古い建築物の屋根の形状をコンクリートで再現する「日本趣味」建築――いわゆる帝冠様式――を批判する急先鋒と目されていた（「日本趣味」建築については、本書第二章参照。東京帝室博物館及び帝冠様式については、第七章参照）。

その前川は丹下案について、コンペに対して「見事に回答された事は絶讃に値するものと謂はなければならない」と述べ、「よく申せば作者は賢明であつた。悪く申せば作者は老獪であつた。いづれにせよ此の作は金的の狙ひ打ちであつたと申してよいと思ふ」とたたえた。あわせて同号の自身の評論「覚え書　建築伝統と創造について」を参照するよう求めた。評論は「大東亜の前夜」の建築界が日本の「伝統」を誤って把握してきたと論じるもので、つまり丹下案はその「錯誤」を避け得ているというのである。

丹下健三の「忠霊神域計画」は、大東亜建設記念営造計画案という一コンペに対してのみならず、一九三〇年代の建築界で議論されてきた日本的なものという問いに対しても、模範的な解答だとされた。少なくとも当時そのように見なされ、前川や後述の浜口隆一に論評されていた。では、それはどのような意味で解答たり得ていたのか。まずは前川國男の審査評と評論を読んでみよう。

二　コンクリートの伊勢神宮

木造かコンクリートか――前川國男「競技設計審査評」

人間の創造一般が伝統の具体的把握に出発すべき消息を深く省察した作者は本計画にあたつて日本に於ける建築の在り方に対する反省よりはじめて建築のヨーロッパ的記念性の否定に進み、鉄筋コンクリートに依る「神社」の計画にあたつて「歴史に確認されたる形」をその出発点とし、木造神社建築の母型に拠り所を求められたのである。而かも「聳え立つ千木」も「太敷立つ桂」もこゝにはその影をひそめ「勝男木」は天窓に変貌してそこに見られるものは単なる擬古主義ではない。かかる神社が神社として許容さるるや否や「神社は木造に限るべきもの」との意見を護持せらるる各位に於て種々異論も生ずる事とは思はれる［…］

前川は、作者が創造の起点となる「伝統」の把握に関して、木造の神社建築を母型にしたことを指摘している。これは丹下案の忠霊神域に設けられた神社風の施設を指す。「神社は木造に限るべきもの」と目されるが、丹下の案は鉄筋コンクリートである。前川の審査評の丹下案へのコメントは、木造かコンクリートかという神社風の建築物の材料の問題に多くの分量を割いている。

「建築雑誌」の同号には二等以下の他の案や審査員の参考出品が掲載されていた。「大東亜聖地の計画……富士山麓」と題されたある案（三等の中善寺登喜次案）は、富士山麓という立地も、軸を設定して「神域」を計画しそこに英霊記念堂と広場を設ける点も、丹下案ときわめて近い。ただし、こちらは「神社は木造とし其他はすべて耐震耐火の永久的構築物となす」とあり、神社だけは木造で永久的でない、つまり作りかえることが想定されている。この案を傍らに置くと、丹下が神社風の建築物をコンクリートで計画したことが思い切った案であったことがわかる。「かかる神社が神社として許容さるるや否や」、「種々異論も生ずる事とは思はれる」と前川が投げかける所以である。(2)

前川の評には、「千木」「勝男木」といった語が見える。これは神明造の屋根を構成する要素である。つまり「伝統」というとき、ここで念頭に置かれている日本の古い建築物とは、伊勢神宮である。伊勢神宮は木造建築で耐用年数は短いが、定期的な式年造営によって古い形を保存すると考えられている。丹下案は、その伊勢神宮の形状をコンクリートによって模すという案なのである（ただし、丹下案では特定の建築物の名前は挙げられていない）。

日本趣味でもモダニズムでもなく――前川國男「覚え書　建築伝統と創造について」

前川は、丹下案を「擬古主義」と「構造主義的所謂「新建築」」の「何れもの錯誤」を避け得ているとし、同号の自身の評論を参照するよう促していた。その評論「覚え書　建築伝統と創造について」は、日本趣味とモダニズムという「大東亜の前夜」の建築界の「二つの傾向」を振り返り、両者を超えた「世界史的国民建築」によって大東亜を光被するのだと結論するものであった。

前川によれば、日本趣味は「擬古主義的な手法によって過去的日本の建築様式をそのより所とし」、モダニストは「材料構造の忠実なる表現が、日本建築精神の道であると主張した」が、「「日本趣味的建築」の伝統に対する態度は、形を固守した伝統の抽象的把握に終わり、構造主義的建築のそれは精神に偏倚した伝統の抽象的把握に終わった」。かつてモダニストの立場から日本趣味を批判した前川は、ここでは二つの傾向をともに不足があったと振り返っている。つまり前川は、丹下案を日本趣味でもなくモダニズムでもなく、それらを超克するもの――「世界史的国民建築」――と位置付けているのである。

一九三〇年代、モダニズム建築家たちは、過去の建築の様式を再現する「日本趣味」建築を批判し、代わって伊勢神宮や桂離宮のような装飾のない簡素さを日本的なものとする方向性を示した。伊勢神宮や桂離宮に見られる構造や材料に対する合理性こそ、モダニズム建築の美学に合致し、あるいは先行しさえするという主張である。ブルーノ・タウトの名前がこの文脈で参照されたことは既に確認した（本書第二章参照）。

ただし、これは伊勢神宮や桂離宮の形状を模すことが日本的である、という議論ではない。様式は材料に即して自ずと生まれるとされ、コンクリートに即して新たな様式が生まれるはずだからと、具体的な形に関する議論は行われなかった（藤森照信はこのようなモダニズム建築家たちの議論を「〝自ずと論〟」と批判的に呼んでいる）。

丹下の案は、古い木造建築物の様式をコンクリートで模すという意味では日本趣味と同じだが、そこで参照されたのは、モダニストたちが日本的なものの例とした伊勢神宮であった。コンクリートの伊勢神宮は、両者の間隙を縫うような、もしくは両者を弁証するようなものだったのである。

三　大地を区切る

物体的・構築的と行為的・空間的――浜口隆一「日本国民建築様式の問題」

丹下は、大東亜建設記念営造計画案コンペに続き、同年の在盤谷《バンコク》日本文化会館建築懸賞設計でも一位を獲得した(3)。前者は展覧会のための実現を前提としない計画案で、後者は結果的に実現しなかったという違いはあるが、いずれも建立されなかった建築《アンビルド》である。なお、在盤谷コンペは木造という指定があったため、材料の選択は問題になっていない。

この在盤谷コンペの一位の丹下案と、二位に入った前川國男案に捧げられたのが、浜口隆一の長篇論文「日本国民建築様式の問題」（「新建築」四四・一、四、七・八、一〇）である。後に建築評論家になる浜口隆一（一九一六〜九五）は、丹下の東京帝国大学工学部建築科の同級生で、丹下とともに前川國男事務所に入所していた。

> われわれが桂離宮などに見出す物体的・構築的なものに対する抑制・無装飾性・簡素さなどという日本の建築の在り方は畢竟ここに根ざすのではあるまいか。われわれはここで伊勢神宮の建築的な在り方その二十年毎の御造還の深い意味をうかがうことが許されるかもしれない。しかしながら日本の建築にあってもこのような傾向と異なる場合がないではない。例えば日光の東照宮のような場合はそれである。そこに木による物体的・構築的なものに対する倒錯的な飽くなき傾倒がある。と同時にそれが必然的に失敗しなければならぬ根拠もそこにある。

浜口の論文は、「現代の日本の建築のなかにあまりにも深く喰いいり、しかもやはり外なるものとしての西洋の建築」を「克服」し、今後の土台とするべき「日本の過去の建築様式」を把握することを目的とする。浜口は、日光東照宮に見られる「物体的・構築的なもの」への傾倒を日本においては異例なものとして退け、桂離宮や伊勢神宮に見られる「行為的・空間的なもの」の重視こそが日本の「伝統的傾向」なのだと主張した。

日光東照宮を否定し、桂離宮や伊勢神宮を評価するのは、名前への言及はないものの、明らかにタウトの図式を借りている。タウトは日光東照宮と桂離宮・伊勢神宮を将軍的と天皇的として説明していた（本書第一章参照）。浜口の論文は、各項を代表する建築物と評価はそのままに、それを物体的・構築的と行為的・空間的という説明によって塗り替えるものであった。

浜口の議論は、建築における日本的なものを天皇から行為的・空間的へとずらしている。ただし、これがタウトの言う天皇的への反論や代案になっているかどうかは疑わしい。浜口がこの論文を捧げた在盤谷コンペの丹下案は、京都御所を模すようなものだったからである。

塔を築くより大地を区切るべし

丹下健三の在盤谷コンペ案の中にも、「欧米の個体構成的なる建築」と「わが国の環境秩序的なる造営」を対比する箇所が見える。丹下は「忠霊神域計画」でも、西欧の建築の歴史に日本の建築様式を対置していた。「忠霊神域計画主旨」は次のように書き出されている。

国土を離れ自然を失つてひたすら上昇せんとするかたち、抽象的、人間的な支配意志の表象としてのかたち、エヂプトの文化に、中世のキリスト文化に、そのかたちが作られ、それはついに英米の金権的世界支配の欲望にそのかたちを与へた。／上昇するかたち、人を威圧する塊量、それらは我々とかかわりがない。かゝる西欧の所謂「記念性」を持たなかつたことこそ神国日本の大いなる光栄であり、おほらかなる精神であつた。／ピラミツドをいや高く築き上げることなく、我々は大地をくぎり、聖なる埴輪をもつて境をさだめられた墳墓のかたちを以つて《ママ》。一すじの聖なる縄で囲むことによつて、すでに自然そのものが神聖なるかたちとして受取られた。

エジプトのピラミッドや、中世キリスト教文化の建築（ゴシック建築の教会のことだろう）と違って、日本には「国土を離れ自然を失つてひたすら上昇せんとするかたち」はなかった、と丹下は宣言する。そのような「上昇するかたち、人を威圧する塊量」は、「我々」の精神には無縁である。したがって、と丹下は以下の結論を導き出す。「西欧的支配欲のかたちであつた塔を以て表象し、内にその霊を靖めることは皇国の光栄ある伝統をけがすものと言はねばならぬ」。

これは忠霊塔批判の言だろう。この時期、忠霊塔は各地に作られていた[4]。大東亜建設記念営造計画案コンペでも、忠霊のための施設や高い記念碑を計画する案は複数確認できる。(5) おそらく丹下はそのような案が寄せられることを予想して、あらかじめそれらを退け、自らの案を日本の伝統に連なるものとする論理を組んだのだと思われる。

丹下は、塔のような上昇するマッシブな建造物を西欧的な支配・威圧の伝統とし、埴輪や縄によって囲み境界を区切る墳墓を日本の伝統として対置する。前者は「自然を失」った形で、後者は「自然そのもの」を聖なる形とするのだという。「我々」は鎮魂のために塔を高く築くのではなく大地を区切るのだ、と丹下は主張する。なるほど丹下の「忠霊神域計画」では、神社風の建築物を含む一帯が柵状のもので囲まれ、複数のスペースに区切られている。

土地の意味

ここまで述べてきたことを整理しよう。丹下健三の「忠霊神域計画」は、伊勢神宮や桂離宮を日本的なものとする一九三〇年代の建築界の議論を前提としつつ、神社風の建築物の材料に木造ではなくコンクリートを選択することで、また、塔のような上昇する形を否定し大地を区切って神聖な区域とすることで、建築における日本的なものという問いに対して説得的な答えを提示してみせた。同時代の建築家たちの論評からは、丹下案が評価された文脈がそのようにあとづけられる。

しかし、「忠霊神域計画」には、建築家たちが触れていない重要な要素がある。丹下はコンペと同じ年の「建築雑誌」のアンケートに、「大東亜の地域に所を得た空間を占め確固たる意味関連の内にうち据えられたるとき建築はその機能を発動しその美しさを発揚する」と答えていた(「大東亜共栄圏に於ける建築に対する会員の要望」「建築雑誌」四二・九)。丹下が主張しているのは、土地の意味の中に建築物を配置することである。土地の意味、つまり場所性である。(6)「忠霊神域計画」の場合、選ばれた地域は富士山麓であるから、建築物を支えるのは富士山の意味であるはずだ。

四　皇紀二六〇〇年の富士山——横山大観「海山十題」

横山大観の皇紀二六〇〇年

富士山の意味とは何か。本節では、いったん丹下健三や建築界の議論を離れて、横山大観の富士山を描いた作品を検討する。横山大観(一八六八〜一九五八)は、一九三〇〜四〇年代に大量の富士図を描いた日本画家である。

四〇年四月、大観は皇紀二六〇〇年と自身の画業五〇年を祝し、高島屋と三越の二会場で「山に因む十題」と「海に因む十題」、計二〇点の新作を発表した(それぞれ「山十題」「海十題」、あわせて

「海山十題」と略称される）。大観がこれによって得た五〇万円を陸海軍省に献納し、戦闘機等計四機が作成され、大観号と名付けられたエピソードはよく知られている。後に戦犯の疑いをかけられたとき、問題になったのはこの軍用機の献納や、伊勢神宮を描いた「皇太神宮」（三八）を文展に出品したことなどだったという。

図３　横山大観「乾坤輝く」1940年（足立美術館〈島根県安来市〉蔵）

「海十題」の海のロケーションがさまざまであるのに対し、「山十題」の山は一〇点すべて富士山である。「乾坤輝く」と題された一枚は、雲のかかった富士山に真っ赤な旭日を配した作品で（図３）、この取り合わせは同年一一月、紀元二六〇〇年奉祝美術展覧会に出品された巨大な作品「日出処日本」も同じである。

大観にはこれ以前にも、また戦後にも多くの富士図があり、その総数は一五〇〇点とも二〇〇〇点とも言われる。美術史家の大熊敏之は、昭和に入ってからの大観の富士図が、大正期と違って「日輪や松、桜、雲煙などの副次モチーフを取り合わせた、まさに定型化されたステレオ・タイプの画面で占められている」ことを指摘している。[7] 大熊によれば、四〇年を境に「大観にとっての富岳図とは、帝室と日本の歴史・風士に対する敬愛の象徴から、軍国主義に彩られた神国の戦意昂揚を煽る「戦争画」へと、自覚的かつ明瞭に転換していった」。「乾坤輝く」や「日出処日本」は、富士山と旭日の取り合わせが宮中への献納以外の場にひろがり、それにともなって富士図の意味も変質する、その転換点に位置する作品なのである。

四〇年以降の大観の富士図は、タイトルに「輝（耀）」や「日本」が入るものが目につく。同じタイトルの作品が複数あってややこしいが、旭日との取り合わせに限っても、「耀く日本」（四二）・「乾坤輝く」（四三）・「輝く神洲」（四三）・「輝八紘」（四三）、また「神国日本」の題の幾つかの作品（四〇、四一、四二）がある。桜を取り合わせた「日本心神」（四二）は、富士山の背後に放射状の光が描かれ、これから朝陽がのぼるであろうことが予期される。この時期の大観の富士図が「日本」をあらわしていることはタイトルからも明らかであり、かつその日本は光を放って「輝（耀）」くものとして表現されているのである。

富士山が日本の象徴である、日本をあらわす記号であるとは、大観の特定の時期の作品に限らず、さまざまな事例に言い得る。だがその日本がどのような日本なのか、作品の表現に即して解読することは可能だろう。以下、「海山十題」を特集した美術雑誌を手がかりにして、この時期の大観の富士図が同時代の人々にどのように見えていたのか検証する。

「美術評論」横山大観奉祝記念展号

「美術評論」は、「海山十題」の制作と公開を記念して、四〇年四月号を一冊まるごと横山大観奉祝記念展号とした。表紙は旭日の絵である。二〇枚の口絵として収められた「海山十題」のうち、巻頭の「乾坤輝く」のみカラー印刷で、富士山の白い山頂と真っ赤な旭日が金地の背景に浮かび上がっている。

記念展号には、画家だけでなく作家の志賀直哉や武者小路実篤ら、陸軍大臣の荒木貞夫など、多彩な二〇余人が寄稿している。(8) 人々が口々に指摘するのは、作品の現代性である。洋画家の安井曾太郎は「これこそ本当の現代の新しい日本画」だと評し（「現代の新しい日本画」）、同じく洋画家の梅原龍三郎も「近代感覚が充満」した「今日の日本画に自分の全く待ちもうけなかったもの」を見出している（「大観海山二十図」）。作家の長与善郎は、「全く今まで眼にしたことがない新機軸の洋画式画法」で「洋画風描写を巧みに日本画に柔らげ」ていると評し、「大観が日本人であり、又現代人である特殊性がある」と、その「現代的日本的」性質を指摘した（「大観展を見て」）。この号を企画した編集者の藤森順三は、一般に芸術には永遠性と時代性があるとした上で、大観の作品は「明かに現代画」であり、それゆえ現代のわれわれの感覚に直接に訴えるのだとたたえた（「大観先生の偉業」）。

ここで言う現代性は、「山十題」に関しては、山襞の表現などに見られる写実性を指すようである。大正期の大観の富士図が図案的であるのに対し、この時期は写実的だとされるが、それは画家が実際に対象をスケッチしたことを意味しない。日本画家の島田墨仙は、「聞くと、先生は富士山は写生しなかつたと言はれる。写生をすると霊峰の感じがなくなるので、これまでから写生をしたことがないといふことだ」と、会場で大観に会って聞いた話を紹介している（「いい手本になつた」）。写生によらない写実性とはどういうことか。それを端的に評した言葉が「写真的写実」である（長与「大観展を見て」）。山襞について、「あれはむろん写生ではない。飛行機の上から撮つた写真に、あれに似たヒダがあらはれてゐるのがあるが、画伯はさういふものをも採入れてゐるのだらうか。さうだとすれば、これは芸術と科学の融合とも見るべきで、昭和の御代に生を得た大観画伯にしてはじめて描き得る富士山である」と評する者もいる（川崎克「雪舟以降の大芸術」）。

大観はこの年、岡田紅陽の二六〇〇年記念写真集『富士山』（四〇・一〇、アルス）の装丁を手がけている。岡田紅陽（一八九五〜一九七二）は富士山の写真で知られる写真家で、彼の写真をもとにした図案は三八年発行の紙幣にも使用されていた。岡田は富士山を、皇紀二六〇〇年の「新体制」の根幹をなす「我が国独自の全体主義体制そのもの丶魂」と規定している（「富士に想ふ」『富士山』前掲）。

皇紀二六〇〇年の日本

記念展号の末尾を飾るのは、秋山謙蔵の長篇評論「日本の山と海」である。秋山謙蔵（一九〇三〜七八）は、太平洋戦争中に元寇と神風の話をラジオなどで語って活躍し、戦後に公職追放された歴史学者である。(9)

秋山は、欧米で愛賞される北斎の浮世絵のような近代以前の富士図とは異なるものとして、大観の「山十題」を位置付けている。「日本の精神を喚起する強靭なる意欲、そこに富士と共に日本、この「日本」の万国無比なる国体の尊厳を再認させる偉大なる画人」が大観であり、それが最も明確に表現されたのが「山十題」だと秋山は論じる。

こゝに示された十題の山、富士を主題とした十体の山は、果然、すべて紀元二千六百年を迎へた「日本」の姿を象徴されたものであつた。天皇を中心とする国家、この国家の下にある国民、この渾然として一体となつてゐる万国無比なる国体の日本、この日本が、興亜の大目標のもとに、紀元二千六百年を迎へて毅然として立つてゐることが、この十題の富士によつて象徴されたのである。［…］「乾坤輝く」こゝに天照大神を皇祖と仰がせ給ふ現人神であらせらる天皇の下、万民協力、毅然としてこの「日本」を守つてゐることが輝く太陽と真白の富士によつて象徴された。私は、この前に立つて思はず襟を正した。［…］日本の新しい前進と建設が、大観画伯の念願であり、それが此の入神の技によつて、このやうに表現されたのである、と考へる。

私は一人の若い白衣の傷兵と並んで暫くこの富士の前に直立してゐた。


大観の富士図は、皇紀二六〇〇年の日本、天皇を中心とする国体の日本を象徴すると読み解かれている。秋山は現代を「輝く紀元二千六百年」と呼んでいる。

秋山は「若い白衣の傷兵と並んで」大観の富士図の前に直立したと、自身の傍らに若い兵士の鑑賞者を効果的に配置している。この時期、大観の作品は展覧会や美術雑誌以外でも、絵葉書やポスターなどで目にすることができた。「海山十題」は絵葉書として発売されていたし[10]、他にも「霊峰富士」の題の富士図と、二重橋を手前に配した皇居の絵、「旭日」と題された海と松原と朝日の絵の絵葉書のセットもあった。葉書が入った袋には、「本絵葉書ノ原画ハ出征将兵ノ為横山大観画伯ノ徳志揮毫ニナルモノナリ」と記されていた[11]。

大観の富士図が日本を象徴することは定説である[12]。その中でも、「海山十題」に代表されるこの時期の大観の富士図から同時代の人々が読み取ったものはより限定的である。それは現代の日本、輝く皇紀二六〇〇年の日本をあらわすとされた。富士山は、あるいは朝日や桜や海は、それ自体は特定の時代のものではない。しかし大観のこの時期の富士図は、一種の現代画《アート》だった。その図像は出征兵士が目にした、もしくは見ることを期待されたものであった[13]。

五　日本画風の富士山と「海行かば」

日本画風の富士山

丹下健三の「忠霊神域計画」に戻ろう。藤森照信は、丹下の図がトンネルを抜けた先の光景を「絵のような鳥観図」によって示していることを指摘し、その描法を次のように説明している。「描写には青インクが使われ、ボカシ、ニジミ、裏からの着色といった日本画の薄墨の技法が駆使されている。〝丹下の青の薄墨〟として同級生たちの間では知られた独自の描法で、美濃紙を使い、裏打ちして仕上げる。［…］もし事情を知らない人がこの鳥観図を眺めたなら横山大観の弟子筋あたりの描いた〝霊峰富士〟に見まごうかもしれない」。

藤森は丹下の図から横山大観の富士図を連想している。大観には「霊峰富士」のタイトルの作品が複数あり、出征兵士のための絵葉書にもなっていた。

丹下が大観の特定の富士図を参照したと論証することは難しい[14]。しかし、少なくともこれは日本画風の富士山である。四〇年に日本万国博覧会と東京オリンピックが予定されていたこともあり、ポスターや切手、銭湯のペンキ絵など、富士山の図像はあふれていた[15]。太宰治が『富嶽百景』(「文体」三九・二〜三)で富士山を俗だと評したのもこの頃である。ただし、日本画に多いわけではなく、この時期に日本画の富士山といえば大観のそれである[16]。

大東亜建設記念営造計画案コンペでは、富士山を用いる案は他にもあった。それを言えば、神社や広場、道路による都市計画、後述の皇居、また忠霊という目的も、すべて他のコンペ案に見られる。丹下案は独創的だったわけではない。ただ、他の案では富士山は言及されるだけで、このように描かれてはいない。日本画風の富士山とは、丹下の計画の内容ではなく、表現に関わる問題なのである。

「海行かば」

丹下案の表現に関してはもう一点、触れておくべき要素がある。丹下は富士山麓という立地の選択について、「自然と営造との渾一せる地域を作り出すことこそ吾が営造の伝統した精神」であり、それに則って「日本の最も栄光なる自然である富士の裾野をえら」んだと説明している(「計画内容」)。富士山の裾野は、特定の場所であるが、同時にそれを超えて日本の「自然」を象徴する。橋川文三の「耽美的パトリオティズム」の議論を借りれば、つまり丹下案の富士山は、「感性的自然としての日本国土」の象徴なのである。[17]

本案において、その場所は死者の魂が帰ってくる場所として設定されている。丹下は霊を靖めるには自然＝国土を離れてはならないと主張していたが、「忠霊神域計画主旨」ではその根拠として『万葉集』の長歌が引用されている。[18]

「海行かば水漬く屍、山行かば草むす屍、かへりみはせじ大君のへにこそ死なめ」大君のへに大東亜の国土に帰一しかへりみないこの崇高なる精神に対して矮小なる西欧的支配欲のかたちであつた塔を以て表象し、内にその霊を靖めることは皇国の光栄ある伝統をけがすものと言はねばならぬ。

丹下は日本浪漫派に惹かれていたというから、保田與重郎の『万葉集の精神――その成立と大伴家持』（四二・六、筑摩書房）あたりを読んでいたかもしれない。皇紀二六〇〇年を機に執筆したとされる『万葉集の精神』には、「大伴氏の異立（『海行かば』の歌について）」（「文芸日本」四一・五）という評論も含まれている。

ただし、この長歌はこの時代によく知られたもので、『万葉集』や保田の万葉論を参照したと証明することは難しいだろう。丹下が引用する一節は、三七年に信時潔が作曲した国民精神総動員強調週間のテーマ曲、「海行かば」の歌詞になった箇所である。「海行かば」は、太平洋戦争中のラジオ放送で大本営発表の冒頭に流されていた（本書第四章で取り上げた黒澤明のシナリオ「静かなり」でも、青年の出征をあらわすのに用いられていた）。四三年一〇月の明治神宮外苑競技場での学徒出陣壮行会で合唱された曲としても有名である。森本薫のラジオドラマ「ますらをの伴《とも》」（四三・一二、BK）では、壮行会で送られて出征することになる美術史専攻の大学生が、伊勢神宮を訪れて「日本の精神の一番の源が、同時に日本の美しさの頂点であることとつくづく感じましたよ。なんというか、ぎりぎり一杯の簡潔さ、素朴さってものが逆にこれ以上望めない豊かさを示しているんですね」と感激し、もうこれで「何時でも死ねる」と話す。(19) 壮行会は「忠霊神域計画」より後の出来事だが、丹下は既に知人を戦死で失っており、この時代に共有されていた出征する若者への思いが作品の背後にあることは明らかである。

丹下は、引用した文言を「大君のへに大東亜の国土に帰一しかへりみない」と敷衍している。そしてこれをもって、塔を築くのではなく大地を区切るべしという自身の案の根拠にしている。

丹下の案は、全体としては、富士山と東京を道路でつなぎ、その軸上に政治経済・文化・忠霊の三区域を作るという計画であった。丹下は東京としか言っていないが、立地を示した図面で富士山と結ばれているのは皇居、つまり天皇のいる場所である。(20) これによって日本の自然＝国土の象徴である富士山麓は、「大君のへ」という意味を持つ場所になる。この場所は、天皇のために死んだ者たちの霊が帰着する場所として想定されている。この論理を成り立たせているのは、引用され敷衍される歌――長歌もしくは軍歌――の文言、つまりレトリックである。

キッチュな「日本」？

丹下健三の弟子である磯崎新は、「忠霊神域計画」について、「彼のすぐれていたのは上位階梯にあたる要素をシンボルとして取り出し、これに向けて決定をしたことです。皇居と富士山です」と評している。[21]「モデルの選択こそが効果を発する。皮肉なことに、そんなモデルはキッチュでしかない。分かりやすく明快であるためには、つまり、コンペの多様で複雑な諸提案の中から、抜きん出るのはいつでも、すれすれのキッチュである。この場合の「日本」はだから、皇居、富士山、伊勢を想わせる靖国神社風神域であった。これらは象徴物であっただろうが、いずれも本来の意味においてキッチュである。そうでなければ、金的は打ち止められ得なかっただろう」[22]。

なるほど丹下案には、伊勢神宮・富士山・天皇という日本の象徴物が用いられている。建築における日本的なものという問いに対して、丹下案は、日本的とされているものを集めて答えとした。日本を表す記号によって二次的に表現された「日本」は、なるほどキッチュと呼ぶべきものだろう（タウトはこのドイツ語（Kitsch）に、「いかもの」という日本語を対応させていた）。それは問いの答えであり、問い自体の終わりでもある。

しかし、丹下の忠霊神域の図に描かれているのは、富士山というより、横山大観の富士図なのではないか。「忠霊神域計画主旨」に引用されているのが『万葉集』の長歌なのか「海行かば」という曲の歌詞なのか、どちらか一方に確定できないように、富士山か富士図なのかは決し難い。そもそも日本画風の富士山も、「海行かば」からはじまる一節も、作品の表現にのみ関わり、計画の内容を左右しはしない。それでも丹下案が建築とは別の領域の同時代の表現を取り入れ、作品を構成する要素としていることは確かである。

文化から忠霊へ

丹下の富士山麓の忠霊神域の図は、大観の富士図のような日本画風の富士山のその麓に、出征兵士の霊魂を靖めるための場所を描き加えた作品になっている。「海行かば」の文言は、いわばこの図の上に書き入れられた文字のようなものである。それは絵画の作中空間に、音読されるか歌われるかして荘厳に流れるだろう。

丹下案では、富士山麓のこの場所は、忠霊のためだけの神聖な区域として区切られている。美しくレトリカルな、そして不穏なこの作品は、出征した若者たちの霊が帰着する場所として、「日本」

を語る。これは一九三〇年代の文化的な日本的なものの議論とは一線を画するものである。丹下案では、忠霊は政治経済と文化と区別されていた。文学的な表現を備えながらも、ここで語られているのは文化とは区別された忠霊のための、つまり死者の霊魂を迎えるための空間なのである。

このわずか数年後、坂口安吾は「堕落論」（「新潮」四六・四）を次のようにはじめた。「半年のうちに世相は変った。醜《しこ》の御楯《みたて》といでたつ我は。大君のへにこそ死なめかへりみはせじ。若者達は花と散ったが、同じ彼等が生き残って闇屋となる。ももとせの命ねがはじいつの日か御楯とゆかん君とちぎりて。けなげな心情で男を送った女達も半年の月日のうちに夫君の位牌にぬかずくことも事務的になるばかりであろう」。

『万葉集』の歌は、花と散った若者たちを飾る修辞として引用され、その上で、生き残った「同じ彼等」が闇屋という戦後の世相に接続される。戦中に用いられていた美的なレトリックは、こうしてその呪術的な力を無効化されるのである。

(1) 藤森照信・丹下健三『丹下健三』（二〇〇二・九、新建築社）。以下、本章における藤森の引用はすべて同書より。

(2) 明治神宮（一九二〇年創建）設立に際し、神社のコンクリート化をめぐって議論が行われた。藤岡洋保『明治神宮の建築　日本近代を象徴する空間』（二〇一八・八、鹿島出版社）参照。

（3）在盤谷日本文化会館建築懸賞設計の審査員には、横山大観や安田靫彦という日本画家が名前を連ねていた。このコンペで丹下の手伝いをした太田實は、「日本画の技法を駆使するのに驚」いた、「図面は、日本画のように美しかった」と証言している（藤森・丹下『丹下健三』前掲）。後述するように、丹下の「忠霊神域計画」の表現も日本画風、大観風である。

（4）忠霊塔については、今井昭彦『近代日本と戦死者祭祀』（二〇〇五・一二、東洋書林）参照。

（5）忠霊の施設には、三等の中善寺案、佳作の吉川清案（「忠霊の庭」）、審査員参考出品の蔵田周忠案（「或る町の忠霊堂」）がある。審査員参考出品の岸田日出刀の「靖国神社神域拡張並整備計画」もここに加えていいだろう。「上昇するかたち」の建築物には、海に臨む山頂に「民族の碑」を計画する案（佳作の荒井龍三案）などがある。審査員参考出品の前川國男案「七洋の首都」も、東京港に「船上よりはるかに富嶽を望み立ち並ぶ摩天楼」の「高層建築」を計画するものである。

（6）鈴木博之は丹下の建築を「場所性と軸線による建築表現」と形容している（「丹下健三と日本の前衛あるいは聖なる軸線」「新建築」二〇〇五・六）。場所性の概念については、エドワード・レルフ『場所の現象学――没場所性を越えて』（高野岳彦・阿部隆・石山美也子訳、九九・三、ちくま学芸文庫）参照。

（7）大熊敏之「変わる富士、変わらぬ富士」（『別冊太陽　日本のこころ142　気魄の人　横山大観』二〇〇六・八、平凡社）。

（8）「後記」には「わが最高の文化人たる文壇、学界、それから画壇の一流の諸先輩」、「政界、実業界、軍人、他あらゆる知名の士」が感想を寄せたとある。長与善郎はある一枚について、「余りに軍国的精神が露骨で、中での失敗作と思ふ。「皇威洽八紘」とでも荒木大将あたりが賛をしさうな絵である」とコメントしている（「大観展を見て」）。

（9）阿部猛『太平洋戦争と歴史学』（九九・一〇、吉川弘文館、歴史文化ライブラリー）参照。この大観論は秋山の『新日本美論』（四三・一一、大雅堂）に収められている。他に『日本文化の推進』（四三・八、明治書房）にも大観の作品が口絵として収められており、ドイツ語訳が進められていた講演録『日本の歴史』外国語版も大観の富士図を表紙にしていたという（河田朋久「「寓意」に代えて——戦時期日本のシンボリズム」『国際シンポジウム　戦争と表象／美術　20世紀以後　記録集』二〇〇七・二、美学出版、長田謙一編）。

（10）志賀直哉は展覧会について「大変な人で」「二度行つて二度ともよく見る事が出来なかつた」と言い、買って帰った絵葉書をもとに感想を述べている（「「海」と「山」」）。大観の旭日の絵は国民精神総動員のポスターにも使われている。

（11）複製絵画を製作する大塚巧芸社の印行。「海山十題」の絵葉書も同社の印行で、四一年には大観の絵巻「輝く大八洲」を桐箱入りで刊行している。創業者が大観との出会いをきっかけに「美術の大衆化」を目指して創業した会社だという（大塚巧芸社ホームページ：https://otsukakogei.co.jp/）。

（12）「国体を象徴」（佐藤志乃『横山大観　ART BOX』二〇一八・四、講談社）、「国の象徴、あるいは御真影としての富士のイメージを見事に表現」（古田亮監修・著『アート・ビギナーズ・コレクション　もっと知りたい横山大観　生涯と作品』二〇一八・五、東京美術）、「この国とそこにおいたった日本人へのしっとりとした愛情というよりもむしろ、旭日の昇天するような万世一系の天皇の支配の下にある日本、という権威への賛美」（吉澤忠『横山大観の芸術——日本画近代化のたたかい——』五八・九、美術出版社）など。

(13) 大観の富士図を戦争画とあわせて論じるものに、柴崎信三『絵筆のナショナリズム　フジタと大観の〈戦争〉』(二〇一一・七、幻戯書房)、池田安里『ファシズムの日本美術　大観、靫彦、松園、嗣治』(タウンソン真智子・池田安里訳、二〇二〇・五、青土社)など。

(14) 美術史家の足立元は、丹下案の富士山について、「この時代の「富士山」のイメージには、たとえば同時代の横山大観の富士山を描いた絵のように、国粋主義的な意味合いもかなり含まれているだろう」と推測し、大観の「海山十題」の一枚、「黎明」を例示している。「丹下は、神域を中心とする国土計画という、巨大でとうてい実現不可能な建築構想を、絵画という芸術の領域に近づけ重ね合わせたのだ」(『アナキズム美術史　日本の前衛美術と社会思想』二〇二三・八、平凡社)。足立は後述する「海行かば」の引用にも触れている。

(15) 河田明久は、近代以降の富士図の歴史をたどった上で、万博とオリンピックが「もっぱら富士山の意匠で飾り立てられていたこと」を指摘している(「富士図の近代」『開館30周年記念展　富士山　近代に展開した日本の象徴《シンボル》』二〇〇八・五、山梨県立美術館、平林彰・和田佐知子・太田智子編)。

(16) 大熊敏之は、「当時の日本で富士山が神峰として、軍国主義的風潮の象徴とひろく認識されており、その山容を描くことで戦意高揚を煽ろうとしていたというならば、なぜ大観以外の日本画家たちもこぞって富岳図を昭和前期に描こうとしなかったのか。実際、画壇のなかで富士を画題とする日本画作品が数多く登場するようになるのは、ようやく戦争末期の昭和十年代末になってからのこと」だと疑問を呈し、戦争末期の例として「国華」(四四・九)の「最近の展覧会　霊峰富士の表現」の記事を紹介している（「昭和期アカデミズム日本画の確立――一九二〇～四〇年代の横山大観」『横山大観の時代　1920s―40s』九七・二、宮内庁、宮内庁三の丸尚蔵館編）。

(17) 橋川文三『日本浪漫派批判序説』（六〇・二、未来社）。

(18) ただし、歌の後半は「大君のへにこそ死なめかへりみはせじ」の順が正しい。

(19) 森本薫『森本薫戯曲集』（六八・六、牧羊社）。

(20) 藤森照信は丹下案を次のように説明している。「注目すべきは、ふたつの始点で、交通の主軸となる大東亜道路は皇居前から、副軸の大東亜鉄道は皇居の反対側の四谷辺りから、皇居をはさむようにしてスタートし、［…］東京というよりは皇居と富士山を直結しているのである。［…］日本を体現する人と、日本の自然、国土を象徴する山とを直結する。［…］ふたつの象徴をつなぐことによって、東京と富士にまたがる国土計画のなかに、一気に文化性と精神性と政治性を呼び込むことに成功する」。藤森は丹下の主旨説明の語を使いながら、「量塊の記念碑性に対し、／〝場の記念碑性〟／といっていいだろう」と評している。

(21) 磯崎新『日本建築思想史』（二〇一五・四、太田出版、横手義洋（聞き手））。

(22) 磯崎新「丹下健三の「建築＝都市＝国家」共同体としての日本」（「新建築」二〇〇五・七、原題「全身での身の任せきり」→『磯崎新建築論集1　散種されたモダニズム――「日本」という問題構制』二〇一三・二、岩波書店）。

【付記】前川國男の「覚え書　建築伝統と創造について」の引用は『建築の前夜――前川國男文集』（九

六・一〇、而立書房）、浜口隆一の「日本国民建築様式の問題」は『市民社会のデザイン　浜口隆一評論集』（九八・六、同）に拠った。傍点原文。

Ⅳ 長編小説の中の建築家

第七章　結婚と屋根――横光利一『旅愁』と建築の日本化

一　ヨーロッパにおける日本的なもの

日本の婦人と結婚したい

長篇小説『旅愁』は、パリにいる矢代と久慈が、ロンドンを経由してパリに来る千鶴子を迎えようとするところからはじまる。矢代と久慈、千鶴子の三人は、渡欧の船で知り合っていた。時系列に沿って進む本作の中で唯一、過去に遡って語られるのが、渡欧の船旅である。ヨーロッパに到着した日の晩、「日本の空気の漂つてゐるのは広い陸地に今はただこの船内だけ」と思われる日本船に戻って千鶴子と二人きりになった矢代は、千鶴子との結婚を考えていた（図4）。

ああ、今のうちに、身の安全な今のうちに、日本の婦人と結婚をしてしまひたい。と矢代は呻くやうに思つた。［…］千鶴子を愛してゐるのではなかつた。日本がいとほしくてならぬだけ

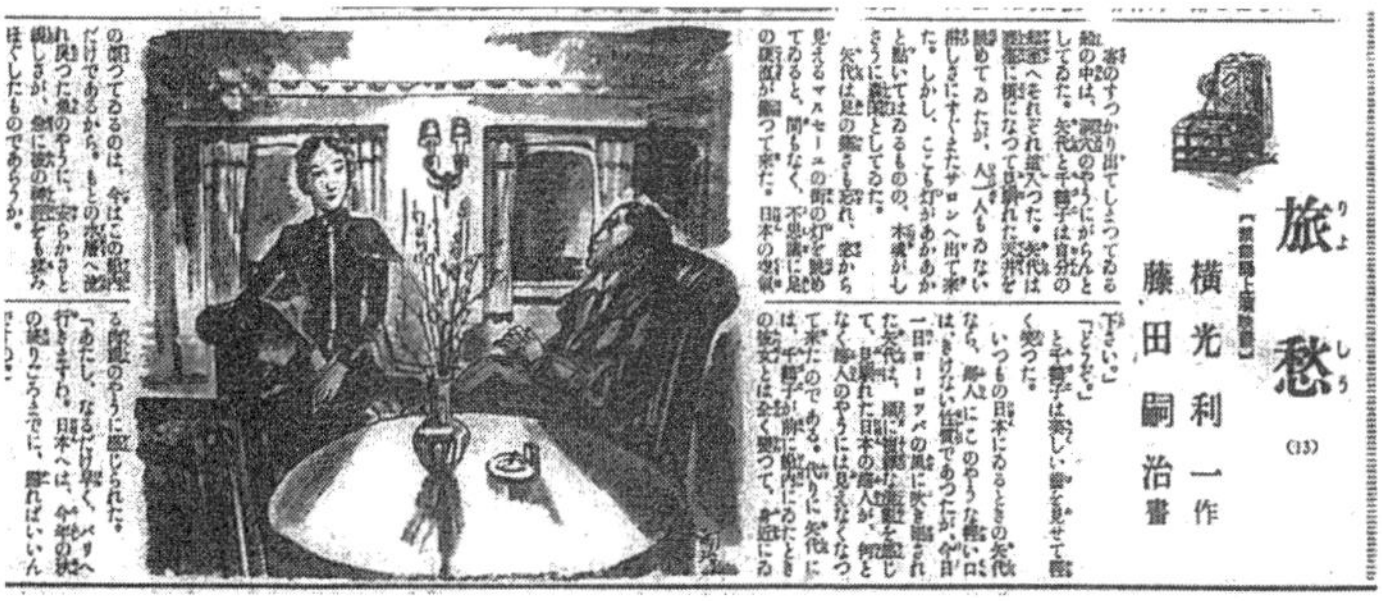

旅愁《りよしう》 (13)

横光利一作
藤田嗣治畫

図４　横光利一『旅愁』（「東京日日新聞」夕刊　1937年４月29日）（© Fondation Foujita / ADAGP, Paris & JASPAR, Tokyo, 2025　B0843）

なのだ。／このやうな感情は、結婚から遠くかけ放れた不純なものだとは、矢代にもよく分つた。けれども、外人の女人といふ無数の敵を前にしては、結婚の相手とすべき日本の婦人は、今は千鶴子一人よりなかつた。全くこれは、他人にとつては笑ひ事にちがひなかつたが、血液の純潔を願ふ矢代にしては、異国の婦人に貞操を奪はれる痛ましさに較《くら》べて、まだしも千鶴子を選ぶ自分の正当さを認めたかつた。（第一篇）

旅の間は別のグループに属していて、このときはじめて千鶴子と接した矢代だったが、「日本の婦人と結婚をしてしまひたい」という理由で、唐突に千鶴子との結婚を考える。ヨーロッパ到着の日、矢代の中で千鶴子という女性が日本という意味を帯びて認知されたこの出来事が、『旅愁』全篇を貫く矢代の物語の起点にある。千鶴子はヨーロッパにおいて、「外人の女人」「異国の婦人」と対置される「日本の婦人」になるのである。

ヨーロッパにおける日本の婦人

横光利一の『旅愁』は、一九三七年から約一〇年という長期にわたって、途中何度かの中断期間をはさみつつ発表媒体を変えて発表され、未完に終わった長篇小説である。単行本化の際の本文の改稿もあり、複雑な成立過程を持つ。

「東京日日新聞」「大阪毎日新聞」夕刊紙上で、藤田嗣治の挿絵をともない三七年四月から開始された本作の連載は、同年七月の日中戦争開戦を機に中断する。新聞連載の最後の回には、「(矢代の巻終)」と記されていた。連載はその二年後、三九年五月から「文芸春秋」で再開される(以後、挿絵はなくなる)。第一篇が三九年七月に完結すると、第二篇はそのまま続けて翌月から四〇年四月まで同誌で連載された。

パリを舞台にするこの第一篇と第二篇、つまり『旅愁』の前半部は、矢代と久慈の二人が主人公である。矢代と久慈は、日本主義者とヨーロッパ主義者の立場に分かれて議論を繰り返す。それぞれの立場に対応するように、矢代は日本人の千鶴子と、久慈はフランス人のアンリエットとカップルを形成する。連れ立ってブローニュの森に遊んだとき、「日本の滝と同じ滝」を見に行こうとアンリエットが提案すると、久慈は「日本的なものは、見たくないね。日本を忘れに来たんだからな」と拒否し、千鶴子は「それぢや、あたし、あなたにお逢ひするのも、いけないのね」と皮肉を言う。「「いや、さう云ふわけぢやないですよ。外国にゐるからには、なるたけ外国に自分がゐるんだと感じたいんだから。」／久慈の苦しげな弁解にも、千鶴子はまたちくりと針を打った」（第一篇）。戦前単行本ではこの箇所の最後は「それならやはり千鶴子よりもアンリエットと遊びたいと思はず洩らした意味ともな」った、と改稿されている（第一篇）。

矢代がヨーロッパにおける「日本の婦人」の千鶴子に接近するのを裏返すように、久慈はヨーロッパでは「日本的なもの」は避けたいと言い、それは千鶴子を避ける意味になった。千鶴子は「パリの女」「フランスの女」と呼ばれるアンリエットと対置され、ヨーロッパにおける「日本的なもの」として意味付けられるのである。(1)

パリ篇と日本篇

再び二年の中断期間をはさんで四二年一月から雑誌連載を再開された第三篇以降、すなわち『旅愁』の後半部は、舞台はヨーロッパを離れ、日本に帰国した矢代一人が主人公になる。矢代はパリに着いて早々に「ときどき［…］突然、日本へ帰りたい郷愁に襲はれ」るようになり、「そろそろ僕は日本へ帰りたくなつたね」と久慈に言う。逆に久慈は「ああ、もう日本へは、帰りたくない」と矢代に言う（第一篇）。矢代が帰国して久慈がパリに残るのは、それぞれの設定に相応しい展開ではある。だが『旅愁』はタイトルの通り、当初はパリを舞台にした日本人青年の物語、旅先で故郷の日本を思う心理を描く小説として構想されたはずである。(2) 日本を舞台にする第三篇以降の矢代の物語は、予定外にふくらんだのだろう。

矢代のもとに久慈からの帰国の報せが届くのは第五篇の末尾で、彼が再び作中世界に登場するのは、一年強の中断の後、四六年四月に発表された「梅瓶」と題された最後のパートにおいてである。第三篇から第五篇までの連載は太平洋戦争中に行われ、「梅瓶」は終戦後に発表されている（「梅瓶」が第五篇の一部なのか第六篇の冒頭に当たるのかは不明である）。以下、本章では第一・二篇をパリ篇、第三篇以降を日本篇と呼ぶ。

日本における日本の婦人？

『旅愁』は、矢代を主人公とする限りでは、千鶴子との結婚をめぐる物語である。ヨーロッパ到着の日の出来事を起点に、矢代はパリでの日々やチロル旅行を通じて千鶴子との親交を深めていた。だが帰国の日が迫ると、矢代の中でこれまで思い浮かばなかった家というものが意識され、「どこの国にいようと、結婚する意志に変りのあろう筈がないと思っている千鶴子」の顔を曇らせる。同船で渡欧した二人だったが、矢代はシベリヤ廻りで、千鶴子はアメリカ経由で、「東西に別れて」

帰国の途につくのだった（第二篇）。

はじまりの時点でヨーロッパにおける日本的なものという意味を与えられていた千鶴子は、日本篇で、矢代の中でどのように変容するのか。「異国で使う金額と日本で使う同額」が「まったく別のもの」であるように、「金にしてそうであるなら、まして千鶴子という生きた婦人のことである。千鶴子の心や身体に変りはなくとも、千鶴子その人の価値が変っているある全く不可思議な質の転換」があるはずだ、と矢代は考える（第三篇）。千鶴子自身が変化しなくても、ヨーロッパにおける日本の婦人としての千鶴子と、日本における千鶴子とでは価値が変わるという論理である。

後述の通り、日本篇では、主人公の矢代に建築に関わる設定が追加される。本章では、『旅愁』の複雑な成立過程を踏まえつつ、日本篇の矢代の結婚の物語を、彼の建築をめぐる議論を手がかりに読み解く[3]。ヨーロッパで日本を思っていた矢代は、帰国後も日本を思い続け、「真の日本人」としての千鶴子と結婚する夢を見る（第三篇）。この小説の主人公にあって、結婚とは、日本との結婚という形で欲望されるものなのである。

二　伊勢神宮とタウト

伊勢神宮だけが見えてくる

第一篇の最後の日、パリの新聞の一面トップには「日支の戦争起る」という記事が載った。作中世界はこのとき一九三六年で、したがってこれは虚報《フェイクニュース》なのだが、現実の世界では第一篇の連載中に実際に日中戦争が開戦している。作品の外の日中戦争は、虚報という形で作品の中に取り込まれているのである。

この日、久慈はカフェで会った矢代に、「ここから日本を想像してみなさい。人が一人もいないように見えるじゃないか。実際僕に不思議でならぬのは、ここから日本のことを思うと、いつでも人が日本に一人もいなくて、はっきり、伊勢神宮だけが見えてくることだね。こりゃどういうもんだろう」と話しかけられる。矢代は日本の方角を見て、ここ、つまりヨーロッパから日本を想像すると、不思議と伊勢神宮だけが見えてくるのだと言う。遥拝のようでもあるが、金泰暻が指摘する通り、「この場面における伊勢神宮の出現はかなり唐突であり、またこの段階では、伊勢神宮ははっきりと意味づけされておらず」、矢代自身も訝しがりながら発言している。

第一篇後半は久慈を視点人物とするため、矢代が何を考えて伊勢神宮のことを言い出したのかはわからない。矢代は続けて世界で日本にだけあるという「ある云い難い精神」について語るが、久慈は不明瞭な矢代の説明に苛立つ。「日本の昭和の時代」の短歌を例示する会話の流れからすると、このときの伊勢神宮の幻像《ヴィジョン》は、日本にある「精神」、つまり日本精神を象徴するようである(4)。以下、パリで日本を思うとき、矢代の中に浮かんだ伊勢神宮の行方を追跡しよう。

伊勢神宮、再び

第二篇の末尾、パリで千鶴子と過ごす最後の日、矢代は祈る千鶴子を見て「その間ともかく伊勢の高い鳥居をじっと眼に泛べて心を鎮めるのだった」。次は第三篇の冒頭、帰国の途上にある矢代は千鶴子を思い出しながら「困ったときに思い泛べる伊勢の大鳥居の姿を、またこのときも自然に眼に泛べた」。同じく第三篇、帰国後の矢代はやはり千鶴子と関連して「少し開いた伊勢の大鳥居の黙然とした簡素鮮明な姿」を思い浮かべる。「この姿が浮んで来るときに限って、千鶴子の信じているカソリックも許容し得られる雅びやかな気持ちの掠め通って来るのが、いつもながらの不思議なことだと思うのだった(5)」。

再びあらわれた伊勢神宮は、千鶴子がカソリック教徒であることに圧迫を感じたとき、矢代が心を鎮めるために思い浮かべるものになっている。第一篇のチロル旅行の場面では祈る千鶴子に同調《シンクロ》するようだった矢代だが、帰国直前の第二篇の同様の場面では伊勢神宮の幻像にすがっている。二度目以降の伊勢神宮は、カソリックに対して「日本人本来の希《ねが》い」だと言って持ち出される、矢代自身が「古神道」と呼ぶものを象徴するようである(6)。

日本篇の矢代は、カソリック教徒である千鶴子との結婚をめぐって、キリシタン大名によって滅ぼされた父方の先祖や、法華の仏教徒である母のことを考えて悩み続ける。父は矢代の帰国後すぐに亡くなるし、母も宗教を理由に結婚に反対することはないので、これはあくまで矢代の中での悩みである。古神道は、この問題を乗り越えようとして矢代が頼るものである。

タウトと大廟

矢代は帰国直後に母の郷里の東北に旅行し、以後も奈良や京都をめぐりたいと言い、父の死後は遺骨を持って京都の寺や父の郷里の九州に旅している。日本篇でも旅を続ける矢代だが、伊勢を訪れることはない。伊勢は矢代にとって実体を持った土地ではなく、心の中で思い浮かべるものである(作者は三七年一二月に伊勢神宮を参拝しており、矢代が土地を訪れる場面を書くことは可能だったはずである)。

作中で伊勢に行くのは千鶴子である(7)。千鶴子は兄の槇三とともに伊勢の山田で一泊して京都で矢代と落ち合う。槇三は矢代に伊勢の感想を問われて、「やはり大廟《たいびょう》でしたね。鳥羽も好かったが、内宮《ないぐう》は立派ですね」と返答している（第四篇）。九州から戻って再び京都で千鶴子と合流した矢代は、「伊勢、奈良を廻って来た千鶴子に与えた古都の影響を察する」（第五篇）。『旅愁』はカソリック教徒の千鶴子に、「あたし、お伊勢さんへお詣りして、良うござんしたわ」とすら言わせている（第四篇）。

戦後の単行本『旅愁　全』（五〇・一一、改造社）では、槇三の発言は「伊勢でしたね。タウトを読んだせいか、内宮は立派だと思いました」と改められている。作中世界はこのとき一九三七年で、帝大生の槇三がタウトの著作を読むのは不自然ではない。

タウトの名前の加筆とあわせて、戦後版では、槇三に関連する「大廟」の語が「伊勢」に改められている（他に「やはり大廟ででした」「信じるからには大廟にしたいと願った慎三の意気」）。近代の伊勢神宮を研究するジョン・ブリーンは、明治半ばに「「大廟」としての伊勢神宮という、新たな位置づけ」が行われたと指摘する。(8)「大廟」とは、伊勢神宮を天皇の祖先が祀られている場所と見なす呼称である。

戦後版で「大廟」の語は削られるが、タウトの名前が追加され、結果的に改稿前と同じく「内宮は立派」という槇三の感想が導き出されている。近代の伊勢神宮は、太陽神である天照大御神を祀る内宮を豊受大御神を祀る外宮に対して優位に置き、天皇の祖先を祀る場所として権威化した。タウトは伊勢神宮や桂離宮を神道・天皇に属するものとして、仏教・将軍に属する日光東照宮と対比して評価していた（本書第一章参照）。正確にはタウトが評価したのは外宮の方だが（『ニッポン』）、作者がこうしたタウトの伊勢評価を知っていたことは確かだろう。[9]

真の日本人、真の花嫁

ある夜、矢代は「夢とはいえまた夢ともまったく違」う体験、千鶴子と結婚の儀式めいたことをする夢を見る。[10] 矢代は「あの方が自分に結婚を赦され」たのだと信じ、太陽に向かって正座し礼拝する。「あの方」は太陽神である天照大御神だろうか。矢代は夢の中の千鶴子を「カソリックに少しも冒されていない緊迫した真の日本人だった」と振り返り、「自分の真の花嫁と会うことの出来た嬉しさ」に浸る。「ヨーロッパをともに廻った千鶴子のことをふと頭に泛べても、あれは嘘の千鶴子だったと思うことが、だんだんこのときから矢代に強くなった」（第三篇）。

このように『旅愁』の日本篇で欲望されているのは、カソリックの千鶴子の日本人化、日本人化した千鶴子との結婚である。「矢代にとって千鶴子はこの世に二人い」て、「真の日本人」の千鶴子こそが「真の花嫁」だとされる。一方で、矢代は千鶴子に棄教や改宗を迫るつもりはないとも言っているため、この欲望は屈折した回路をたどらざるを得ない。そして伊勢神宮とタウトの名前がこの文脈で確認されることは、日本篇の千鶴子との結婚問題が、一九三〇年代の建築をめぐる議論を背景にすることを証明すると思われる。『旅愁』の日本篇の結婚の物語は、建築における日本的なものをめぐるこの時代の議論から発想を得ていると推定されるのである。

結婚問題と建築がどうつながるのか。次節では、日本篇の矢代の建築との関わりを確認し、彼が展開する建築論を検討する。

三　建築と精神の日本化

建築の日本化問題

日本篇では、矢代は叔父の建築会社に在籍していると説明される。パリ篇にもノートルダム寺院見学の長いくだりなど建築にまつわる箇所はあるが（第二篇）、それらの場面で矢代が建築について何か考えたり意見を述べたりすることはない。建築に関わる仕事をしているという主人公の設定は、日本篇のために、後から付け加えられたものと推測される。(11)

建築に関わると言っても、矢代は建築家ではなく、設計に携わるわけではない。「仕事といっても矢代のは整理部だったから、ただ書籍や雑誌の整理をする傍ら雑書を読めばよかった」（第三篇）。建築会社の整理部に所属し、出社せず一人で本や雑誌を読んで「勉強」するというのが、矢代の建築との関わりである。

その矢代が夜中に写真帳を開き、「研究用に蒐集してある」神社の写真を眺める場面がある（第四篇）。作中唯一の、主人公による建築論が展開される場面である。やや長く引用し、検討しよう。

矢代は神社の写真を眺めながら、そこに「ほんの些細な様式の変化が伺われるだけでも、そこには必ず襲って来ていた新時代」があったと想像する。以下の引用の前半で論じられているのは、上古の純粋な古建築が仏教様式によって飾られていくという変化である。その過去の建築の歴史から、矢代は「新しい自分の時代の悩み」、すなわち千鶴子との結婚問題に関する暗示《ヒント》を得ようとしている。


それらの写真は、かねて社長の貞吉から調査の命を受けていたものでもあり、かつまた、矢代自身の勉強にも欠くべからざる重要な種類の、わが国の上古のもっとも純粋健全な古建築を、漸次に装飾してゆく仏教様式の変化を示した神社の写真で、［…］矢代はそれらの写真を見ているうち、今の自分の生活に暗示となる精神を自然に拾い上げてゆくのだった。そして、写真の含む問題とは別して、新しい自分の時代の悩みとは何んであろうかと考えると、それは千鶴子のカソリックを法華の母に告げ報らせることを秘め隠そうとしていることだと思った。［…］神仏混淆の権現造《ごんげんづくり》の建築に、さらにカソリックの尖塔を加える困難は、ただ建築様式として見た場合に於てさえ未曾有の苦心を要することであった。おそらく幾度となく兵火に焼き払われることだとしても、事実この世の日本に来ているものである以上は、工夫に工夫を重ねてこれをも日本化せしめて行く日のあることも、いつかは来るにちがいないのである。／カソリックの建築のことは、直接彼の仕事に用はなかったが、矢代の勤めている貞吉の建築会社一つの整理部でも、建築の日本化問題は絶えず悩みの種で、また情熱の自然に対《むか》うもっとも意義ある研究点であった。飛鳥朝における支那朝鮮の建築そのままの直写時代から、奈良、平安前期に至るその消化時代をへて、宇治の平等院に示された平安後期の日本化の完成という順序は、これを短い時代の例としても、明治の初期から吹き流れて来た欧化主義の直写時代、大正の消化時代をへて、現在の日本化時代という、矢代らの呼吸している一期間に於てもそれは繰り返し行われて来た歴史である。またそれはただ単に建築の様相にとどまらず、精神の世界に於ても変りなかった。飛鳥朝から昭和の現代まで、およそどの短い時代の一断面を切り採って覗いてみても、そのうちのどれかに属した努力が払われ、それに苦しみ、産み縛いで来ているという経過の底にはまた、自然にそれをそのように導く別の力がなければならなかった。／「それだ、自分の知りたいと思うものは。」と矢代は思った。　（第四篇）

引用の後半では、矢代の勤める建築会社でも意欲的に研究されているという、「建築の日本化問題」が論じられる。日本の建築は、飛鳥時代の中国朝鮮の「直写時代」から、奈良・平安前期の「消化時代」を経て、平等院に代表される平安時代後期の「日本化時代」に至った。この過去の歴史は、近代において短いサイクルで繰り返されている。すなわち、明治初期にはじまったヨーロッパの「直写時代」は、大正の「消化時代」を経て、昭和の現在、「日本化時代」に至っている。

矢代はこのように中国から渡来した建築様式を徐々に「日本化」した過去の歴史を、近代の日本が今度はヨーロッパとの関係において反復していると捉え、自分が生きるこの時代の「日本化」の努力を想像する。それは「単に建築の様相にとどまらず、精神の世界に於ても」同じであるはずで、矢代はその変化の「底」にある力を知りたいと思うのである。

「建築日本化の意義」

「日本化」をキーワードにするこの建築史観は、矢代、あるいは作者・横光利一の独創ではない。建築の日本化は、この時代の建築界で共有された論点であった。一例として、「日本化なる言葉が、漸次各方面に叫ばれるやうになつたのは昭和の初め頃からのことである」とはじまる建築史家の藤原義一（一八九八～一九六九）の論文、「建築日本化の意義」を参照しよう（『古建築』（四三・六、桑名文星堂）所収）。議論は昭和の現在から明治初期に、さらに上古に遡る。

少し溯つて歴史的に考へて見ると、明治初年から明治の中頃にかけては、西洋建築輸入時代で、我国に取つては新しい建築様式が大いに取り入れられた。それは多くは彼の直写で、建てられる土地は日本であつても、出来た建築は外国の建築で、我国情とは没交渉のものが多かつた。漸くにして海外文化の吸収に慣れ、日本国民性の特殊な長所を発揮してこれを消化し、［…］かくて明治後半より大正の初葉にかけて、新興日本国に適応する建築が多く造り出された。仮に明治前半を外国建築直写時代とすれば、後半はその消化時代と云ひうる。［…］欧州大戦［第一次世界大戦］後、世界の情勢に大なる変化があり、文明日本国の基礎は定まり、我国の文化的地歩は大体諸国に比して遜色なしとの自覚を得るに至つた。此の自覚を得てはじめて物の姿が正しく見られ、我立場に基く考へ方を生じ、建築日本化の叫びも起つて来たのである。かくの如く、直写時代消化時代を経て日本化時代に至つたのである［…］我日本建築の経過に於ても、此の三度の連鎖が幾回となく繰り返されたのである［…］／上古に於ては我国民は大古からなる生活様式にしたがひ、その建築は原始的な粗末なものであつた。やがて仏教と共に支那朝鮮の壮麗なる建築が輸入され、これより我建築界は一挙にして多事となり、仏教建築と中心として大発展を遂げるに至つた。飛鳥時代は即ち直写時代で、大陸の大建築を驚嘆の眼を瞠り乍ら唯だ取入れた時代であつた。奈良時代前期を経て奈良時代後期に入るや、彼の建築美術を悉く吸収体得し、絢爛たる黄金時代を現出した。此の時代は一つの消化時代で、次で平安時代前期を経て平安時代後期三百年の日本化時代に入つたのである。

飛鳥時代の「直写時代」、奈良・平安前期の「消化時代」を経て、平安時代後期には、「平安後期建築の中で最も日本化らしく見える平等院鳳凰堂」が生まれた。その後、第二の「日本化時代」の桃山時代や「日本様式発展時代」の江戸時代があり、「かくの如き幾回かの日本化と日本様式発展時代を繰り返して、最後に明治以来の外国様式直写及び消化時代を迎へ、これを経て現在に及んだ」と藤原は説く。

藤原論文は、明治から昭和の現在までの日本の建築のヨーロッパとの関係を、上古から平安後期の中国朝鮮との関係の反復として語る。全体の枠組みだけでなく、「直写時代」「消化時代」「日本化時代」という三段階を指す用語、具体的な時代区分、過去の日本化の建築の例として平等院を挙げている点など、細部が一致することから、横光がこの種の論考を参照して矢代の建築論のベースにしたことは明らかである。(12)

このような史観は、同時代の建築界で定説として共有されていたようだ。しかし、では昭和の現在、建築の日本化をどのように実現するかという段になると、藤原は「言ひ易くして実際の意義を解釈することはむつかしく、況やこれを建築として形の上に表出することは容易なことではない」

と述べるにとどまる。

岸田日出刀（一八九九〜一九六六）も、「始めは模倣」した中国の建築を「巧みに消化して日本的なものに純化」した過去の歴史を踏まえるなら、ヨーロッパの建築も「日本化」されるはずだと想定しつつ、「今日の日本の建築はこの新米の西洋建築といふものを猶未だ全く自己のものとすることに成功してゐるとはいへない」と述べる（『日本建築の特性』日本精神叢書五〇、四一・一、内閣印刷局、文部省数学局編纂）。かつて中国の建築を「日本化」したように、ヨーロッパの建築を「日本化」するとして、建築家たちにもその建築の形は未だ見えないのだった。

精神の日本化

『旅愁』の矢代の建築論に戻ろう。矢代は古建築の写真を眺めながら、自分の結婚問題に思いをめぐらしていた。

神社建築に仏教様式が漸次加わったこと、そこにいまさらにキリスト教の様式を加えることを、矢代は仏教徒の母がいる自分の家にカトリック教徒の千鶴子を迎えることと重ねている。神社は仏教の様式を徐々に取り入れていったが、そこにさらにキリスト教を取り入れる困難は、「単に建築の様相にとどまらず、精神の世界に於ても」同じだと、矢代は建築史を精神世界に転写《スライド》するように考える。ここでは、建築史の「「日本化時代」という認定が、いわば隠喩的に、すぐさま「精神世界」までひろげられてゆく」(13)。矢代の議論において、建築は比喩として、精神すなわち彼の結婚問題を考えるのに転用されている。

矢代の議論では、カソリック教徒の千鶴子との結婚は、「神仏混淆の権現造の建築に、さらにカソリックの尖塔を加える」ことにたとえられる。千鶴子との結婚を「千鶴子を家へ引き入れる」と言い換える箇所も直後にあり、矢代の結婚は、建物という意味の家の比喩で語られている。そのレトリックにおいて、カソリックの千鶴子はカソリックの尖塔に対応する。建築の比喩は、矢代の結婚問題を、家の屋根の形として考える回路をひらくのである。

四　帝室博物館の屋根

博物館の屋根は尖塔か

矢代の建築論の場面より後に、作中世界にカソリックの尖塔のある建物が登場する。矢代が千鶴子らとともに訪れる上野の博物館である。「一見したとき、矢代は、パリでモンマルトルの丘上を仰いだ瞬間に眼に映ったサクレ・キュールの寺を思い出した。そして、も早や、博物館の屋根にまでカソリックは来ていたのかと彼は思った」。館を出たあとも、「尖塔に似た博物館の屋根がはっきりと白く空に浮いていた。それはこうして離れて見れば見るほど、争われずカソリックから影響を受けた建築に見えた」。矢代は「ね、あの屋根、サクレ・キュールそっくりでしょう」と「尖塔を指し」て千鶴子に言い、千鶴子も同意する（第四篇）[14]。矢代は博物館の屋根の尖塔をカソリックの影響の到達したしるしと捉え、千鶴子にも尖塔を見るよう促している。

図５　東京帝室博物館
（作家名：不詳、作品名：「完成した本館」写真、東京国立博物館所蔵、Image: TNM Image Archives）

　上野という立地から考えて、これは東京帝室博物館のことだろう。博物館の本館は、初代はイギリス人建築家・ジョサイア・コンドル（一八五二〜一九二〇）の設計の煉瓦造りの二階建ての洋館だったが、関東大震災で被害を受け、一九三八年に新しく開館している[15]。本文には矢代たちが渡欧する前にはなかった建物だという説明もある。「上野の博物館が石《いし》造《づくり》の建築に変ってから、矢代たち誰も中へ入るのは初めてであった」。矢代は、「僕らの外国へ行く前にはあれはなかったんだがこうしていつの間にやら、みな集って来るんだなア」と「尖塔を眺め」る。本文には、旅人は「博物館を観て、その国のおよその文明を一瞥《いちべつ》のうちに感じとるのが便法である」ともあり、博物館は単なる一建築物というより、日本の文明をあらわすものとして意味付けられている。

矢代の渡欧前にはなくて帰国すると完成していたという上野の博物館が、他の建物ではなく帝室博物館の新しい本館を指すことは明らかである。ところが、カソリックの尖塔に似た屋根という本文の説明と、帝室博物館の屋根の形は一致しない。帝室博物館は、「日本趣味ヲ基調トスル東洋式」という規程による設計公募によって選ばれた、渡辺仁（一八八七〜一九七三）の案をもとにする建築で、帝冠様式を代表するとされる。[16] 作品の外の現実世界の帝室博物館の屋根には、尖塔は見えないのである（図5）。

この不一致をどう考えたらいいのか。[17] 以下、しばらく小説を離れて、帝室博物館設計コンペと帝冠様式について概観する。

帝室博物館設計コンペ

『帝室博物館略史』（三八・一一、帝室博物館）は、「新建博物館」について「様式は日本趣味を基調とする東洋風近世式を採つた」と説明し、この様式の「具体的表現に就いては頗る議論の存する所であつて、其の決定に際しては一方ならぬ苦心したる所がある」と振り返る。同時代の公式記録にも記された決定までの苦心とは、以下のような経緯を指す。

東京帝室博物館の建築設計懸賞が発表されると、日本インターナショナル建築会は応募拒否の「声明書」を発表した。[18]また、あえて規程に沿わない、屋根のない箱の形のモダニズム建築の案で応募し落選した前川國男は、「負ければ賊軍」という檄文を発表した（「国際建築」三一・六）。当選案は展覧会で公開され（三一・五、建築会館）、図案集も刊行された（『東京帝室博物館建築懸賞図案集』三一・九、帝室博物館復興翼賛会編纂・発行）。さらに、複数の建築雑誌がこの問題を取り上げ、応募作の図案と解説、評論を掲載した（「国際建築」三一・六、「建築世界」三一・六、「新建築」三一・七）。実現した渡辺案だけでなく二等以下の当選作から選外佳作、落選作まで含めて、これは多くの情報が公開され論評されたコンペだったのである。

一等の渡辺案は、切妻屋根を全面にかけた案であった。図案を見ると、二等も切妻屋根、三等は中央に塔屋で両端に方形の屋根で、「日本趣味ヲ基調トスル東洋式」というコンペの規程に沿って、応募者たちが挙って和風の屋根のある案を提出していたことが確認できる。

屋根の意匠によって「日本趣味」をあらわそうとつとめる応募者たちの中で、前川國男（一九〇五〜八六）と蔵田周忠（一八九五〜一九六六）の二人だけが、屋根のないモダニズム建築の案を出し、ともに落選している。前川は、「紀元二千五百九十一年に鉄骨鉄筋コンクリートによつて唐破風を作り千鳥破風を模す事は光輝ある二千数百年の日本芸術史に対する一大冒瀆であると云はねばならぬ」と挑発的に述べ、そのような破風のある屋根の「似非日本建築」ではなく自らの計画こそが「最も日本的なるもの丶の一例」だと主張した。前川の名前を建築界に知らしめたこの「負ければ賊軍」と同じ雑誌に掲載された蔵田の自作解説は、「「日本趣味」なる要素を始源的日本の伝統に立脚するものと解釈す。／仏教渡来以後、徳川末期に至るまでの特趣《ママ》的細部趣味に遍《ママ》せずして、唯一神明造大社造、民家等に遺されてゐる、質実、簡楚《ママ》、明快を主題とす」と、意匠について説明していた。(19)「日本趣味」とは見なされない案を提出した前川と蔵田は、ともに日本の建築の歴史を根拠に、自らの案を日本的なものだとする論陣を張っていたのである。

このように屋根をかける帝冠様式＝「日本趣味」建築と、屋根をかけないモダニズム建築＝国際《インターナショナル》建築とは、対立しつつも、日本を表現する屋根の形という課題を共有していた。コンペについて、これは固定のプランに「「屋根をどうかけるか」の問題だ。建築家の仕事とは、日本の東洋趣味のコンペチシヨンでは結局、屋根屋の仕事だ」とする身も蓋もない指摘もあった。(20)

帝冠併合様式

帝室博物館は帝冠様式の代表作とされるが、一等の渡辺や同様の案を提出した応募者たちは、「帝冠様式」という語で自らの案を説明してはいない。図案集の意匠の説明には、「日本式」「国粋的様式」などの語が見える。「帝冠様式」の語が流通し、帝室博物館がその語で呼ばれるのは戦後、一九五〇年代以降のことである。建築史家の近江榮によると、この用語の起源は、国会議事堂のコンペをめぐる議論にあるという[21]。

明治半ばから建設を検討されていた議事堂は、二度の仮議事堂の焼失、コンペ開催をめぐる対立、関係者の死去などの紆余曲折を経て、一九三六年一一月に完成した。建築物としては、帝室博物館とほぼ同時期の建物になる。議事堂も博物館も、その設計コンペによって建築界で様式に関する議論が起こった。いずれも当選作以外の案も公開されて、落選作が自作解説的な文章によって注目されている。

帝室博物館コンペの落選者で有名なのは前川國男だが、国会議事堂でそれに相当するのは、下田菊太郎（一八六六〜一九三一）である。下田は「帝国議院建物意匠変更請願」を行い、基礎は「世界的古典式に従ひ建築物の冠冕たる屋蓋は皇国固有の紫宸殿様式又は内宮外宮様式の純日本式に則」るという案を提示して、「吾人之を帝冠併合式と称する」とこれに呼称を与えた[22]。

下田に激しい口調で反論したのが、伊東忠太（一八六七〜一九五四）である。伊東は、「下田氏の所謂帝冠式なるものは、一言にして曰へば壁部は西洋クラシック建築の直写であり、屋根は日本古代の宮殿の屋根の直写である」が、それは「捏造されたる一種の畸形」であり、「狂建築」、「国辱」だと罵倒した[23]。「国辱」は、下田が現行の案を批判して言った言葉をそのまま返したものである。

伊東は下田の呼称を「帝冠式」と略している。下田によれば、彼の言う「帝冠併合様式」は、「所謂折衷式と基準を異にする」もので、「折衷式」は「所謂雑種とも言ふべきものにして歴史的雑婚型」、対して「併合式に於ては第一者が他者を併呑するの勇気鵬図《ほうと》を表徴」するという。つまり「帝冠併合式」は、冠であるところの屋根すなわち日本が、下のヨーロッパを模した基礎の部分を「併合」していることを意味する呼称であった。この「併合」を、伊東は故意にか無意識にか外して、「帝冠式」と言っている。なお、伊東は帝室博物館コンペの審査員であった。

ヨーロッパの建築を日本の建築にどのように取り入れるかという課題に対し、下田は結婚の比喩を用いて説明している。「雑婚」つまり国際結婚的な折衷様式ではなく、ヨーロッパを日本の中に取り入れて下に置くのが、下田の意図する「帝冠併合様式」であった。後年流通する「帝冠様式」の語は、屋根の意匠によって「日本趣味」をあらわす様式といった意味で用いられ、用語の起源は忘れられた。「併合」が消えたことと相即するように、そこでは日本への併合という含意も失われている。

では、『旅愁』の矢代の結婚は、カソリックの尖塔のある屋根の家とは、どのような意味だろうか。小説に戻って、カソリックの千鶴子との結婚と対応する矢代の家の屋根の形を読み解こう。

五　アンビルドな家

虚構の家

千鶴子との結婚は、「神仏混淆の権現造の建築に、さらにカソリックの尖塔を加える」家の比喩によって語られていた。矢代は日本の建築史を、古い神社建築に中国から伝来した仏教が加わったる神仏混淆の様式にさらにカトリックの尖塔が加わるというように、時代的に新しいものが追加されていく形で捉えている。これを矢代の家に置き換えると、古い神社建築、すなわち矢代の信仰する古神道に、中国から伝来した仏教の層、すなわち母の法華教が混じったのが、現在の家の状態である。これは建築史では中国の影響を「日本化」した段階に対応するだろう。ここにカソリックの尖塔の屋根が加わる、つまり「千鶴子を家へ引き入れる」形での結婚が実現すると、矢代の家はヨーロッパの影響を「日本化」した段階に至るはずである。

だがこの論理にはいくつか不審な点がある。建築史では、過去の中国の影響は神社建築に仏教様式を取り入れたと説明されるが、近代のヨーロッパの影響は、カソリックやキリスト教とは関係がない。近代日本の洋風建築の様式は用途によって異なり、教会建築を模すとは限らない。また、建築史では、上古から近代までのすべての様式が一つの建物の中に加算されるとは説明していない。

矢代の建築論は、その史観は明らかに同時代の建築界の議論をベースにするのだが、ヨーロッパをキリスト教に置き換える点、そのヨーロッパ＝カソリックの様式を、仏教様式を取り入れた神社建築にさらに取り入れるような様式を構想している点で、独自の展開を示している。近代以降のヨーロッパの影響の「日本化」をめぐって議論していた一九三〇年代の建築界が、日本的なものをどのように形にするか、一つの回答に行き着いていたわけではない。しかし、少なくともここで想定されている矢代の家のような奇態な様式は確認できない。

そもそも屋根にカソリックの尖塔を加えることが「日本化」だとは、のみこみにくい論理である。下田菊太郎の言う「帝冠併合式」は、上の屋根が日本で下の壁部が西洋で、上にあるものが下を併合するという意味であった。矢代の家の場合、基底にあるものが新しい部分を包含する。これは千鶴子を改宗させるのではなく、カソリックを含む——矢代の言い分では排斥せず許容する——ものとして古神道が持ち出されていることと対応するのだろう。

『旅愁』の作中で、矢代は実際にこのような家を建てて千鶴子と結婚するわけではない。矢代がいま母らと住んでいる家も、建物自体の描写はないものの、神仏混淆の権現造りだとは考えにくい。つまり矢代の考える「神仏混淆の権現造の建築に、さらにカソリックの尖塔を加える」家とは、あくまでイメージであって、アンビルドな建築設計案のようなものだと考えるべきである。同時代の建築界でこのような様式の建物が提案されていないという意味でも、これは架空の、いや虚構の家なのである。

仏教様式の混淆した神社の上にカソリックの尖塔の屋根がのった建築物のイメージによって、矢代は結婚後の自分の家を、つまり家の未来の姿を思い描いていた。建築の比喩を通じて、カソリックの千鶴子はヨーロッパの影響と重ねられ、矢代の千鶴子との結婚は、近代日本のヨーロッパの影響の「日本化」と重ねられる。このレトリックにおいて、矢代の家は、近代日本と対応するのである。

白蟻の群れと家の改造

ある朝、矢代の家の柱から数千匹の白蟻の大群が噴き出る。「別に大事件というわけではないが、家という建物自体に起った出来事としては、この蟻の大群は近来稀《まれ》な現象といってよかった。／「これはどうだろう。この部屋全部壊して一度建てかえなくちゃ、――いつの間にやら土台に巣があったんだなア。」」。白蟻の群れは空へ飛びたち、一疋残らず消える。「彼は蟻の立った柱を叩いてみた。中に空洞のあるらしい乾いた音を聞きながら、彼は自分と千鶴子の結婚も、こうして巣だってゆこうとしている旅立ちに似ているとも思った。／「この家の土台を変えなくちゃ――」／と、また矢代は柱の下の黝《くろ》ずんだ台木に指を触れて云った」（第五篇）。

白蟻の大群の旅立ちを、矢代は「家という建物自体に起った出来事」と捉え、「全部壊して一度建てかえなくちゃ」、「この家の土台を変えなくちゃ」と考える。矢代は大工に頼んで「家の改造」に着手することになる。

この出来事は、矢代が父の納骨の旅から戻り、「家が父から自分に移り代ってくる」タイミングで、そして千鶴子が「矢代千鶴子」と署名した直後に起こっている。第四篇の建築論では、千鶴子との結婚は、尖塔の屋根を加えることに擬えられていた。千鶴子の矢代家への包含という形での結婚が実現しつつあるいま、矢代は屋根ではなく、土台を変えるべきことに思い至る。矢代の家の土台は知らないうちに白蟻の巣によって蝕まれていたのである。

矢代の家を比喩として読み解くなら、土台が蝕まれていて、全部取り壊して建てなおす必要がある家とは、いまこのときの日本のことを意味するはずである。白蟻の挿話の後、作中世界では日中戦争が開戦する。

作品の外と中の日中戦争

一九三七年、作品の外の現実世界で日中戦争が開戦すると、横光は『旅愁』の新聞連載の中断を申し出た。新聞連載の本文は戦前単行本への収録に際し改稿され、同じ船で渡欧したメンバーに中国人青年が追加された。新聞連載の時点では存在しなかったこの青年は、パリ篇において、遣唐使ならぬ「遣欧使」について矢代や久慈と議論を交わすことになる。

新聞連載の中断以後、『旅愁』のパリ篇では、ヨーロッパにおける日本と中国という主題が浮上する。作中年代は日中戦争開戦前だが、その世界は日中戦争以後の色に塗り替えられた。それを可能にしたのが、日中戦争開戦の虚報という仕掛けであった。前述の通り、この日、矢代は日本の方角を見て、伊勢神宮の幻影が見えると発言していた。

中断期間を経て、太平洋戦争開戦後に再開された連載では、帰国後の矢代の結婚をめぐる物語が展開される。日本篇には中国人青年は登場しない。その日本篇で、結婚問題がほぼ決着すると、その直後に家の土台が白蟻に蝕まれていたことが発覚する。そしてこのタイミングで、作中世界で日中戦争が開戦する。

連載は長期に及び、作品の外と中の時間はかけ離れていった。作中世界の時間の進行は遅く、第五篇の末尾でやっと三七年七月にたどり着いたことになる。十重田裕一は作中年代と発表時期の関係について、新聞連載開始当初は「作中の時間と歴史的時間の相違は約一年であったが、第五篇に至ると約七年となった。「旅愁」の連載を重ねていくにつれて、虚構と現実の時間とのあいだの齟齬は大きく広がっていった」と整理する。[24] 白蟻の挿話を含む第五篇が連載されていたとき、作品の外の世界は太平洋戦争末期であった。

矢代の家を日本の比喩として読むなら、白蟻によって蝕まれ、崩壊のイメージで語られるのは、敗戦間近の日本なのかもしれない。作中世界では日中戦争開戦を受けて、同じ船で渡欧したメンバーの一人である小説家の東野が「新アジヤ」という題で講演を行う。矢代はこの題について、「自分ならむしろ新世界としたかった」と考える。それは「一分の小さな柱の穴から、空の光を望み噴き立ちのぼった、白蟻の群のように秩序ある、繊細柔軟な想い」に似たものだという（第五篇）。第五篇の末尾、敗戦前に発表された『旅愁』は、白蟻の群れのことを連想しながら「新アジヤ」ならぬ「新世界」のことを考える矢代の場面で終わっている。矢代の家すなわち昭和の日本は、土台から取り壊して、新しく建てかえる必要がある。作中世界では日中戦争が開戦したところだが、ここには作品の外の、敗色濃厚な太平洋戦争が響いているようにも思われる。

家の土台は、矢代の信仰である古神道と対応するはずだ。蝕まれた土台＝古神道は変えて、カソリックの千鶴子と結婚する矢代が築く新しい家、改造後の矢代の家は、どのような様式になるだろうか。戦後に発表された最後の「梅瓶」のパートでは、ヨーロッパから帰国した久慈が久しぶりに登場し、矢代と千鶴子のカップルは再びゆるがされそうな雲行きである。

小説は作者の死によって未完に終わった。矢代と千鶴子の結婚は実現するのか。実現するとして、その千鶴子はどのような意味の千鶴子なのか。パリ篇の当初はヨーロッパにおける日本的なものという意味を与えられていた千鶴子は、日本篇ではカソリック教徒であることでヨーロッパと重ねられ、日本人化を欲望されていた、矢代とは別にアメリカ経由で帰国した千鶴子は、戦後はまた別の意味を担わされたかもしれない。

すべては書かれなかったことで想像でしかないが、建築に関してはヨーロッパの影響の「日本化」という一九三〇年代の主題はリセットされたはずである。戦後の日本と対応する矢代の家はどのような姿で再建されるのだろうか。

（1）ただし、戦前単行本収録の際の加筆によって、ブローニュの森行きはアンリエットの送別会を兼ねていることにされ、アンリエットは小説世界から退場させられる。アンリエットが退場すると、久慈は同船で渡欧した人妻の早紀子とカップルを形成する。本章では踏み込まないが、フランス人女性との対置によって日本人女性として意味付けられていた千鶴子の位置も、パリを舞台にする第一篇・第二篇の中で変質する。なお、千鶴子がカソリック教徒であると明かされるのは、日中戦争開戦後のわずかな新聞連載のパートであるチロル行きにおいてであるが、開戦との前後関係は微妙なところである。

（2）「遠く故国を離れた日本人の生活模様を、或はその心理葛藤を心ゆくまでに描破しようといふのである。題して『旅愁』――」（「次の夕刊小説」「東京日日新聞」「大阪毎日新聞」（夕刊）三七・三・三一）。このような新聞連載の予告の文句や、雑誌連載時、第二篇の最終回に「（終篇）」とあったことがそれを裏付ける。

（3）　金泰暻の『横光利一と「近代の超克」『旅愁』における建築、科学、植民地』（二〇一四・一二、翰林書房）は、「「建築」なるものが『旅愁』物語全体にかかわる中心課題であること」を指摘し、「「建築」という論点から『旅愁』を読みなおす」ものである（以下、金の引用はすべて同書より）。本章もこの認識を共有するが、建築に関わる矢代の設定はパリ篇の段階ではなかったと見なし、同書のようにパリ篇のノートルダム寺院見物の場面を取り上げることはしない。

（4）　矢代が例示する「大神に捧げまつらん馬曳きて峠を行けば月冴ゆるなり」という「民衆」の歌は、「知識階級」の西洋崇拝と対比されている。この歌のもとになっているのは、「大君に捧げまつらん馬ひきて／月光赤き夜の山を越ゆ／（片岸芳久美作）」（佐々木一雄『支那事変忠烈偉勲録』（三九・二、皇軍発行所）の「特務兵の闘士」の章より）か。なお、戦後単行本では、歌は「父母と語る長夜の炉の傍に牛の飼麦はよく煮えており」に差し替えられ、日本にだけある精神ではなく「どこの国民だって、一つはそんな美しいものを持っているのに、忘れているという精神」という説明になっている。

（5）　この箇所は、戦後単行本で削除されている。

（6）「古神道」の語は第三篇ではじめて登場し、矢代自身は宗教ではないと説明している。日本篇の矢代が唐突に持ち出す「古神道」は、太平洋戦争開戦以後の作者の思想を反映するものとして批判的に論じられてきた。先行研究では、「古神道」の提唱者である筧克彦からの影響が検証されている（河田和子『戦時下の文学と〈日本的なもの〉――横光利一と保田與重郎――』（二〇〇九・三、花書院）他）。

（7）　他に、パリ滞在中の矢代が妹からの手紙で、父が「お伊勢参りをお母さんとなさったとき」九州の郷里の人々と会ったという報告を受けている（第二篇）。妹は手紙の中で、「わたくしは東京で生れたせいか、自分の故郷がどこだか分りません。お兄さんはパリに行かれ、東京を故郷と思われたよし、まことに自分のことのように嬉しく思いました」と東京出身者の故郷喪失の感覚を吐露していた。この感覚については、本書終章参照。

(8) ジョン・ブリーン『神都物語　伊勢神宮の近現代史』(二〇一五・七、吉川弘文館)。

(9) 安永武人は、矢代の伊勢神宮の想起はタウトによって支えられているとして、「横光はタウトによって「伊勢」へ、そして日本の伝統的文化へとみちびかれていったのではないか」と推測している(「戦時下の文学〈その五〉」「同志社国文学」七一・三)。タウトの「決定的な影響」を推測する安永の説を踏まえて、井上謙は「タウトの思想や日本文化の見方が、当時、カトリックに対応する日本の精神を模索していた横光に日本神道へと目を向かせる一つのきっかけをつくったと思える」とその範囲をひろげる(『横光利一――評伝と研究』九四・一一、おうふう)。こうした先行研究に対し、金泰暻は「戦後、このようにタウトの名を意図的に書き入れたことは何を意味するのだろうか。その真意を直ちに確めることは難しいが、『旅愁』創作がいかなるかたちであれ、「タウト」となんらかの関わりをもっていたことは推察できるのではないか」と慎重に述べる。本章で明らかにするように、横光は同時代の建築論を参照しており、タウトも直接もしくは間接に摂取したと推測されるが、決定的な影響とする確証はないと思われる。なお、実在する建築家の名前としては、他に千鶴子の知人の侯爵の洋館をル・コルビュジエ風と形容する箇所がある(第四篇)。

(10) 夢の内容は以下の通り。「千鶴子が彼の横の別の夜具の中に寝ていたのである。矢代は誰かに赦されて千鶴子と事実の結婚式を上げよと命ぜられたように思った。そのとき、充血して来た彼女の口中から清水が湧き出し、それは非常に美しく見るまに千鶴子の嬉々とした顔色はいつもと違って全身小麦色になると、はち切れそうになる筋肉の波が、力強い緊迫で温度を高めた」。一種の淫夢なのだろうが、宗教的な秘儀のようでもある。

(11) 新聞連載の当初、第一篇の冒頭では、「久慈が社会学の勉強に来たのに反し、矢代は歴史の実習に来た」と、久慈と対になる形で矢代の渡欧目的が説明されていた。戦前単行本収録の際の改稿で、久慈には「美術の研究」、矢代には「近代文化の様相の視察」という目的が追加されるが、この時点でも矢代に建築に関わる設定は与えられていない。また、「ユダヤ人の貿易商を訪問」したという第一篇の冒頭の矢代の行動には、戦前単行本で「日本にゐる叔父から手紙の命令で」という説明が補われている。これは日本篇で追加される、叔父の会社に籍を置いているという設定につながる加筆だが、この時点では建築への言及は見られない。

(12) ここまでコンパクトに整理されていないとしても、「直写」的な模倣の段階から「消化」による「日本化」へという段階によって日本の建築史を語り、かつての中国との関係を近代の日本がヨーロッパとの関係において反復していると見なす議論は、伊東忠太の『建築の研究』(上・下、『伊東忠太建築文献』第一・二巻、三七・三(二)、三六・六(二)、龍吟社)をはじめ、複数の概説書に見える。

(13) 菅野昭正『横光利一』(九一・一、福武書店)。菅野は、矢代とその背後の作者が「建築を文明論的思考の隠喩に読みかえる」と指摘している。

(14) パリ篇に、矢代が久慈・東野とモンマルトルの丘で尖塔を見る場面がある(第一篇)。「東野はすぐ頂上に聳《そび》えて来たサクレクールの寺院の尖塔を眺めて云った」などと、尖塔への言及は繰り返されているが、人物たちの会話にはのぼっていない。また、千鶴子はこの場面には不在である。『旅愁』は、パリ篇と日本篇の間にあるべき緊密な連係を欠いており、パリ篇のこの場面が日本篇の博物館の尖塔につながっているとは読めない。

(15) 旧本館は、一八八一年竣工、第二回内国博覧会で美術館として使用後、八二年に博物館として開館。正面に二つのドーム状の楼のある煉瓦造りの建築であった。一九二八年、昭和天皇の即位を機に「帝室博物館復興翼賛会」が組織され、寄付を集めて博物館が建設された。東京帝室博物館復興館は三二年着工、三七年竣工、三八年一一月一〇日開館。なお、呼称は博物館、帝国博物館（一八九〇）、東京帝室博物館（一九〇〇）、国立博物館（四七）と変化している。

(16) 「高く立ちはだかる壁面の上に瓦屋根をいただく東洋風建築の設計は、渡辺仁。［…］「日本趣味ヲ基調トスル東洋式トスルコト」「勾配屋根ヲ必要トスルコト」といった設計公募規程にそって、東洋風を強く打ち出して「帝冠様式」の代表例とされる建物をつくり上げてしまった」（『こんなに面白い東京国立博物館』二〇〇五・四、新潮社、東京国立博物館監修）。ただし、「渡辺仁の東京帝室博物館を帝冠式の代表とする考えもあるが、この作品は屋根だけでなく壁体においても和風をたくみにとり込み、和風をイデオロギッシュに強調してはいない」と、定説となっている見方に修正を迫る論者もいる（藤森照信『日本の近代建築（下）―大正・昭和篇』九三・一一、岩波書店）。なお、渡辺は、地下室がタウトの設計になる日向家熱海別邸の地上部分の和風建築の設計をしている。

(17) 矢代たちの会話に出て来る館の展示品は実際の収蔵品と一致しているが、厳密にはこの時点では開館していない。なお、帰国直後に千鶴子と会って信仰の話をする場面では、矢代はお茶の水からニコライ堂の円頂を見ているが（第三篇）、この屋根は現実の建築と一致する。ニコライ堂は、コンドルの設計によって一八九一年に完成、震災後、一九二九年に岡田信一郎（一八八三～一九三二）によって改修・再建された。板垣鷹穂は『建築』（四二・一〇、育生社弘道閣→二〇〇八・一〇、武蔵野美術大学出版局）の「美術館」と題した随筆（初出は「思想」三九・二）で、博物館の新旧の建物について次のように述べている。「回教徒の建築に似ている旧館を多額の費用をかけてまで補強し修理する必要はなかったであろう。応募規定に反抗してフランス現代風の新館設計を提案した年若い帰朝者の目論見が正しかったといい切ることも難しいであろう。[…]非難することは誰にもできるが、いわば一種の「弥縫《びほう》策」にすぎぬ「東洋式」の代わりに、現代日本を表示するに充分な新様式を創造するには、余程の才能と勇気とが前提されなければなるまい。／コンドル設計の旧館が明治初年の欧化万能期を代表するものであれば、「非常時」という言葉の誕生期に設計された今の新館は、日本の過去を反省する気持が尊重された時代の象徴ともいえるであろう。そこでもし仮に、まだ建築されぬ第三の総合美術館を空想のうちに描くとすれば、ここにはじめて、真の国民的自覚から正当に創造された文化史の大殿堂を仰ぎ得るわけである」。『旅愁』の博物館は、いわばこのような空想によって作中世界に建てられたのではないかと思われる。

(18) 日本インターナショナル建築会はタウトを日本に招待した会である。本書第一章・第二章参照。

(19) 蔵田の箇条書きの自作解説は注目されていないが、近江榮は、「これはB・タウトの来日以前において、日本趣味の母型、あるいはその精神を神社に求め、その主張を展開した、おそらく最初の視点であったろうと思われる」と指摘する（『建築設計競技　コンペティションの系譜と展望』八六・一二、鹿島出版会）。蔵田はドイツ留学中にタウト設計の建築を見ており、来日したタウトと親しく付き合った。後年の著書に『建築新書5　ブルーノ・タウト』（四二・七、相模書房）。

（20）田中文雄「博物館のコンペチション」（「建築世界」三一・六）。傍点原文。

（21）コンペに着目して近代建築史を記述した近江栄は、忘れられた建築家として下田菊太郎に注目し、「帝冠様式」の用語の起源だと明らかにした（『建築設計競技』前掲）。

（22）自ら発行する「建築月報」に発表し、『思想と建築』（二八・一二、自費出版）に収録。下田の案は落選するが、実現した議事堂は当選案とは違い、下田案を取り入れたもののようにも見えるとされる。林青梧の小説『文明開化の光と闇――建築家下田菊太郎伝――』（八一・三、相模書房）は、死の直前の下田が建設中の議事堂を見て感涙する場面で締めくくられている。これはフィクションで、下田の名前は設計者の中にはないが、議事堂の屋根が当初のドーム型から変更されたことは事実である。

（23）伊東忠太「議院建築の様式に就いて」（『伊東忠太建築文献』第六巻、三七・一、龍吟社）。ただし、日埜直彦によると、この文章は「文献目録によれば一九二一年に執筆されたが、同書以前には未発表であった」（『日本近現代建築の歴史　明治維新から現代まで』二〇二一・三、講談社）。伊東については、本章第四章参照。

（24）十重田裕一「〈解説〉引き裂かれた「旅愁」の軌跡」（岩波文庫『旅愁』上）。

【付記】『旅愁』の引用は、第一～三篇は戦前単行本（四〇・六（第一篇）、同・七（第二篇）、四三・二（第三

篇）、改造社）、第四篇以降は初出誌にもとづく『定本横光利一全集』第八・九巻（八一・二（八）、同・三（九）、河出書房新社）を底本とする岩波文庫版に拠った。ただし、第一篇の新聞連載の箇所のみ初出の本文に拠った（仮名遣いも原文のまま）。新聞連載の箇所は、戦前単行本収録の際の改稿で後続の部分とつながらなくなった。全篇を通して読むのには適さないが、物語の起点を示すため、この篇のみ初出の本文を用いた。引用箇所に関しては、表現の異同はあるが、内容に関わる改稿は見られない。

第八章　帝国における結婚――谷崎潤一郎『細雪』と建築家という結び

一　昭和十六年春、雪子の結婚という結末

『細雪』の結末

谷崎潤一郎の小説『細雪』は、大阪・船場の旧家、蒔岡家の四姉妹の物語である。父母は既に亡く、長女・鶴子は婿養子である辰雄の転勤にともない、「昼も薄暗い室内に、つやつやと拭き込んだ栂《つが》の柱が底光りをしていようという、古風な作り」（上・二十二）の家がある「故郷の土地を引き払」って、東京の新建ての安普請の借家に移り住む。次女・幸子は、夫の貞之助、娘の悦子、女中のお春らとともに芦屋で幸福に暮らしている。未婚の三女・雪子と四女・妙子は、本家よりも幸子の家を好み、理由をつけては滞留していた。その二人の妹が、それぞれ複数人との見合いと恋愛を経て結婚を決め、幸子の家を出ていくというのが、上・中・下巻からなる長大なこの小説の結末である。

雪子は、上巻の開始時点で「いつの間にか婚期を逸してもう三十歳にもなってい」(上・二)たが、そこからさらに五年の歳月を加えて、かつては「いつもこちらが「不許可」を称《とな》えて先方を「落第」させてばかりいた」(下・七)のが、下巻では見合いの相手から「「落第」を宣告され[…]こちらが「敗者」の烙印を捺される側に立たされ」るようになっていた。その雪子がついに結婚するのが、御牧という人物である。

御牧は、「維新の際に功労のあった公卿《くげ》華族」(下・二十七)の子爵の「庶子」で「建築屋」、つまり建築家である。美容師の井谷によって化学工業会社のサラリーマンである瀬越との見合い話が幸子のもとに持ち込まれるところからはじまったこの長篇小説は、最終章では結婚にまつわる諸々の準備を進める幸子らの日々を語る。途中、兵庫県庁勤務の野村、素封家の沢崎、製薬会社重役の橋寺らが雪子の見合い相手として登場し退場していく。御牧との結婚は、こうした実現しなかった複数の可能性の上に成立している。

予定された結末

『細雪』という長篇小説は、雪子が建築家と結ばれるという結びになっている。このように雪子の結婚をもって終わることは、はじまりの時点から予定されていたようである。上巻序盤で雑誌連載が中止された際、次回発表予定だった原稿の末尾に作者は以下のように記していた。

作者云ふ、――此の小説は日支事変の起る前年、即ち昭和十一年の秋に始まり、大東亜戦争勃発の年、即ち昭和十六年の春、雪子の結婚を以て終る。(1)

作者は後に、時勢の影響で「「不倫」や「不道徳」な面」を「最初の構想のまゝにすゝめることはさすがに憚られた」と振り返ってもいるが、(2)結末に関しては当初の構想から動かなかったようである。右では、他の出来事には触れず、昭和十六年春の雪子の結婚という結末だけが確言されている。

また、右では二つの戦争によって作中世界の範囲が説明されている。作者の言の通り、『細雪』の作中の年代は、昭和十一年（一九三六）の秋から日支事変を経て、大東亜戦争開戦の年である昭和十六年（一九四一）の春までの約五年間である。井谷が幸子のもとに御牧の話を持ち込むのは下巻の二十七章で、見合いが行われるのは昭和十五年秋である。ここから最終章の三十七章まで、つまり雪子の結婚という結末に関わる最後の一〇章程度を、本章では結末部と呼ぶことにする。

なお、本章では、日支事変を日中戦争、大東亜戦争を太平洋戦争と、現在の通称で適宜言い換える。また、年代は元号と西暦を併記して示す。『細雪』の作中世界では、元号はたとえば雪子の見合い相手の履歴書や妙子の舞の会の案内状に、西暦は主に外国人の登場人物の手紙に用いられる。結末部では、「二千六百年祭」（下・二十八）で東京の宿が埋まっていると、皇紀も見える。姉妹たちの時間感覚は、家族の年齢、花見や法事などの家族行事に規定されている。だがそれとは別に、元号や西暦、皇紀によって、家族以外の人々、社会、ひいては世界情勢とつながる時間も彼女たちは生きているのである。

作中年代と発表時期の時差《タイムラグ》

『細雪』の作中年代は、昭和十一年（一九三六）秋から十六年（一九四一）春である。一方、連載開始は昭和十八年（一九四三）で、完結は二十三年（一九四八）である。作者は太平洋戦争開戦以前の世界を、太平洋戦争開戦後に執筆しはじめて、終戦後に完結させているのである。

このうち上巻と中巻は、太平洋戦争開戦後の戦時下に執筆されている。上巻は、序盤は雑誌連載され（「中央公論」一九四三・一、三）、戦時下に相応しくないとして連載中断後、私家版として上梓された（一九四四・七）[3]。中巻も私家版が準備されていたが実現しなかった。後に公表された日記の昭和十九年（一九四四）十二月二十二日の項に、「「細雪」中巻完結するを得たり」の記載がある[4]。下巻は、どこまで終戦前に書かれていたか、敗戦がどのように物語に影響しているかについては議論があるが、[5]雑誌連載と単行本の刊行は戦後である（「婦人公論」一九四七・三～一九四八・一〇、一九四八・一二、中央公論社）。上巻と中巻も、戦後に改訂されて公刊された（上巻は一九四六・六、中巻は一九四七・二、いずれも中央公論社）。上・中・下巻を一冊にまとめた『細雪（全）』が中央公論社から刊行されたのは、昭和二十四年（一九四九）十二月である。つまり『細雪』の全巻が刊行され、結末まで通して読むことが可能になったのは、戦後だということになる。

『細雪』は、完結した作品としては、戦後の作品である。むろん完結が戦後になることは、連載開始の時点では予想できなかったことである。小説が雪子の結婚という結末を昭和十六年春に迎えることはあらかじめ決まっていたが、その予定通りの結末は、結果的に戦後に執筆・発表された。作中年代と作品が発表され読まれた時期の時差《タイムラグ》は、下巻、殊にその結末部において決定的にひろがっていたと思われる。それは何年の差かという数の問題ではなく、時代状況としての時差である。

では、昭和十六年春の雪子の結婚という結末が予定通りだったとして、その相手が建築家であることはどうだろうか。『細雪』の姉妹たちは作者の親族をモデルにしており、御牧にもその設定を借りた人がいる。谷崎の義妹が昭和十六年春に結婚した「華族の次男坊」の渡辺明がその人で、作者によれば、下巻二十七章の井谷による御牧の説明は、先祖のことや「「建築家」とあるのを木工家と置き換へれば、そつくり明さんのことになる」という。[6]だが執筆の背景ではなく、発表され読まれた作品として、作中年代と発表時期の時差は、小説の結末にどのように作用しただろうか。本章で考えてみたいのは、そのような時差の中にある、昭和十六年春の雪子の建築家との結婚という小説の結末のことである。

二　建築家と日本的なもの

御牧はどのような建築家か

華族の庶子という家柄に続いて、井谷が幸子にざっと語った御牧の経歴は、以下の通りである。

この人は学習院を出て東大の理科に在学したこともあるそうであるが、中途退学して仏蘭西へ行き、[…] 要するに、いずれも長く続かないで亜米利加へ渡り、どこだがあまり有名でない、州立の大学へはいって航空学を修め、ともかくもそこを卒業したのであることは確かである。が、卒業後も日本へは帰らず、亜米利加のあちらこちらを流浪して歩き、[…] 建築の設計に手を出してみたり、生来の器用と移り気に任せて実にさまざまのことをやったが、専門の航空学の方は、学校を出てから全然放棄してしまった。そして今から八九年前に帰朝してからも、これといった定職はなくぶらぶら遊んでいたのであるが、数年前から折々道楽半分に、友人が家を建てる時にその設計をしてやっていたところ、それが案外評判がよく、追い追いその方面の才能を認める人が出て来るようになった。それで当人も気をよくして、最近では西銀座の或るビルの一角に事務所を設け、本職の建築屋さんになりかけていたのであるが、何分御牧氏の設計は西洋近代趣味の横溢したものであるだけに、贅沢で金のかかるものなので、事変の影響下にだんだん注文が少くなり、仕事が全く閑散になってしまったために、僅か二年足らずでせっかくの事務所を閉鎖するの已《や》むなきに至り、現在ではまた遊んでいるというのが事実である。

（下・二十七）

このとき作中世界は昭和十五年（一九四〇）で、八、九年前に帰国したとあるので、御牧は一九三〇年代初めに帰国し、三〇年代後半から設計をはじめたことになる。西銀座のビルに事務所を開いて建築の仕事に本腰を入れようとしていた矢先、一九三七年の「事変の影響下」で「僅か二年足らずで」閉鎖したという。

御牧の設計は、「西洋近代趣味の横溢した」「贅沢で金のかかるもの」と説明されている。御牧を後援している雑誌社の社長によると、「気の利いた、洒落た住宅を設計させると、実に優れた天分を発揮する人」で、「住宅建築家」として見込みがあるという。御牧は西洋帰りで「西洋近代趣味」、つまりモダニズム建築の住宅を手がける建築家としてまずは説明されるのである。

モダニズムから日本的なものへ

興味深いのは、このような井谷の説明に対して、御牧本人が説明する内容が微妙に異なる点である。

自分は若い時分には京都の土地に何らの興味をも感ぜず、むしろ欧米の生活に憧れを寄せていたのであったが、近頃になって祖先の地に対するノスタルジアのようなものが萌しつつあるのを覚えること、[…]趣味の上にもその傾向が現れて来て、自分はだんだん古い日本の建築のよさが分るようになって来たこと、で、自分は将来時機を待って再び建築屋になるつもりであるが、それまでにできるだけ日本固有の建築を研究しておき、今後の設計には日本的なものを大いに取り入れたいのであること、[…]（下・三十）

御牧は、かつては欧米に憧れていたが、近頃は京都という「祖先の地に対するノスタルジアのようなもの」を覚え、「だんだん古い日本建築のよさが分るようになって来た」と語る。そして関西で「日本固有の建築を研究」して、今後は設計に「日本的なもの」を取り入れていきたい、と抱負を述べる。

西洋帰りのモダニズム建築家が日本の古建築を見なおし日本的なものに目覚めるとは、この時代の典型的な建築家像である。一九四〇年前後というと、たとえばモダニズム建築の急先鋒と目されていた前川國男が、従来の主張とは異なる古い日本の建築の屋根の形を取り入れた設計をして驚かれている。前川は昭和五年（一九三〇）にフランスから帰国し、昭和一〇年（一九三五）に銀座に事務所を開設していた。村野藤吾（一八九一〜一九八四）は、昭和四年（一九二九）に事務所を設立したものの、時局下で仕事がなくなったという。村野は皇紀二六〇〇年に当たる昭和十五年（一九四〇）の天皇行幸にあわせて、奈良の橿原神宮前駅の駅舎を神社や古民家風の屋根の形で設計している。

御牧は「古い日本の建築」、それも「日本固有の建築」を研究したいと述べている。建築における日本的なものは、単に時代的に古い建築という意味ではなく、中国（や中国から渡来した仏教）の影響を受けていない、それを排除したところに探られていた。そこで見出されたのが、たとえばブルーノ・タウトが称賛した桂離宮や伊勢神宮であり、堀口捨己が研究対象とした茶室であり、「国際建築」の日本建築特集で取り上げられた数寄屋造りや民家であった（本書第一章・第二章参照）。御牧の言う「日本固有」は、こうした一九三〇年代の建築界の議論を背景にするだろう。

大和路

そのことを裏付けるように、御牧は新婚旅行について、「二三日間春の大和路《やまとじ》を経廻りたい」(下・三十七)、「奈良の旅館は純日本式の家にしたい」という希望を述べている。東京出身の御牧は、雪子にとって珍しくないのなら箱根や熱海にしようと言うが、幸子は、自分たちは関西に住んでいるが「案外大和の名所古蹟には不案内で、妹などは法隆寺の壁画さえ見ていない」とこのプランに賛成する。

新婚旅行の行き先は関西の中でも奈良で、例示されるのは法隆寺である。その場所は「大和路」「大和」という古い名で呼ばれている。「大和(路)」からは、亀井勝一郎の『大和古寺風物誌』や堀辰雄の『大和路・信濃路』といった、作中年代と同じ時期の(発表は『細雪』の執筆・発表と同じ時期の)奈良の古寺をめぐる紀行文が連想される。(7)

三　平安神宮と二重橋

復元の平安神宮

古建築への関心を語る御牧によって、翻って、ここまで作中で幸子や雪子が訪れてきた関西の場所や建物が、実は「日本固有」とか「名所古蹟」などと呼ばれるものではなかったことも見えてくる。その代表が平安神宮である。

姉妹たちが豪華な着物で着飾って平安神宮で花見をする場面は、『細雪』を代表するもので、後述の映画や演劇もこの場面を中心化してきた。そのイメージによって、『細雪』は漠然と日本的な作品だと（一九三〇年代の議論とは無関係に）見なされてきた。

しかし平安神宮は、近代に建てられた復元建築である。[8] 設計は伊東忠太らで、一八九五年という平安遷都一一〇〇年のタイミングで開かれた内国勧業博覧会で復元され、桓武天皇をまつる神社となった（皇紀二六〇〇年のタイミングで孝明天皇が祭神に加わっている）。幸子たちは平安神宮での花見を短歌にしている。桜を愛でて和歌を詠んだ平安時代の貴族のようだが、平安神宮がレプリカであるように、それは似て非なる《キッチュな》ものである。

姉妹たちは東京でも、明治神宮や靖国神社といった近代に創立された神社を訪れている。平安神宮の花見と違ってその場面が叙述されるわけではなく印象は薄いが、姉妹たちの東京観光にはある傾向が認められる。以下、東京の本家に滞在中の雪子が幸子を迎える中巻の挿話をやや詳しく検討しよう。

二重橋を拝む

雪子が幸子の娘の悦子、鶴子の息子の輝雄とともに東京駅で幸子と女中のお春を迎える場面で、既に東京観光を済ませていた悦子は、「あれが丸ビル、あの向うが宮城やで」（中・十四）と、幸子らにまず宮城の方角を教えている。「まだ東京を知らない彼女は、学校の同級生で二重橋を拝んでいるのは誰さんと誰さんだなどと云って羨ましがってい」（中・十三）たので、幸子は悦子を一足先に東京にやっていたのである。ここでは東京を知ることと二重橋を拝むことが同義になっている。

二重橋は皇居にある橋の俗称で、橋を拝むのはそれが皇居、ひいては天皇のシンボルだからである。日本政治思想史家の原武史は、昭和八年（一九三三）の皇太子誕生以降、二重橋が天皇が姿を現わす舞台となり、「それまでの「見る対象」から「拝む対象」へと変化」したことを指摘している。(9) たとえば一九四〇年代の小学生向けの国語教科書には、二重橋に最敬礼するという内容の詩が掲載され、東京観光と結びつけられていた。(10) ちなみに作中年代と同じ頃、日本画家の横山大観が手がけた国民精神総動員運動のポスターにも、二重橋が描かれていた。

> 車がお濠端《ほりばた》へ来ると、輝雄が帽子を取ったのを合図に、／「ほら、お春《はあ》どん、あそこが二重橋、――」／「こないだはあそこで自動車を降りて、最敬礼したんよ」／と、雪子が云った。［…］

「こないだ、――二十四日の日、シュトルツさんとペータアさんと、姉ちゃんと、悦子と、そこに整列して最敬礼したんやわ」／「へえ、シュトルツさんら、二重橋へ来やはったん」／「姉ちゃんが連れて来やはったんよ」［…］四人はすぐ桜木町へ乗り付けて、有楽町で下り、最初に帝国ホテルでお茶を飲み、四時半にホテルを出て、一時間の予定で自動車を飛ばした。まず二重橋前に行って、車から下りて最敬礼をし、陸軍省、帝国議会、首相官邸、海軍省、司法省、日比谷公園、帝国劇場、丸ビル等々を、あるいは車の上から、あるいはちょっと降りたりして、最大急行で見物し、五時半に東京駅に着いた。（中・十四）

二重橋が近づくと輝雄は帽子を取り、それを合図に悦子はあそこが二重橋だと説明し、隣人であるシュトルツ一家を案内したときは自動車を降りて最敬礼したと振り返る。雪子と悦子は、ドイツに帰国するシュトルツ氏らと帝国ホテルでお茶を飲み、二重橋で最敬礼をして、帝国議会や首相官邸、帝国劇場などを見物していた。[11] そのとき雪子は英語で「首相官邸」と言うことができず、「近衛さんのいやはるとこ」と日本語で説明したという。華族出身の近衛文麿は昭和十二年（一九三七）から十八年（一九四二）の間に三度首相をつとめており、『細雪』の作中年代はおおよそ近衛内閣下に相当する。

「「お母ちゃん、あの絵画館見たことあるのん」／と、車が外苑前にさしかかった時、悦子が云った。／「あるよ、お母ちゃんは。――お上りさん扱いせんときなさい」」。悦子と幸子が話題にする絵画館とは、明治神宮外苑にある聖徳記念絵画館のことである。明治天皇の死後、外苑を備える明治神宮が創られ、大正十五年（一九二六）に絵画館が建立された。明治天皇の御代を称える八〇枚（日本画家と洋画家、各四〇枚）の壁画が揃ったのは昭和十一年（一九三六）である。明治神宮は、妙子も輝雄に案内してもらっている（中・三十二）。

『細雪』は、関西を舞台にする小説である。雪子らがシュトルツ一家と二重橋で最敬礼する光景や、幸子が明治神宮の絵画館を訪れた場面、そのときの幸子の感想などが叙述されることはない。それでもこうした東京における姉妹たちの行き先は、たとえば二重橋なら「二重橋」という語が、悦子の台詞、幸子の台詞、また以前の出来事をまとめて説明する地の文において繰り返され、帽子を取ったり最敬礼をしたりといったそれを拝む行為も繰り返し記される。小説は、人物たちの宮城遥拝を文章の上で実現しているのである。

「帝都」東京

『細雪』の作中で最初に東京が話題にされるのは、西洋帰りの東京の夫人が幸子を訪ねてきて、入院していた聖路加病院とその近くの築地本願寺のことを話す場面である。本文中に名前は出ないが、前者はアントニン・レーモンドの設計で昭和七年（一九三二）に建立され、後者は伊東忠太の設計で昭和九年（一九三四）に再建された。インド風の奇妙な建物である後者については、「本願寺はあゝいう建物になりましても、やっぱり鐘を鳴らすのでございましょうか」［…］「何だかサイレンでも鳴らしそうだわね」（上・二十）という会話も交わされている。

東京を訪れた幸子は「復興後の帝都」（中・十四）「帝都の威容」「帝都の変貌」と、そこを「帝都」という呼称で繰り返し捉えている。この呼称に端的に示されるように、『細雪』の東京とは、一九三〇年代の「帝都」東京である。

東京を訪れた幸子は、「瑞雲《ずいうん》棚引く千代田城のめでたさは申すも畏《かしこ》いこととして、東京の魅力はどこにあるかといえば、そのお城の松を中心にした丸の内一帯、江戸時代の築城の規模がそのまま壮麗なビル街を前景の裡に抱え込んでいる雄大な眺め、見附やお濠端の翠色、等々に尽きる」と考える。夫の転勤で「東京のまん中の丸の内へ勤務することになって、もったいなくも天子様のお膝もとへ移住するというのに」（上・二十一）悲しいと言う鶴子に、幸子は共感していた。千代田城つまり皇居を修飾する「瑞雲棚引く」は、叙景ではなく定型的な称賛の言葉である。その「めでたさは申すも畏い」と、皇居は過剰な敬意をともなって叙述される。「天子様のお膝もと」の敬称や敬語、「もったいなくも」と謙譲の言葉がつくのも同様である。東京は姉妹たちにとって異郷の地ではあるが、そのことは天皇に関しては必ず除外した上でそう語られる。『細雪』の東京は一九三〇年代の「帝都」であり、それは拝むべき天皇のいる場所としての帝都なのである。

帝国ホテル

雪子がシュトルツ氏を案内した帝国ホテルは、結末部で御牧との見合いの会場になる。振り返れば、作中での最初の見合いは、オリエンタルホテルで行われ、幸子と雪子は前日に井谷の美容院に行っていた。オリエンタルホテルの近くに美容院を構えていた井谷は、結末部では店をたたんで、東京での開業準備のためのアメリカ行きに備えて帝国ホテルに滞在している。井谷の紹介による二回の見合い、最初の見合いと最後の見合いは対をなし、会場は神戸のオリエンタルホテルから東京の帝国ホテルへと移っている。オリエンタル（東洋）と帝国という名称には象徴的な意味があるようにも思われる。(12)

帝国ホテルで見合いをする御牧は、華族の庶子で、父が祖父から聞いたという「明治天皇や昭憲皇太后の話」（下・三十四）を話題にするような人物である。その御牧と、天皇誕生日である天長節に披露宴を行うべく、最終章の雪子は見合いをしたのと同じ帝国ホテルを目指して上京する。行き先は帝都である。

四　雪子はいつ結婚するのか

『細雪』の脚色

雪子の結婚という小説の結末を読み解くために、ここで少し視点を変えて、『細雪』を原作とする映画や演劇において作中年代がいつに設定されているのか、複数の脚色を参照し検証したい。なお、映画と演劇は、小説の完結後に制作されているため、すべて戦後の作品である。

『細雪』の映画化は、阿部豊監督・八住利雄脚本の『細雪』（一九五〇・五、新東宝）、島耕二監督・八住利雄脚本の『細雪』（一九五九・一、大映）、市川崑監督・市川と日高真也脚本の『細雪』（一九八三・五、東宝）の三度、行われている。以下、監督の名前を借りて、それぞれ阿部豊版、島耕二版、市川崑版と呼ぶ(13)。

演劇化は、脚色者で区別すると、郷田悳版（一九五〇・七、新橋演舞場）、菊田一夫版（一九六六・一、芸術座）、川口松太郎版（一九六八・一、新橋演舞場）の三種類を確認できる（同じ脚色者の脚本で複数回上演されている例もあるが、いずれも初演のデータを示した）。また、菊田一夫脚色・堀越真潤色とされるヴァージョンがあるが（一九八四・二、東京宝塚劇場）、台本を照合すると菊田版とは重ならない箇所が多いため、区別して堀越真版と呼ぶこととする。このうち堀越版が定番化して、現在まで上演回数を重ねている。他にテレビドラマも複数制作されているが、本章では取り上げない。

映画と時代

最初の映画化である阿部豊版は、冒頭で「昭和十二年」という年代を明示する（シナリオでは「昭和十×年」）。ただし、家柄や格式にこだわる本家に反抗し、新しい女性として生きようともがく妙子にフォーカスする阿部版は、むしろ一九五〇年の作品にふさわしく、戦後的な価値観に立脚している。高峰秀子演じる妙子は、洋装で、煙草を吸い、酒を飲み、自活を目指し、恋人と屋外でデートを重ね、自由な恋愛をしようとする。妙子が雪子に「女には平凡な家庭生活の他には生きる道も倖せもないもんやろか」と疑問をぶつける場面もある。

映画は、先代夫妻の肖像画の掛かった本家のシーンからはじまる。終盤、雪子の結婚が決まって、東京に引っ越した鶴子が墓参りの後に本家に立ち寄る場面で、鶴子と幸子はこの家の薄暗さを改めて意識する。このとき二人は、「茶碗の中に落ちた白蟻がぶる〳〵と羽をもがかせている」のに気づく。原作にはない茶椀の中に浮く数匹の白蟻という強烈なイメージによって、古い家が内側から蝕まれていたことが、すなわち家というものを支えていた古い価値観の崩壊が暗示されている（本書第七章で取り上げた横光利一の『旅愁』にも、白蟻によって家の崩壊を暗示する場面があった）。本家の批判者であった妙子が雪子の嫁入道具が飾られた幸子の家を出て、姉たちに見送られながら一人長い道を歩いていく引きのショットで映画は終わる。

続く島耕二版は、時代を戦後に、映画の公開と同時期の現代に移している。[14] 細かいことだが、妙子の人形製作の弟子は、原作では白系ロシア人のカタリナで、島版ではアメリカ人のメリーである。映画・演劇は総じて外国人との交流の挿話を省いており、単純には比較できないが、島版におけるアメリカ人への変更は戦後という時代ゆえだろう。戦後とは、この場合、映画の作中年代であり、かつ映画が制作・公開された時代のことである。

妙子を主人公格にして古い家と新しい価値観の対立を描く阿部豊版も、作中年代を戦後に移して妙子をアメリカ人の人物と交流させる島耕二版も、単に戦後に制作されたからというだけでなく、戦後的な作品である。一方、前二作から間が空いて制作された市川崑版は、姉妹たちに懐古《レトロスペクティブ》的な視線を注いでいる。映画は、「昭和十三年のことである」という文章を画面上に表示してはじまる。市川版は、その時代を「戦争の足音が／日本中を覆いはじめた頃」と捉えて、[15] 随所に戦争の話題を挿しはさんでいる。

雪子の結婚はいつのことか

ほとんどの脚色が小説の作中世界に流れる五年間という時間を短縮している点にも注意が必要である。島耕二版を除き、作中年代がはやいほうから映画・演劇を並べると、川口松太郎版が昭和十一年の秋から十二年春、(16)郷田悳版が昭和十三年の春から秋のそれぞれ一年未満で、(17)市川崑版が昭和十三年の春から冬の一年間である。菊田一夫版は昭和十一年秋から十六年春と、作中に流れる時間を小説と揃えているが、これを改修した堀越真版は昭和十二年春から十四年春の二年間に短縮している。昭和十二年という年を明示してはじまる阿部豊版も、桜が二回映ることから、堀越版と同様の範囲だと推定できる。

これは大部の長篇小説を一定の上映・上演時間におさめるための措置だろう。脚色はいずれも小説の中のエピソードを取捨選択し、適宜順番を入れ替えるなど工夫して物語を整理している。本章で注目したいのは、そのような時間の短縮に際し、脚色の多くが小説の作中年代のうち、後ろのほうを落とすことを選択している点である。

具体的に言うと、小説の下巻は昭和十四年（一九三九）六月にはじまるが、ここから結末の昭和十六年春までの約二年間の時間は、ほとんどの映画・演劇には含まれない。一方で、映画・演劇は雪子の結婚という小説の結末を、概ねそれぞれの作品の結末とする。(18)その結果、小説では昭和十六年春のことである雪子の結婚が、映画・演劇ではそれよりはやい年に起きることになる。

雪子の結婚自体はプライベートな出来事で、それが昭和十六年であろうとたとえば十三年頃であろうと、あるいは戦後に移したところで、変わらないようにも思われる。蒔岡家の姉妹の物語としては、あるいはそうかもしれない。しかし、日中戦争の影響で建築事務所を閉鎖していた御牧は、最終章では、アメリカの大学で航空学を学んだ経歴を活かし、「今度尼崎市の郊外に工場が出来る東亜飛行機製作所」（下・三十七）に勤めることを決めている。そもそも井谷が御牧との見合い話を持ってきたのは、「今は世界的動乱の最中でもあり、亜米利加と日本との間にも事が起りそうな懸念があ」（下・二十七）り、[19]しかし「仮りに事が起るとしても、今すぐではなさそうであるから、その前に大急ぎで行って来る」と、アメリカとの戦争がはじまることを予想しつつ、神戸の美容院をたたんで渡米することにしたからだった。

映画・演劇では総じて御牧の影は薄く、職業にも注意を払われていない。だが雪子の結婚という小説の結末は、雪子以上に御牧という相手を通じて、昭和十六年春という作中年代の、そして作中年代と発表時期の時差の作用を受けると考えられる。以下では、堀越真版と市川崑版を中心に、映画・演劇において時代がどのように表現されているか検証し、それを踏まえて小説の結末を読みなおすことにする。手がかりにするのは、戦争の語られ方である。

五　戦争の語られ方――映画・演劇の場合

「戦争ごっこ」

全三幕からなる堀越真版は、冒頭の場面に「戦争ごっこ」に興じる子供たちを登場させている。長姉の鶴子の息子二人が「日本軍」、相手をする妙子が「支那軍」という設定で、「突撃！（向かって行くが軽くあしらわれて）妙子叔母ちゃん、狡いわ。支那軍はそんなに強いことあらへんで」と、子供たちは木刀を持った妙子に文句を言う。なお、この挿話はもとになっている菊田一夫版にはない。

この小さな挿話を皮切りに、堀越版では以下、人物の台詞を通じて中国との戦争が近いことが示されていき、第一幕の最後で、「盧溝橋事件（日支事変）勃発を報せる号外の声」が聞こえる。雪子が「戦争やて……」と言うと、妙子は「船場の蒔岡は負け戦や」と笑う。これは鶴子の夫の辰雄が「陸軍を相手に軍需景気の波に乗ってる会社」との取引きによって蒔岡商店を立てなおそうとして、その会社の倒産のあおりをくい、蒔岡家が決定的に没落することを指している。[20]「日本軍」が「支那軍」に苦戦させられる「戦争ごっこ」からはじめて、日中戦争開戦と蒔岡家の没落を重ねる堀越版は、それらの戦争を日本の「負け戦」として表象している。

原作にも、子供たちが「戦争ごっこ」をする挿話はある。ただし、小説では「戦争ごっこ」をするのは幸子の隣人のドイツ人一家の子供たちと幸子の娘の悦子で、そこで想定されている敵はフランスである。「独逸の少年たちは、まだ小学校へも行かないフリッツのような幼童までが、敵のことを必ず「フランクライヒ、フランクライヒ」と云うので、初め幸子たちは何のことだか分らなかったが、それは独逸語で仏蘭西ということだと貞之助に教えられて、今さらのように独逸人の家庭の躾け方を思いやった」（中・十二）[21]。つまりこの「戦争ごっこ」の戦争は第一次世界大戦のことで、幸子の家の応接間の家具を使って「堡塁《ほうるい》や特火点を作り、空気銃を擬してそれを攻撃する」とあるので、塹壕戦の様子を模しているようだ。シュトルツ一家の長男のペータアが上官で、悦子を含む残りの子供たちがその命令に従って一斉射撃をするという役割分担である。

「戦争ごっこ」を日本人の少年たちが中国を敵とするものへと置き換える堀越版では、戦争は日中戦争の意味になる。小説で幾度となく言及される欧州戦争は、映画・演劇に外国人の人物たちがほとんど登場しないこともあって、話題にされない。そもそも一九三九年九月に開戦する第二次世界大戦は、ほとんどの映画・演劇の作中年代の範囲外である。つまり映画・演劇では、戦争と言えば日中戦争を指すことになる。

提灯行列

日中戦争は、複数の脚色で南京陥落の提灯行列によって表現されている。[22] 作中に流れる時間を一年間に圧縮する市川崑版は、花見からはじめて、紅葉の頃の見合いを経て、最後は雪子と妙子が結婚する冬を、散る桜と見紛うような雪景色として見せる。その季節のめぐりの中で、場面と場面の間に脈略なく、たくさんの紅白の提灯が揺れ動く映像が挿しはさまれる。「万歳」と繰り返す歓声がかぶさるが、このショットに登場人物は不在である。人の姿は背景の暗闇に沈んでいて映らない。つまり提灯行列がいつどこのもので、誰が見たものなのかは特定されない。しかしこの映像に続く豪華な着物が掛かった鶴子の家の場面で、女中のお久のもとに弟の戦死の報せが入ることから、日中戦争をあらわす意図は明らかである。

提灯行列から、亡き父が雪子のために準備したというこの時勢ではもう用意できない豪華な婚礼衣裳へという転換は、二つのイメージを対照する効果を狙ったものだろう。[23] 市川版の雪子の見合いの食事の場面では、徐州占領後、「武漢三鎮の陥落」を目指す「我が皇軍の進撃」が話題にのぼり、壮行会らしい「隣室の軍歌の合唱」が流れてくる。また、妙子が結婚することになるバーテンダーの三好の店の外には、「号外が一枚、舞っている。／その見出しの活字――『皇軍、広東を占領』」。こうした演出は、姉妹の結婚のすぐ傍らに戦争が近づいていることを暗示している。

市川版は、「戦争に傾斜してゆく日本の空気を、四姉妹ではなく、お久という女中の弟が戦死したことなどを通して、絡め手から描く」[24]。同様に、菊田版では貞之助が満州に出征した息子を持つ庭師を気遣う[25]。堀越版の幕切れでは、「表から出征兵士を送る万歳の声」が聞こえて、鶴子が「出征する兵隊さんの見送りですやろ。この節はこの辺でも毎日……」と言うと、妙子が「召集令状、いつか三好にも来るんやろか。雪姉ちゃん、御牧さんに召集が来たらどないする……」と問いかけ、雪子が「ふん。あの人、軍服は似合わへんやろな」と返す。ここでは姉妹の結婚相手である男性たちの出征の可能性が口にされている。補足すると、妙子の恋人であった奥畑には、小説でも「満州国の役人が日本へ来て、満州国皇帝のお附になる日本人を二三十人募集している」（下・二十六）とのことで満州行きの話が持ち上がるが、小説では結局実現しない満州行きは、複数の脚色で皇帝のことは抜いた形で既成事実化している。

置き換えられる戦争

映画や演劇は、日中戦争をあらわすのに、ときに小説の中の要素を利用している。市川版で見合いの食事の場面で日中戦争の進展が話題になるのも、仲人が「昨今の新聞を賑わしている独墺合邦の話を持ち出したのをきっかけに、シュニック墺首相の辞職、ヒットラー総統の維納《ウィーン》入り等がしばらく話題に上った」（上・二十八）見合いの場面をもとにしているだろう。堀越版における「戦争ごっこ」と同様、ここでも欧州戦争が日中戦争に置き換えられている。

翻って、小説には日中戦争の戦況に関する情報はほとんど書き込まれていない。日中戦争の開戦は上巻で本家が東京に移住する頃の出来事だが、細江光が指摘するように、「開戦は言わば跨ぎ越され、その後の南京占領も武漢三鎮占領も、『細雪』には出て来ない」[26]。漢口という地名は出て来るが、それも幸子が普段は「近頃世界の視聴を集めている亜細亜《アジア》と欧羅巴《ヨーロッパ》の二つの事件、――日本軍の漢口侵攻作戦とチェッコのズデーテン問題、――の成行きがどうなるであろうかと、朝な朝なの新聞を待ちかねるくらいにして読む」（中・十七）がいまは頭に入らないというように、欧州戦争の話題と並列され、かつ人物の関心がそこにはないという文脈においてである。壮行会も話題にのぼることはあるが、いずれも特定の誰かの出征ではない。姉妹たちには「戦死者はもとより、出征する親類縁者さえも居ないのである」[27]。

つまり日中戦争は、小説では「時勢」「時局」として人物たちの生活の背景をなしてはいるが、戦争としては語られていない。それは日中戦争が事変であって戦争と規定されていなかったという歴史的事実にもよるだろう。一方で、欧州戦争は小説において戦争として言及される。では、小説は戦争をどのように語るのか。以下では、映画・演劇ではほとんど描かれない外国人の登場人物たちと蒔岡家、特に幸子との交流の挿話をもとに戦争の語られ方を分析し、それを踏まえて雪子の結婚という小説の結末を読み解く。

六　戦争の帰結、雪子の行方

欧州戦争の帰結

幸子の隣人のシュトルツ一家は、日中戦争の影響で東洋での商売が行き詰まり[28]、中巻でドイツに帰国する。離日後も主に夫人と幸子の間で手紙を介した交流が続く。「一九三八年九月三十日」(中・二十二)の日付の手紙で、夫人は「いかなる国民も戦争は好みませんから、結局戦争にはならないでしょう。チェッコ問題はヒットラーが処理してくれることと、私は確信しております」と書いて寄越していた。幸子も新聞で注視していたチェコのズデーテン地方の問題は、この日付に開催されたミュンヘン会談でドイツの帰属となった。

下巻では、「そんな間に、欧州の戦争は驚天動地の発展を遂げ」(下・二十五)たとして、シュトルツ一家と妙子の弟子でイギリスに渡った白系ロシア人のカタリナの安否を気遣うという文脈で、ドイツ軍の進撃によるフランスの降伏と休戦、ロンドンの空襲の話題が、ヒットラーの名前とともに語られる。ここでは、先のシュトルツ夫人の手紙が次のように振り返られている。

ヒットラーなら万事を巧く処理するから多分戦争にはならないであろうと云っていたあの夫人の予言は悉《ことごと》く外れて、このような大動乱の世の中が出現したのを、夫人は今頃いかに感じているであろう。あの長男のペータアも、もうヒットラーユーゲントに加わっている年頃ではなかろうか。事によると父親のシュトルツ氏なども召集を受けているのではあるまいか。でもあの人たちは、夫人やローゼマリーまでが、祖国の輝かしい戦果に酔うて一時の家庭の寂寥などは意に介していないでもあろうか。——などと、幸子たちは始終そんな噂をした。（下・二十五）

このとき作中世界は昭和十五年（一九四〇）六月である。ヒットラーによって戦争は回避されるだろうという夫人の見通しが外れたことを、この時点の幸子たちは知っている。また、ここでは父親と長男という男性たちの戦争への関与の可能性とともに、夫人と娘が「祖国の輝かしい戦果に酔う」であろうこと、つまり女性たちの戦争への陶酔も想像されている。幸子の側も、「独逸の花々しい戦績は親交国民のわれわれとしても同慶のいたりに堪えない」と祝賀の言葉を記し、「日本も中国との紛争が収まらないので、だんだん本式の戦争に引き込まれる憂いがあること」などを書き送っている。

小説の中の最後の夫人からの手紙は、「一九四一年二月九日」（下・三十六）の日付のもので、最終章の一つ前の章に登場する。いまは女中も雇わず穴のあいた靴下を繕っているという夫人は、それも「輝かしい勝利」のためだと記す。「私どもは勝ち抜くために協力し、そのために僅かばかりの力を捧げ尽そうと倹約しているのでございます。日本でも万事が大そう質素になったと聞き及んでおります。［…］このことは向上に努める若々しい民族が負わねばならぬ共通の運命とでも申すべきでございましょうが、日向《ひなた》に一つの席を占めるということは、そうたやすくできることではございません。とは申せ、私どもはこの席を占めることができると、固く固く信じております」。夫人はドイツと日本の立場を重ねつつ、この戦争におけるドイツの勝利を予想、もしくは信じて祈念している。

前述の通り、『細雪』は、戦後の作品である。下巻は戦後に発表され読まれている。最後の夫人の手紙には、「もし戦争が輝かしい勝利に終り、そして何もかもまたもとの通りにちゃんとなりましたら」という文言も見える。この文言をドイツの敗戦を想わずに読むことは不可能である。手紙を書いた夫人やそれを受け取った幸子ら作中の人物たちの認識とは別に、小説の本文としてのこの文言には、ドイツの敗戦という第二次世界大戦の帰結が織り込まれているはずである。

作中年代が執筆・発表より前の時代に設定されている作品では、これに類したことはしばしば起こり得る。ただし、『細雪』の結末部では、ヒットラーがうまく処理して戦争にはならないだろうという「夫人の予言は悉く外れ」ことを、幸子たちが既に知っている。とすれば、作中年代と発表時期の時差のためばかりでなく、夫人の予言がまた外れるだろうという理路をたどって、幸子たちもドイツの敗戦を予感すると言えるのではないか(29)。

さらに言えば、一連のやりとりにおいて、ドイツと日本は並べられ、重ねられている。夫人の手紙にある「共通の運命」といった文言を踏まえると、ここで予感されているのは、欧州戦争におけるドイツの敗戦だけではなく日本のこと、いやむしろ日本の戦争のほう、作中世界ではまだ起きてすらいない太平洋戦争における日本の敗戦という帰結なのではないか。

先取りされる空襲

この推論を補強すると思われるのが、空襲の話題である。シュトルツ一家とカタリナを心配するという文脈で欧州戦争の進展が一気に語られるのと同じ章で、幸子は夫と富士五湖めぐりの旅行に出かける。それ自体は平穏な夫婦のイベントなのだが、寝台列車に乗った幸子は、「その日の昼に防空訓練があり、生れて始めてバケツのリレーに駆り出されたので、その疲れが残っていたせいか、とろとろしながらしきりに防空訓練の夢を見ては覚め見ては覚めした」(下・二十五)。

夢の中では、自宅ではあるが「実際のよりはずっとハイカラな亜米利加式の台所」で、タイルや白ペンキでピカピカ光っている中に並んでいる磁器やガラスの食器類が「防空サイレンが鳴ると、突然パチャン、パチャン、という音を立ててひとりでに破裂する」。「キラキラした細かい破片があたり一面に散乱する」中で雪子らと逃げまどうこの夢は、「防空訓練の夢」と説明されているが、アメリカというわざわざ付け加えられた要素もあいまって、太平洋戦争下の空襲を想わせる。さらに、目覚めると、寝台列車の窓から石炭殻が片眼に入ったらしく、幸子は涙が止まらなくなっている。眼の負傷は夢の内容とは関係ないが、幸子の身体はあたかも空襲の被害を受けたかのようである。

この時点で空襲を経験しているのは、日本にいる幸子ではなく、ロンドンにいるカタリナである。そのカタリナの近況は人づてに、「毎日毎晩爆撃機の編隊が通り、盛んに爆弾を落すけれども、非常に深い完備した防空壕があるので、そこに電燈をカンカンつけて、ダンスレコードをジャンジャン鳴らして、コクテルを飲んではダンスしている、戦争なんてとても愉快で、恐いことなんかちっともない」（下・三十四）と伝えられる。幸子らのいる日本にやがて訪れるアメリカの飛行機による空襲は、カタリナが経験しているそれとは違って、不十分な防空壕で、燈火管制下で行われるだろう。バケツリレーの防空訓練をした日に幸子が見た夢は、作中世界ではまだ起きてすらいない太平洋戦争下の空襲を先取りするかのようである。

最終章で御牧が建築の仕事を離れて飛行機製作所で働こうとしているのも、来たる戦争では飛行機が中心になることを暗示している。(30) 御牧は「建築屋」と呼ばれ、建築家としての仕事ぶりが詳述されていたが、最終章ではアメリカの大学で航空学を修めたという経歴がフォーカスされる。作中世界で太平洋戦争が開戦するのは、この半年後である。

紀元節と天長節

小説の結末部には太平洋戦争の気配が漂っている。ただし、作中年代はあくまで開戦以前までである。『細雪』は最後に、雪子の結婚にまつわるあれこれ、結婚式や披露宴、新居、新婚旅行、そして御牧の新しい仕事を、少し先の予定として示しながら、その手前で閉じられる。最終章では、「挙式を二十九日の天長節にすること、披露は帝国ホテルで行うこと」(下・三十七)が取り決められている。式を祝日に執り行うのはよくあることだとしても、下巻の本文が「雪子は二月の紀元節の日に関西へ来」(下・一)たとはじめられていることを踏まえると、日付の呼称は気になる。紀元節は神武天皇即位の日とされる日で、天長節は昭和天皇の誕生日である。『細雪』の下巻は、紀元節にはじまり、天長節に終わるのである。

中巻は末尾にシュトルツ一家からの「一九三九年五月二日」(中・三十五)の日付入りの手紙を掲げていた。下巻の開始時点はこの翌月である。つまり厳密に言うと、下巻は、少し遡って雪子の関西滞在の日である紀元節に言及するところからはじめられるが、場面はその数ヶ月後の見合いからはじまるのである。終わりも、天長節に予定されている結婚式の数日前の二十六日に夜行で上京するところまでである。紀元節から天長節までという下巻の時間の区分は、出来事の日付ではなく、その期間をどのように語るか、つまり表現に関わることである。

紀元節は一九四八年に廃止されており、天長節がこの呼称で呼ばれるのは公式には二七年から四七年までに限られる。(31) また、御牧は華族の庶子だが、華族は四七年五月の華族令廃止によって、庶子も同年の民法改正によって、結末部の発表時には存在しない。元華族の戦後を描いた作品としては太宰治『斜陽』(「新潮」一九四七・七〜一〇)がよく知られているが、『細雪』は、下巻に限れば、これと同時期の作品である。その下巻に入ってから、『細雪』は作中に華族の要素を導入している。(32) 下巻の二人目の見合い相手である橋寺は、雪子のはかばかしくない応対ぶりに、「今時華族のお姫様だって、宮様だって、あんなでよいという法はない」(下・十八)と立腹し、破談を申し入れていた。

時勢に後れた言動を華族や皇族に擬えられる雪子の結婚は、華族の庶子である御牧を相手に、帝国ホテルで、天長節に成立する。フランク・ロイド・ライト(一八六七〜一九五九)の設計による帝国ホテルは、四五年三月の大空襲で大きな被害を受けた後、終戦とともにGHQに接収されている。(33)

『細雪』は、太平洋戦争開戦後に、開戦以前の世界を描く小説である。その意味で姉妹たちの生きる世界は、いまはもうない、懐古の対象である。だがそのような作品全体に関わる前提とは別の意味で、この小説の結末の少し先の未来は、存在しないものばかりで構成されている。雪子の結婚を構成する華族・帝国ホテル・天長節といった要素は、下巻の発表時期である戦後においては存在しない。それらは敗戦によって失われたものたちである。先述の通り、御牧との見合いは「二千六百年祭」の期間中に行われる。作中でこの文脈においてのみ登場する皇紀もまた、戦後には用いられなくなる時間の呼称である。

雪子はどこへ向かうのか

『細雪』は、雪子が東京に向かうところで、数日来の下痢が「とうとうその日も止まらず、汽車に乗ってからもまだ続いていた」(下・三十七)という叙述で結ばれる。数日後の天長節の日の結婚式や帝国ホテルでの披露宴、その後の「大和路」への新婚旅行などは、少し先の予定として示されるものの、それらの日々は描かれない。その手前、帝都・東京に向かう車中の雪子の姿で小説は閉じられる。(34)

この先に起こるであろうことを予想するとしたら、姉妹たち、特に東京に住む鶴子一家は空襲を経験するだろう。御牧は尼崎の飛行機製作所でアメリカに対抗する飛行機を作る予定である。空襲のターゲットになるだろうが、無事敗戦後まで生きていたら、華族令廃止で生活に困るだろう。建築家に戻るとしたら、どんな住宅を建てるだろうか。

飛行機製作所に勤めるのは「この時局下を切り抜けるため」だと本人は言い、サラリーマン生活の「余暇には関西地方の古建築を研究して、他日の再起に備えるつもりである、などとも云った」。だが関西の古建築を研究して日本的なものを取り入れた住宅を設計するという御牧の将来構想は、他日、つまり戦後においては実現しないだろう。建築における日本的なものとはあくまで一九三〇年代の、太平洋戦争開戦以前の主題だからである。建築家としての御牧は、モダニズムでも日本的なものでもない、戦後の新しい流行にまたのるのだろうか。

だがこのように作中世界の時間をそのまま先に進めて、高い確率で起こりそうなことを予想するのでは、結末部の雪子の結婚を構成する諸要素が、発表の時点で存在しないものばかりであることが捉えられない。小説は、結婚の表現としては異様な、汽車に乗って移動する彼女の姿で終わっている。雪子の結婚というこの小説の結末は、既に存在しない、失われたものへと向かう行為として読み解くことができるだろう。

作中世界は、時間軸を律儀にたどって、この後の太平洋戦争開戦を経て戦後に至るわけではないのかもしれない。小説は、昭和十六年春の雪子の結婚という予定された結末にたどり着いて閉じられる。だが止まらない下痢の身体を抱えて汽車に乗った雪子は、一飛びに時空を越える《ワープする》ように、太平洋戦争の帰結としての何もない場所、敗戦後の日本へと向かっているようにも思われる。

（1）谷崎潤一郎「細雪上巻原稿第十九章後書」。発表はされず、没後に全集に収録された。

（2）谷崎潤一郎「「細雪」回顧」（「作品」四八・一二）。同様のことは他でも述べている。

（3）私家版の製作は創元社によるというが（東京創元社ホームページ「東京創元社の年譜」https://www.tsogen.co.jp/kaisha/nenpyou.html より）、詳細は不明。

（4）谷崎潤一郎「疎開日記」（『月と狂言師』四九・七、梅田書房）。

（5）作者は「下巻は殆ど大部分を終戦になつてから書上げた」（「「細雪」瑣談」「週刊朝日」四九・四・一〇）と述べているが、書簡や日記をもとに執筆の進度を推定し、下巻の最初の雪子の沢崎との見合いの挿話の中に「敗戦の亀裂」を読み込む議論もある（渡部直己「雪子と八月十五日」『谷崎潤一郎——擬態の誘惑』九二・六、新潮社）。

（6）谷崎潤一郎「三つの場合」（「中央公論」六〇・九〜六一・一二）。谷崎は「細雪後日譚」の見出しで、雪子のモデルが義妹の重子で、御牧のモデルが重子が昭和十六年春の天長節に結婚した渡辺明であることを明かしている。明の木工家具展の記事が岸田日出刀らの推薦文付きで建築雑誌に掲載されたことなどにも触れており、こうした事実にもとづき建築家という設定にしたのだろうと想像される。「国際建築」一九三五年四月号に「渡邊明氏の家具展」という報告の記事が掲載されており、「工芸美術の研究を目的として八ケ年の間欧米を遍歴した氏は、昭和八年帰朝以来専ら新興家具の室内装飾との創作に専念し、今回その処女作と云ふべき家具の作品展を［…］展観発表した。／「生活内容の直接表現としての家具」を主張する氏の作品は、古典味と近代感とのよき調和を示し芸術面と実用面との相剋を巧みに生かして、氏の目ざす「近代建築への家具」の抱負をよく現はしてゐる」と紹介されている。事変下で木工の工場を閉鎖していた明は、谷崎のつてで埼玉県与野の工業会社に勤めたが続かなかったという。明はアメリカの自動車学校や大学で工学を修めたらしい。

（7）亀井の最初の大和行きは一九三七年一〇月。その成果である『大和古寺風物誌』（四三・一〇、天理時報社）は戦後、入江泰吉の写真入りで創元選書『写真版大和古寺風物誌』（五三・一一、創元社）として刊行された。入江の写真集『大和路』（五八・四、東京創元社、六〇・一二、同（第二））は、小林秀雄が東京創元社社長にすすめて刊行された。堀の最初の紀行は三九年五月で、後に「大和路・信濃路」の総題で連載され（「婦人公論」四三・一～八）、戦後にやはり入江の写真とともに単行本化された（『大和路・信濃路』五四・七、人文書院）。

（8）谷崎は若い頃の京都滞在記で、「昔の大極殿を模した平安神宮に参る。新しい丹塗の建築で、丁度歌舞伎の大道具を見るやうな感じはあるが、一概に俗悪の名を以て却ける事は出来ない」と平安神宮の感想を記している。「俗悪」と否定する声に対して谷崎は平安神宮を擁護し、「古い神社仏閣の維持保存に努めると同時に私はかう云ふReproductionも非常に興味深く思ふ」とも述べている（「朱雀日記」「東京日日新聞」「大阪毎日新聞」一二・四・二七～五・二八）。川本三郎は『細雪』とその時代』（二〇二〇・一二、中央公論新社）の「キッチュな平安神宮」の項で、「平安神宮が平安時代の社殿のレプリカであることを充分に認識していた。いわばキッチュであることを知っていた」と、「谷崎の計算された懐古趣味」を指摘している。

（9）原武史『完本　皇居前広場』（二〇一四・一〇、文春学芸ライブラリー）。

（10）原武史が『皇居前広場』（前掲）で参照する入江曜子の調査によると、「天長節の時期にあわせて『よみかた三』には上段に写真を掲げた「二重橋」という詩が配当されている」。美しい二重橋に最敬礼するという内容のこの詩は、東京の映像を鑑賞するという設定の三年生の教材「東京」で再び参照され、二重橋がうつると「私たち」は礼をしたと記される（『日本が「神の国」だった時代――国民学校の教科書をよむ――』二〇〇一・一二、岩波新書）。入江が調査しているのは昭和十六年（一九四一）から敗戦までの短期間にのみ使用された国民学校の教科書で、『細雪』の悦子とは世代がずれるが、本作が関西の小学生である悦子を通して、東京見物に二重橋を拝むことを組み入れていることは象徴的である。大阪出身の田辺聖子（一九二八～二〇一九）は、太平洋戦争開戦の日、女学校で教頭先生が「ここは大阪の地であるからして、皇居へまいって二重橋前にひざまずく」ことができないのが残念だ、「東京はいいですなあ。何かあると二重橋へ馳せ参じ」られるからと話し、皆で東京の方角へ宮城遙拝をしたという挿話を記している（『欲しがりません勝つまでは　私の終戦まで』七七・四、ポプラ社）。

（11）このコースについて、川本三郎は、「当時の東京観光としては定番のコースだが、蒔岡姉妹恒例の京都の花見のたおやかさに比べると、軍国日本の名所めぐりの感がある。時代状況を刻明に書かない谷崎も、こうした東京見物を、他ならぬ雪子にさせることで、迫りくる戦争の時代を暗示している」と述べている（『『細雪』とその時代』前掲）。陸海軍省には行っているものの、『細雪』の東京は

「軍国日本」というよりは「帝都」と捉えるほうが適切だろう。幸子が列車の窓から「議事堂の尖塔を遠望」（中・十四）し、復興後の帝都の変貌を感じるという文脈で、帝国議事堂の建築への言及も見られる（帝国議事堂については、本書第七章参照）。

(12)　この二つ以外にも、『細雪』にはいわゆるクラシックホテルであるトーアホテル、奈良ホテル、フジ・ヴィウ・ホテル、富士屋ホテル、ミヤコホテルという実在の名前が出て来る。フジ・ヴィウ・ホテルは、一九四〇年に予定されていた東京オリンピックのために三六年に作られた外国人客向けのホテルで、「ホテルは建物が白木の御殿造り」（下・二十五）で、幸子は「どこか日本の国でない遠い所へ来たような気がした」。「幸子のように上方《かみがた》に生れて関東の地を踏むことの稀《まれ》な者が富士山に寄せる好奇心は、外国人がフジヤマを憧憬するのにも似て」いたと説明されている。

(13)　阿部版と島版はどちらも八住利雄が脚本を担当しており、共通点も見られる。森年恵は島版を阿部版の「リメイク」と位置付けている（「『美しい四姉妹』の生成と変容――『細雪』におけるリメイク／翻案の過程」『映画研究』二〇二〇・一二）。

(14)　時代が変わったことで、たとえば中巻のクライマックスの妙子が板倉に救出される水害は一九三八年七月の阪神の水害ではなくなる。シナリオでは、妙子は愚連隊にからまれたところを板倉に助けられたことになっている。

(15)　パンフレットの惹句より。全文は、「戦争の足音が／日本中を覆いはじめた頃／大阪船場の／名家　蒔岡一族は／華麗な歴史を／閉じようとしていた。／斜陽に映える／満開の桜のように／限りない優雅さで／時代の幕を引いたのは／その美しい／四姉妹であった――」。戦争に向かう日本と、没落する蒔岡家が重ねられている。

(16) 国立劇場蔵の台本に「昭和十一年の晩秋」とある。ただし、「昭和十一年」の上には赤で削除線が引かれている。

(17) 松竹大谷図書館蔵の台本では、冒頭に「とき。昭和十二三年頃の、はる、なつ、あきふかく」とあるが、第一幕に「昭和十三年の四月中旬」とあるので十三年と判断した。

(18) 郷田版のみ雪子の結婚まで行き着かない。御牧も登場せず、雪子がその前の見合い相手である橋寺に断られ、妙子が板倉と死別して、各々再出発しようとするところで終わる。

(19) 「亜米利加と日本の間にも事が起こりそうな」は、自筆原稿では「亜米利加と日本と今に戦争を始めさうな」(注34の解題参照)。

(20) よく考えると、開戦するのに軍需会社が倒産するのは不自然である。小説では、「幸子は、夫が昨今或る軍需会社に関係し出してから彼女も懐《ふところ》工合がよく、家計の方も大分ゆとりができるようになっていた」(下・二十六)と、貞之助が軍需会社に関係して儲けているという文脈で、軍需会社への言及が見られる。

(21) シュトルツ一家の帰国が決まると、子供たちは遊びで別れのシーンを演じる。「突然「ドイッチュランド、ユーベル、アルレス」の合唱が、ローゼマリーとフリッツの声で聞え始めた」(中・二十一)。「戦争ごっこ」の挿話と同様、遊びの中で国歌を唄う子供たちによって、一家はドイツという国をあらわすものになる。本書第四章で取り上げた黒澤明のシナリオ「達磨寺のドイツ人」も、登場人物をドイツや日本という国をあらわすものとして意味付けていた。

(22) 堀越版では、雪子の見合い話を持ってきた東京の夫人が、「七月に支那との戦争が始まって、暮れには南京陥落。あの夜の東京は提灯行列で大変だったのよ」と、日中戦争の開戦と南京陥落の際の東京の提灯行列の祝祭ムードを話題にする。菊田版でも、東京の様子を問われた雪子が、「去年の暮の南京陥落の提灯行列は凄かったわ、流石は東京やと思うたけど」と返答している。

(23) 市川崑とともに脚色と担当した日高真也は、「画面には非常と思える時の気配もさり気なく散りばめてある。／ドラマに一見、係わりなく、解説もなく、突如、提灯の群れが描出されるのも、その一つ(戦勝提灯行列)。が、その直後、スクリーンは息をのむような色彩と図柄が氾濫してまさに着物ショーが展開する変転のアヤ。」と感嘆しており(「市川演出の映像の「アヤ」」、パンフレットより)、演出の段階で加えられたようである。

(24) 市川崑へのインタビューにおける森遊机の質問より(市川崑・森遊机『市川崑の映画たち』九四・一〇、ワイズ出版)。

(25) 満州に出征した息子を持つ庭師を、貞之助は「中支や南支とか、前線に出ている人達よりも、危険性が少ないだけでもいい」と慰める。庭師が日清・日露戦争のように長引かず短期間で終わって「頂くものだけ頂くような戦争」がいいと言うと、貞之助は「(冗談に)小父さんは、なかなか侵略主義者やなあ」と笑う。

(26) 細江光「谷崎潤一郎と戦争——芸術的抵抗の神話——」(「甲南女子大学研究紀要」九六・三)。開戦への言及は、たとえば中巻で開かれる妙子の舞の会に関連して、「去年の七月以来時局に遠慮してしばらく中止していた」(中・二)というように、事後的かつ間接的になされる。「去年の七月」は一九三七年七月七日の盧溝橋事件を指すが、下巻の最終章では、「雪子の色直しの衣裳なども、七・七禁令に引っかかって新たに染めることができ」（下・三十七）なかったとある。七・七禁令は盧溝橋事件の日付に由来する、四〇年七月七日に施行された贅沢品の製造や加工を禁じる省令である。

（27）細江「谷崎潤一郎と戦争」（前掲）。壮行会は、橋寺との見合い話が持ち込まれる経緯の説明で、「この間或る人の出征を祝う歓送会の席上で紹介された」（下・十三）とか、橋寺による破談の経緯の説明で、「出征軍人を送る街頭行進か何かがあって、二人だけが長い行列に遮られてほかの人たちと離れてしまった」（下・十八）というように、場面自体はないが話題としては触れられている。姉妹が軍人と接するのも、沢崎との見合いの帰途の汽車の中で、若い「陸軍士官が、シューベルトのセレナーデ」（下・六）、次いで「野薔薇」を唄い出し、「独逸映画「未完成交響楽」の中にあって、幸子たちにも馴染の深いものであった」ために和して唄うというううるわしい挿話においてである。

（28）「支那事変が始まってからは商売の方が暇になった」（中・四）、「日本が事実上の戦争を始めてからさっぱり」（中・十三）。なお、「日本が事実上の戦争」は、自筆原稿では「日本と支那が戦争」。

（29）幸子の二人の妹に関する予感がしばしば外れることについては、本章とは別の観点から、拙稿「『細雪』論——予感はなぜ外れるのか」（『谷崎潤一郎論——近代小説の条件』二〇一九・五、青簡舎）で論じた。

（30）『細雪』の下巻に先行して谷崎が戦後に最初に発表しようとしたのは、戦時下に空の戦闘機を見上げる夫人を描く『A夫人の手紙』という小説であった。「中央公論」一九四六年八月号に掲載予定であったがGHQの検閲によって全文掲載禁止処分になり、占領終了後、「中央公論文芸特集」

五〇年一月号に発表された。

(31) 紀元節は、一八七二年に祝日化、一九六六年に復活。天長節は、一九四八〜八八年は「天皇誕生日」、八九年から「みどりの日」、二〇〇七年から「昭和の日」と呼称は変わっている。祝日化や呼称が政治的な問題であることは言うまでもない。

(32) 雪子は下巻で三人と見合いをするが、最初の見合い相手である沢崎の亡き妻は「某堂上華族の出であった」(下・一)し、沢崎の父は「貴族院の研究会に属して政界に活躍した経歴の持主」(下・二十七)である御牧の父と同様、貴族院議員であったとされる。貴族院は華族制度とともに一九四七年に廃止されている。

(33) 接収は一九五二年まで。谷崎は「陰翳礼讃」で帝国ホテルの間接照明に好意的に言及している。

(34) 作者には結婚式の大団円で終わるという腹案もあったし、幸子が結婚のときに詠んだ短歌を雪子が胸に浮かべる、その短歌を掲げて終わる原稿も残っている(西野厚志「解題」決定版『谷崎潤一郎全集』第二十巻、二〇一五・七、中央公論新社)。

【付記】 映画は、阿部豊版は「シナリオ細雪」(「映画芸術」五〇・三)、島耕二版は個人蔵、市川崑版は松竹大谷図書館蔵のシナリオを参照し、それぞれ映像と照合した。演劇は、郷田悳版は松竹大谷図書館蔵、菊田一夫版・川口松太郎版は国立劇場蔵の台本を参照した。上演回数の多い堀越真版は台本も複数残っているが、公刊されている「戯曲『細雪』」(「悲劇喜劇」二〇一一・一〇)に拠った。

終章　「陰翳礼讃」を振り返る

一　創元選書『陰翳礼讃』

原点としての創元選書

「陰翳礼讃」は、小説家としての谷崎潤一郎の名前を超えて、ひろく、また長く読まれてきた。近年では角川ソフィア文庫から、川端康成『美しい日本の私』等と同じシリーズで刊行されている。角川ソフィア文庫『陰翳礼讃』（二〇一四・九）の解説を担当した建築史家の井上章一は、「今では建築やインテリアをてがける実作者の、読書リストに登録されている。『春琴抄』という名前さえ知らない海外の工芸家が、よく言及をする文献になりおおせた。その意味では、著者の思惑をはるかにこえて、大化けをしたような気がする」と述べている。(1)

「陰翳礼讃」がこのようにひろく知られるようになったのには、エドワード・G・サイデンステッカーによる英訳や高等学校の国語教科書への採録といったいくつか契機となる出来事があったが(2)、原点は、一九三九年に創元社から刊行された一冊の本だと思われる。

「経済往来」誌上での連載（三三・一二～三四・一）の後、本作は谷崎の随筆集の中に既に二度、収録されていた。谷崎と最も関係の深い出版社である中央公論社から刊行された『摂陽随筆』（三五・五）と、「経済往来」の版元である日本評論社の『鶉鷸隴雑纂《じゅんいちろう》』（三六・四）である。二冊とも地名や個人名をタイトルにした、小説家・谷崎潤一郎の随筆集という性格の本である。他に自他の作品を論じる文芸評論や、作家としての自己形成を振り返る随筆が収められている。(3)

一九三九年一二月、創元社より刊行された『陰翳礼讃』は、収録作の一つである本作を全体のタイトルに掲げる点で、さらに創元選書の一冊である点で、既刊の二冊の随筆集とは性格が異なる。(4)

「陰翳礼讃」が一随筆のタイトルから本のタイトルへと、いわば昇格を果たしたのは、この創元選書『陰翳礼讃』においてであった。収録作は、順に「恋愛及び色情」「陰翳礼讃」「現代口語文の欠点について」「懶惰の説」「半袖ものがたり」「厠のいろ〳〵」「旅のいろ〳〵」で、既刊の随筆集と一部は重なるものの、文芸評論や自叙伝の類いは含まれていない。

創元選書『陰翳礼讃』以後、戦後の創元文庫『陰翳礼讃』（五二・三）、他社の角川文庫『陰翳礼讃』（五五・七）や中公文庫『陰翳礼讃』（七五・一〇）、先述の角川ソフィア文庫と、本作をタイトルにする文庫は現在まで複数刊行されている。その収録作及び配列は、創元選書をおおよそ踏襲する。創元選書『陰翳礼讃』は、これらの文庫の原型になっているのである。

図6　青山二郎装幀の創元選書『陰翳礼讃』（画像提供：東京創元社）

創元選書と日本文化論

創元選書は、一九三八年一二月から刊行を開始されたシリーズである。三六年に創元社東京支社の編集顧問になった小林秀雄の発案で、装幀は青山二郎による（図6）。戦前だけで一一二巻まで刊行されている（戦後も続くが、本章では戦前版のみを議論の対象とする）。第一巻は、柳田國男の『昔話と文学』である。『木綿以前の事』『国語の将来』『雪国の春』『海南小記』『民謡覚書』『妹の力』『方言覚書』『蝸牛考』など、柳田は多くの本を創元選書のために編んでいる。創元選書の著者としては、次に多い小林秀雄と比べても突出して多い。

柳田を重視することにあらわれているように、創元選書は、狭義の文学作品だけでない、独特なセレクションになっている。各巻の末尾に付された「創元選書の刊行について」（無署名）の、「選択には独自の立場から慎重な検討を重ね」たという文言には、セレクトの独自性への自負がうかがわれる。同時代の日本の小説や文芸評論、フランス文学を中心に西欧文学も入ってはいるものの、際立つのは、古典文学や芸能・美術・茶道・華道など、古い日本の文化に関する論考である。建築論もある。その他、国語学者による日本語論なども見える。

順にいくつか拾ってみよう。野上豊一郎『世阿弥元清』、岡倉天心（浅野晃訳）『東洋の理想』、川田順『西行』、竹内尉『千利休』、三宅周太郎『文楽の研究』正・続、河竹繁俊『河竹黙阿弥』、伊東忠太『法隆寺』、蛯原退蔵『芭蕉去来』『蕪村』、荒木良三『宗祇』、山口剛『近世小説』、森銑三『渡辺崋山』、齋藤隆三『大痴芋銭』、柳宗悦『工芸』、土屋文明『旅人と憶良』、武田祐吉『古典の精神』。中谷宇吉郎『日本の科学』、西堀一三『日本茶道史』『日本花道史』、新村出『日本の言葉』、小寺融吉『日本の舞踊』、石井柏亭『日本絵画三代志』のように、「日本の〇〇」「日本〇〇」というタイトルの本も多い。ちなみに「陰翳礼讃」は、創元選書の巻末の紹介文では「日本美論」と呼ばれている（「「陰翳礼讃」は日本の美を描いて実に千古の名文である。このやうな日本美論は今後再びあらはれぬであらう」。『陰翳礼讃』の収録作のタイトルを列挙した上で、「陰翳礼讃」に関してのみ説明を付加している）。

柳田の研究者である石井正己は、柳田國男が「広く知られてゆくために、創元選書が果たした役割は絶大であった」と述べている。(5) おそらくこれは柳田に限った話ではない。創元選書には、必ずしもこの時期の著作ではない、アカデミックな性格の論考が多く選ばれている。たとえば伊東忠太の法隆寺研究は、もとは明治半ばの学位論文で、創元選書以前は建築雑誌など専門家の間で読まれるものだったと推測される。(6)「アジアは一つ」のフレーズで知られる岡倉天心『東洋の理想』も刊行は明治でかつ原著は英文だが、岩波文庫の『茶の本』（村岡博訳、一九・三→三六・六）とともに、この時期邦訳が流通し読まれるようになった(7)。

同様の事例として、日本史学者の大森志朗が編んだ『日本文化論纂』（三九・一、拓文堂）を挙げておこう。これは日本の古典文学・芸能・美術・茶道・華道、また日本の建築、日本語などに関するアカデミックな論考を集めたアンソロジーで、「陰翳礼讃」は小説家の文章としては唯一収録されている。建築論は、岸田日出刀「意匠上より見たる法隆寺伽藍建築」と関野貞「気候と建築」が収録されている。他に九鬼周造「「いき」の外延的構造」や、『国体の本義』で知られる紀平正美の論考など、哲学者の名前も見える。日本文化論という枠組みでさまざまな領域のアカデミックな論考を集める点で、創元選書より文学の色は薄いが発想は似ている(8)。柳田國男・岡倉天心・新村出ら著者も重なる。

創元選書は、「あらゆる文化の源泉」である良書を刊行することで、「国民の教養を高め、[…]将来日本の文化建設の礎石」となることを志すものであった（「創元選書の刊行について」）。「陰翳礼讃」は、創元選書の表題作になったことで、谷崎潤一郎という小説家の個人的な随筆から、知識階級の読むべき日本文化論へと進化《グレードアップ》した。「陰翳礼讃」というテキストは、「文化」を謳う一九三〇年代の知的な教養の中に位置付けられたのである。

本章では、創元選書と関わりの深い小林秀雄を補助線として、「陰翳礼讃」を一九三〇年代の文脈に戻して読みなおす。「陰翳礼讃」とは何であったのか。この時代のテキストとして、振り返って読むことで明らかにする。

二 比喩としての故郷喪失――小林秀雄「故郷を失った文学」

谷崎潤一郎のいわゆる「心の故郷を見出だす文学」

一九三〇年代の小林秀雄は繰り返し谷崎潤一郎に言及している。[9] 特に目につくのは、小説以外の文章、随筆や評論への素早い反応である。その一つ、谷崎の随筆の長い引用からはじまり、タイトルも谷崎の文章中のフレーズを転用した、「故郷を失った文学」（『文芸春秋』三三・五）を本章では取り上げる。

小林を刺激したのは、「芸について」（『改造』三三・三〜四）という谷崎の随筆である（後に「芸談」と改題されるが、小林は翌月の文芸時評で早速反応しているため、本章では原題で呼ぶ）。「芸について」は、歌舞伎や西洋の映画の俳優の「芸」の話からはじめて、最後は現代の日本の文学に対する批判に行き着く。文壇の純文学は青年のもので、「現代の日本には大人の読む文学、あるいは老人の読む文学というものが殆んどないといってよい」というのが、老人を気取る谷崎の苦言である。[10] 小林の「故郷を失った文学」は冒頭、いきなり一〇〇〇字近く谷崎の文章を引用するのだが、それはこの箇所からはじまる。「谷崎潤一郎氏の「芸について」（『改造』四月号）を読んでいて右のような文章にぶつかり、考え込んでしまった」という、読者としての小林の感想が続く。

「芸について」の谷崎は、東洋や日本ではしんみりしたなつかしいもの、安心して「もたれかかれるような芸術」が求められると述べている。大多数の民衆はそうであって、知識階級も「初老の域に達する頃から追い追い東洋趣味に復る」。谷崎はそれを「心の故郷を見出だす」ものと言い換え、さらにそれをフレーズ化して、「私のいわゆる「心の故郷を見出だす文学」」と呼んだ。「故郷を失つた文学」という小林の評論のタイトルはここから発想されている。

「故郷」という概念

「谷崎氏は「心の故郷を見出《マ》す《マ》文学」という言葉を書いていたが、文学どころではない、私には実際上の故郷というものすら自明ではない」。小林はまず谷崎の言う「心の故郷」を「実際上の故郷」へと、つまり文学の話題を出身地の話へとずらす。

フランス文学者の渡邊一民は『故郷論』（九二・三、筑摩書房）で、「谷崎は『芸』について」のなかで「心の故郷を見出す文学」の必要を説いてはいるものの、「故郷」はあくまでも比喩的な意味で使われているのであって、故郷そのものがそこで具体的に問題とされているのではない。にもかかわらず小林は「故郷を失つた文学」のなかでみずからの故郷論を正面きって展開している」と指摘する。なるほど小林は「芸について」の長い引用の後、唐突に、自分は東京出身だがここが故郷だとは思えない、と土地や自然の風景の話をしている。「言ってみれば、自分には故郷というものがない、というような一種不安な感情」がある、「そもそも故郷という意味がわからぬ」、と小林は言う。

ただし、谷崎の「故郷」が比喩で、小林の「故郷」が文字通りの故郷を指すというわけではない。「そもそも故郷という意味がわからない」と言う小林は、したがって自分は「東京に生れた東京人」ではなく「どこに生れたのでもない都会人という抽象人」であると議論を展開し、そのような人間について思案する文学には「実質ある裏づけがない」と、これを再び文学論へと接続するからである。

生活に「何かしら具体性というものが大変欠如してい」て、「しっかりと足を地に着けた人間」ではないことを、小林は「故郷のない精神」と表現している。つまり小林の言う「故郷」もまた比喩である。(11) 小林は谷崎の言う「故郷」をいったんは文字通り、その人が生まれた土地という意味に戻して使用した上で、比喩として組み立てなおしている。比喩は二重底になっている。

近代化と失ったもの

では、そのような概念操作によって導き出される、小林の「故郷を失つた文学」というフレーズは何を意味するのか。

小林は、高齢の母親にアメリカ映画『モロッコ』（三一・二〈日本公開〉）を見せたら感動したという挿話を紹介し、西洋の映画やチャンバラ映画、髷物小説は、そこに描かれる風俗は自分たちから遠いが、「そういう社会的書割にしっくりあて嵌った人間の感情や心理の動きがある」と、それらがひろく人を動かす理由を考察する。そしてその種の魅力が、地に足を着けていない、具体性を欠いた、現代ものの日本映画や現代の小説にはないのだと述べる。

つまり小林は、谷崎が現代文学を批判して言う、大人が「心の故郷を見出だす文学」ではないという意見に、反論しているようで厳密には反論していない。谷崎の議論にのった上で、しかし青年としてそのような文学、すなわち「故郷を失つた文学」こそが自分たちのものだと切り返すのである。以下が「故郷を失つた文学」というフレーズが登場する、この評論の結語である。

何事につけ近代的という言葉と西洋的という言葉が同じ意味を持っているわが国の近代文学が西洋の影響なしには生きて来られなかったのは言うまでもないが、重要な事は私たちはもう西

> 洋の影響を受けるのになれて、それが西洋の影響だかどうか判然しなくなっている所まで来ているという事だ。［…］私たちは生れた国の性格的なものを失い個性的なものを失い、もうこれ以上何を奪われる心配があろう。［…］私たちはいっそさっぱりしたものではないか。私たちが故郷を失った文学を抱いた、青春を失った青年たちである事に間違いはないが、［…］こういう時に、いたずらに日本精神だとか東洋精神だとか言ってみても始まりはしない。［…］谷崎氏の東洋古典に還れという意見も、［…］氏はただ、私はこういう道をたどってこういう風に成熟したと語っているだけだ。

私たちはA（生れた国の性格的なもの）を失い、B（生れた国の個性的なもの）を失った。私たちはC（故郷）を失った文学を抱いた、D（青春）を失った青年である。失ったというフレーズが、歌うようにたたみかけられている。「これ以上何を奪われる心配があろう」というほどの根底的な喪失の体験を、小林は、近代化が西洋化と同義であった日本の、現代という時代の共通体験として語る。もはやこれが西洋の影響なのかそうでないのか、「判然しなくなっている所まで来ている」。つまり自他が分かちがたくなっているほどに西洋化＝近代化が進行したのが、いま、この一九三〇年代の時点だというのである。

「わが国」「生れた国」、あるいは「日本精神」「東洋精神」「伝統」といった語は、東京のような特定の地域ではなく、日本という国を前提とする。近代化の進行によって失われた、「生れた国」の「性格的なもの」・「個性的なもの」――性格・個性と言い切るのでなく、「的なもの」と迂回するように呼ばれる――とは、つまり日本的なものと言い換えられるだろう。

場所性の喪失《プレイスレスネス》

小林が語る故郷喪失の感覚は、プレイスレスネス（場所性の喪失、没場所性）という地理学の概念によって説明することができる。建築史家の鈴木博之は、近代における「場所性の喪失」について、以下のように説明している。

> 近代が都市を覆い尽くしたとき、つまり都市における近代という「図」が、「地」そのものになってしまったとき、都市はどのようなイメージを与えるのだろうか。近代都市の弊害として、そこでは土地の固有性が失われるという指摘がしばしばなされる。近代的空間が世界を覆い、すべての都市が近代という名のもとに平準化されてしまい、没個性的になってしまうというのである。［…］世界が近代という一色の「地」に塗り込められてしまうとき、世界から場所の個性が奪われる。「プレイスレスネス（場所性の喪失）」と呼ばれるものがこれである。(12)

建築と風景が図と地の関係にあるとすれば、当初は地が前近代的な風景で図が西洋建築だったのが、近代化の進行にともなって図が地を覆ってしまい、結果、その土地の固有性が失われるのだという。鈴木は、津田青楓による国会議事堂のスケッチなど、新しい建築物が立つ都市の風景を描いた一九三〇年代の絵画に、「近代の建築が［…］都市の「地」に転化してしまったと意識されるときに現れる不安」を見て取っている。

小林秀雄の「故郷を失った文学」は、西洋化として近代化を進めてきた日本の現代を、故郷を喪失した時代と規定する。これは現代の文学を論じる文芸批評であり、かつ、現代の感性を語ったエッセイでもあるのだ。

西洋化＝近代化の進行によって土地の固有性が失われることを故郷喪失と呼ぶのであれば、小林はこのフレーズを用いていないが、失われた故郷は日本的なものと対応するだろう。補足すると、これは日本が故郷だという意味ではない。故郷は比喩であって、故郷喪失も感性の上でのことだから、つまりは比喩である。故郷ではなく喪失した故郷が、日本ではなく日本的なものと対応するのである。

故郷喪失の時代の教養

文芸評論家の唐木順三は、大正半ばから戦後直後までを振り返って、「型の喪失」の時代を「埋めていたのが教養といふ概念とその内容である」と論じた。[13] 教養主義を代表する岩波書店は、古典の普及を担う岩波文庫（二七・七）、学術振興のための岩波講座（二八・二）・岩波全書（三三・一二）に続く叢書として、一九三八年一一月、「現代人の現代的教養を目的とした」岩波新書を創刊している（岩波茂雄「岩波新書を刊行するに際して」「図書」三八・一一）。

岩波新書の第一回配本のうちの一冊、津田左右吉『支那思想と日本』は、現代の日本の文化を西洋文化の中に位置付ける。「西洋に源を発した現代の世界文化の中にわれわれは生活してゐるのである。［…］今日に於いては現代文化、世界文化、即ちいはゆる西洋文化、は日本の文化に対立するものではなく、それに内在するものであり日本の文化そのものであることに、疑は無い。さうしてその意味に於いて日本といはゆる西洋文化とは文化的に一つの世界を形成してゐる」。かつて中国の文物を日本の知識階級が学んだときに「日本人の生活が支那化しなかったのとは違ひ」、今日の日本の民衆の生活は現代化、すなわち西洋化しているのだという。津田は喪失としては語っていないが、日本の現代の生活や文化が自他が分かちがたいほど西洋化しているという認識は、小林秀雄の「故郷を失つた文学」と共通する。

創元選書の創刊は、岩波新書の翌月であった。それぞれ敗戦まで約一〇〇冊の本を世に送り出している。岩波書店の一連の叢書と著者の一部は重なりつつ、創元選書はより日本文化論的なテーマが目につくラインナップになっている。(14)

それは故郷喪失の時代に、教養を組織化しようとする試みだったのではないか。小林秀雄の言葉を借りれば、創元選書はそれ自体、故郷を失った文学と言うべきものだったと考えられる。この場合の文学とは、フィクションとしての小説ではない。

故郷喪失の時代にあって、創元選書は、文学という形で、失ったものたちを埋めようとした。そこで集められたのが、失った故郷、すなわち日本的なものに関する教養として読み得る（読み替えられる）テキストだったのではないか。『陰翳礼讃』は、このような一九三〇年代という時代の文脈を象徴する一冊だと思われる。

三　陰翳と含蓄

教養としての「陰翳礼讃」

創元選書『陰翳礼讃』以降、「陰翳礼讃」は、「教養」や「日本」を冠した多くのアンソロジーに収録されてきた。たとえば『世界教養全集』（第六巻、六二・八、平凡社）は、長谷川如是閑「日本的性格」・亀井勝一郎「大和古寺風物誌」・「陰翳礼讃」・小林秀雄「無常といふ事」・岡倉天心「茶の本」を、『向学社現代教養選書』の「日本文化論」の巻（第一一巻、八四・一〇、向学社）は、「陰翳礼讃」・和辻哲郎「面とペルソナ抄他」・岡本太郎「日本再発見抄他」を並べる。(15)「陰翳礼讃」はこのように柳田國男・岡倉天心・柳宗悦ら創元選書の著者の文章、また小林秀雄の古典文学や芸能を論じる批評とともにしばしば収録されている。本書で言及した書き手としては、岡本太郎や亀井勝一郎、またタウトの桂離宮論とともに収められているケースもある。(16)

「陰翳礼讃」は、創元選書を起点に、六〇年代以降、日本文化や日本美といった枠組みでの定番《クラシックな》の文献となった。その名前は現在でも教養としてある程度定着している。

ただし、それはこのテキストが一九三〇年代の文脈から離れて読まれるようになったことも意味する。「陰翳礼讃」は、この一篇のみで創元選書の他の収録作とは切り離されて、またときに抄録という形で一部分を切り取られて読まれている。そのとき陰翳の概念は、日本の性格・個性として――「的なもの」ではなく――本質化されて読まれかねない。それは日本文化論ではあっても、日本的なものの議論ではない。

創元選書『陰翳礼讃』の収録作

「陰翳礼讃」を一九三〇年代の文脈に戻して読むために、改めて創元選書『陰翳礼讃』の他の収録作に目を向けてみたい。目次は先に示した通りである。

収録作を発表順に並べ替えると、「現代口語文の欠点について」（「改造」二九・一一）、「懶惰の説」（「中央公論」三〇・五）、「恋愛及び色情」（「婦人公論」三一・四〜六）、「陰翳礼讃」、「半袖ものがたり」（「大阪毎日新聞」三四・七・二四〜二七）、「旅のいろ〳〵」（「文芸春秋」三五・七）、「厠のいろ〳〵」（「経済往来」三五・八）となる。「陰翳礼讃」より後に発表された三篇は話題の一部を引き継ぎ、関連性は見やすい。たとえば「半袖ものがたり」は「採光の工合」等を考えて「理想通りの間取りの家を普請し」た旧居に触れ、「旅のいろ〳〵」は「西洋かぶれのしていない」「古い日本の美しいもの」は地方の一部に保存されているが「名所という名所が皆その土地の特色を失い、都会の延長になっていく」と嘆き、「厠のいろ〳〵」は「便所が瞑想に適する場所である」のは周知の通りだが自分が作るとしたら「瞑想的な、都都な匂い」のする便所にしたいと希望を述べる。だが着目したいのは、むしろ本作以前に発表された諸篇である。

「現代口語文の欠点について」は西洋化した近代の日本語の文章を、「恋愛及び色情」は西洋から輸入された恋愛の観念を論じるエッセイである。「懶惰の説」は西洋流の勤勉さや清潔さ、作為性に対し、東洋流の「懶惰」すなわち物臭さや億劫がり、無為を美徳として語る。西洋と東洋の対比は文明人と未開人として説明され、懶惰は「昔、といってもついわれわれの祖母の時代の頃」にあったもので「近代都会人」は西洋流になっているとされる（傍点原文）。「恋愛及び色情」にも、「この頃は［…］次第に闇の領分は駆逐せられて」いるから「近代の都会人」は「夜の暗黒」を知らないとある。つまりこれらの諸篇において、西洋と東洋の対比は、現在の日本と少し前までの日本という、日本の中の新旧の対比と二重写しにされている。

「陰翳礼讃」同様、これらの諸篇は、西洋化と同義である日本の近代化を検証している。そして話題が文章でも（「現代口語文の欠点について」）、恋愛でも（「恋愛及び色情」）、慣習でも（「懶惰の説」）、現代の日本は西洋の側に位置付けられている。西洋化した現代のさまざまな事象の中に、東洋もしくは日本的なものが、失われつつあるものとして見出されるのである。

「陰翳」＝「含蓄」

「恋愛及び色情」では、「蘭燈ほのぐらき閨のうち」で触る日本の女性の肌の美しさが、「含蓄」の語を用いて説明されている（「色は白皙でないとしても、［…］その浅黄色を帯びたのが却って深みを増し、含蓄を添える」）。「陰翳礼讃」に同様の事例が見られることから、この「含蓄」が「陰翳」と同義であることは明らかである。ただし「恋愛及び色情」では、「含蓄」はキーワードとしては使用されていない。

「現代口語文の欠点について」の内容は、後に書き下ろしの『文章読本』(三四・一一、中央公論社)で体系化される。『文章読本』は「**古典文の精神に復れ**」という主張を展開するが(強調原文)、その精神は、月の暈《かさ》のような蔭や裏、暗示、余情などとさまざまに言葉を換えて説明されている。「陰翳礼讃」にも「余情」の語は見え、これらはいずれも「陰翳」の類義語と言えそうである。

『文章読本』の最後の節は「含蓄について」と題され、「**この読本は始めから終りまで、ほとんど含蓄の一事を説いているのだと申してもよいのであります**」と結論される。『文章読本』では、西洋語(この場合は英語)の主格という概念が過去の日本語の文章に適用され、『源氏物語』などの古典文学の中の主格のない文章が事例として取り出される。西洋語にあるような主格がないこと、そのような事例が抽象されて「含蓄」と呼ばれている。「現代口語文の欠点について」では「含蓄」の語は用いられないものの、同様の事例で同様の内容が述べられていた。それが『文章読本』では「含蓄」というキーワードに集約されるのである。

「現代口語文の欠点について」、「恋愛及び色情」、そして後の『文章読本』とたどると、「陰翳礼讃」の「陰翳」が他の話題で用いられる「含蓄」とその意味するところが重なること、「含蓄」がさまざまな事象を集約して語るための語、すなわち概念になっていることがわかる。主格のない文章は、西洋化した現代の主格のある日本語の文章を反転させることで、その欠如態として見出されている。「恋愛及び色情」の恋愛に対する色情、「懶惰の説」の衛生や勤勉に対する懶惰の概念も、西洋化した現代の事象の裏返しという意味では同じである。

とすれば、「陰翳礼讃」の陰翳の概念も、西洋化した現代の日本の事象、具体的にはその明るさを反転させたものなのではないか。それ自体があらかじめあったというより、現代の「採光や照明の設備がもたらした「明るさ」」に対して、その不足もしくは欠如態としての暗さを抽象化したのが、つまり陰翳の概念だと考えられる。

日本的なものの語り方

一九三〇年代には、「幽玄」や「あわれ」、「わび」「さび」など、近代以前に用いられた語に依拠して日本文化や日本美を論じることが流行した。[17] たとえば哲学者の九鬼周造の「いき」論（『「いき」の構造』三〇・一一、岩波書店）や、美学者の大西克礼の「幽玄」論（「幽玄論」「思想」三八・五～六→『幽玄とあはれ』三九・六、岩波書店）は、日本的な美意識を古典文学や芸能に由来する特定の語に代表させ、古典の用例にもとづいてそれを定義している。なお、「いき」論は先述の『日本文化論纂』に「陰翳礼讃」とともに収録されている。

九鬼は「もし「いき」という語がわが国語にのみ存するものであるとしたならば、「いき」は特殊の民族性をもった意味であることになる」と述べる。「民族の存在様態は、その民族にとって核心的のものである場合に、一定の「意味」として現われてくる。また、その一定の意味は「言語」によって通路を開く。それ故に一の意味または言語は、一民族の過去および現在の存在様態の自己表明、歴史を有する特殊の文化の自己開示に外ならない」。他の言語に翻訳することが難しい特定の語を選び、その語を通じてその集団の文化を論じる根拠はこのように説明される。大西も「東洋的或は日本的美意識の民族的特殊性」に関わるものとして「幽玄」を論じる[18]。対して谷崎潤一郎の「陰翳」や「含蓄」は、古い文献に典拠を持つ語ではない。それ自体は特殊でない、翻訳可能な用語である。「陰翳礼讃」には床の間の陰翳を「幽玄味」という語で説明する箇所があるし、大西は幽玄を「一種の「陰翳」の如きもの」と説明している。陰翳は、その概念の内包は、幽玄と重なるかもしれない。しかし同じような内容であっても、それをどのような種類の語で呼ぶか、たとえば「幽玄」でなくそれを「陰翳」と名指すこと、そのこと自体も意味を持つはずだ。

日本的なものという問いは、それが何であるか——どのような対象が日本的か、日本的とは何か——という内実だけでなく、それをどのような論法によって語るかという問題を引き連れている。陰翳や含蓄は、西洋化としての近代化によって失われつつある日本的なものを名指す概念である。

ただし、失われたと言っても、たとえば幽玄のように、近代以前の特定の時代や領域に、その語で呼ばれるものとしてそれが存在したわけではない。あるとしたら、それは過去ではなく現代の事象の中に（欠如態で）あると言うべきである。「陰翳」や「含蓄」の語によって日本的なものを語ることは、現代の事象の中に日本的なものの所在を指し示すという意味を持つのである。

四　「陰翳礼讃」とは何だったのか

陰翳とは何か

本書の最後に、「陰翳礼讃」の用例に即して、このテキストが「陰翳」の語によって何を語っているのか、読みなおしたい。

以下は、「私は建築のことについては全く門外漢であるが」と断りながら、日本の建築（寺院や家屋）が陰翳を重視することを、ゴシック建築など西洋の建築との比較において述べる箇所である。

> われわれが住居を営むには、何よりも屋根という傘を拡げて大地に一廓の日かげを落とし、その薄暗い陰翳の中に家造りをする。〔…〕けだし日本家の屋根の庇が長いのは、気候風土や、

建築材料や、その他いろいろの関係があるのであろう。〔…〕日本人とて暗い部屋よりは明るい部屋を便利としたに違いないが、是非なくああなったのでもあろう。が、美というものは常に生活の実際から発達するもので、暗い部屋に住むことを余儀なくされたわれわれの先祖は、いつしか陰翳のうちに美を発見し、やがて美の目的に添うように陰翳を利用するに至った。事実、日本座敷の美は全く陰翳の濃淡によって生まれているので、それ以外に何もない。西洋人が日本座敷を見てその簡素なるに驚き、ただ灰色の壁があるばかりで何の装飾もないという風に感じるのは、彼らとしてはいかさまもっともであるけれども、それは陰翳の謎を解しないからである。

この箇所の「陰翳」は、少なくとも前半の複数の用例は確実に、日本家屋の暗さ、光が届かないために生じる暗さを意味する。床の間について、「種明かしをすれば、畢竟それは陰翳の魔法であって、もし隅々に作られている蔭を追い除けてしまったら、忽焉としてその床の間はただの空白に帰するのである。われらの祖先の天才は、虚無の空間を任意に遮断して自ら生ずる陰翳の世界に、いかなる壁画や装飾にも優る幽玄味を持たせたのである」と述べる箇所の「陰翳」も、やや抽象化されてはいるが、同様の意味である。

ところで、「陰翳礼讃」の英訳のタイトルはIn Praise of Shadowsで、文中の「陰翳」もshadow

（影）の語で訳されている。[19] 右のような用例の限りでは誤りではないが、実は「陰翳礼讃」の中に「影」という語はほぼ登場しない。多用されるのは、「闇」、「暗さ」や「暗がり」といった語である。それに前述の通り、「陰翳」が「含蓄」と同義だとすると、光に対する影ではなく、文章論にも転用できる語で訳すのが適当だろう。たとえば微妙な差異、段階的なグラデーションを意味するnuance（ニュアンス）という訳語はどうか。[20]

「陰翳礼讃」では、日本家屋だけでなく、たとえば羊羹、漆器、能役者の手、女性の顔などにも陰翳が見出される（本書序章参照）。作者はこうした事例を重ねて、「われわれ東洋人は何でもないところに陰翳を生ぜしめて、美を創造するのである。［…］美は物体にあるのではなく、物体と物体の作り出す陰翳のあや、明暗にあると考える。夜光の珠も暗中に置けば光彩を放つが、白日の下に曝せば宝石の魅力を失うごとく、陰翳の作用を離れて美はないと思う」と、「われわれの思索のしかた」を論じている。ここでの「陰翳」は、光の届かない文字通りの暗さから、翳《かげ》りや奥深さ、表にあらわれない微妙なニュアンスといった、「含蓄」と同義の用法へ離陸している。結語の「われわれがすでに失いつつある陰翳の世界を、せめて文学の領域へでも呼び返してみたい」も、文字通りの暗さを意味してはいないだろう。

一方で、「陰翳礼讃」は、思索のしかたを論じるのにも、「夜光の珠も暗中に置けば光彩を放つが、白日の下に曝せば宝石の魅力を失うごとく」と、暗い中で輝き明るい光の下では魅力を失う夜光の珠を比喩として借りている。珠が置かれているのは暗い空間である。文学の領域に陰翳を呼び戻したいと述べるときも、「文学という殿堂の檐《のき》を深くし、壁を暗くし、見え過ぎるものを闇に押し込め、無用の室内装飾を剥ぎ取ってみたい」と、文学を建築に、それも日本家屋らしい暗い建物にたとえて語っている。

つまり「陰翳礼讃」における陰翳は、最後まで文字通りの意味、暗い日本家屋を離れていない。陰翳とは、日本家屋の暗さのことであり、暗い日本家屋を比喩化した概念なのである。それは日本家屋のようなものと言い換えられる。

支持体としての建築

『陰翳礼讃』は、日本の建築空間を陰翳の分布としてとらえている。［…］いわば、日本の建築空間はまさに闇に「どっぷり」漬かっており、その闇のなかに光が明滅するときに現象するというのである。［…］日本の空間における光は、ただ闇という原型質のなかに、時たま明滅するだけのものだ。陰翳と谷崎が呼ぶのは、光が投げられたときにつくりだされる影ではなくて、光が闇のなかをよぎるときにとり残されたすべてなのだ。それゆえに、光は絶対的でありえない。常に一時的であり、かならず消え去るために存在するものなのだ。そのようにして空間は光の濃度となって出現するが、その濃度は変化し、遂には闇となってしまう。日本の空間にはたちこめる闇がかならずつきまとう。そういう闇は「バロックに代表されるヨーロッパの建築空間が光と影を対位法的に捉えるのに対して」対位法とはなしえない。絶対的な暗黒であり、あらゆる現象がそれを背景としてはじめて起こりうるような、ぼくらの観念を内側からささえているなにものかだ。

建築家の磯崎新は、「陰翳礼讃」に影響を受けたことを公言し、これに繰り返し言及した。右は、最初の批評集『空間へ』（七一・二、美術出版社）に収められた「闇の空間　イリュージョンの空間構造」（「建築文化」六四・五）の一節で、日本の建築空間が闇によって特徴付けられることを、「陰翳礼讃」を参照して論じている。「どっぷり」の引用符は、「陰翳礼讃」より、電灯の明かりに馴れた現代の人は忘れているが「昔の御殿や妓楼」では女性たちは「闇の灰汁《あく》にどっぷり漬かっていた」という箇所の引用のしるしである。

磯崎は、谷崎の言う「陰翳」が影ではないと指摘している。磯崎によれば、日本の建築空間には光と影の対立はなく、一時的に明滅する光によって闇の空間が現象するのだという。闇は、影ではない。

「陰翳の分布」という言い回しから、磯崎が陰翳を何かの表面上に、集中的にもしくは分散してあらわれるものと捉えていることがうかがえる。陰翳をその表にまとう何かは、たとえば壁、その凹みとしての床の間といった日本家屋を構成するもの、つまり建築であろう。「陰翳礼讃」は、日本家屋の床の間や壁について、光と蔭の作用を除けば、そこにあるのは「ただの空白」「虚無の空間」だと述べていた。陰翳は、そのような空白、無の場所に認められる。ここで語られているのは、何も神秘的なことではない。空白や無と言っても、支持体はあるからである。支持体は、日本家屋でも、羊羹でも、人体でもよいわけである。

含蓄とは、たとえば『源氏物語』の主格のない文章のことであった。『文章読本』の議論によれば、『源氏物語』では主格（この場合は動作主である作中人物を直接的に指す語）がなくても、述部（の敬語の有無）によって間接的にその人物が指し示されるという[21]。この議論に則ると、主格があるはずの空白の場所を支える、支持体としての述部が浮かび上がる。目を向けるべきは、実は主格がないことではなく、ない状態を可能にする述部のほうである。

支持体となるものがあって、それが可能にするたとえば主格のない文章が含蓄、明るさの足りない様態が陰翳と呼ばれる。このように考えるなら、陰翳の概念を日本文化の本質として実体化するのは適切ではない。「陰翳礼讃」は、陰翳の概念を支える支持体、すなわち建築をこそ読むべきテキストなのである。

「陰翳礼讃」と日本的なもの

陰翳は、かつてそれとして存在したものが、失われつつある時代に改めて発見されたのではない。そのような時系列にはなっていない。つまり「陰翳礼讃」で語られているのは、歴史や伝統ではない。そう見えるとしても、「陰翳礼讃」は「故郷を失つた文学」と同様、現代の感性を論じたエッセイなのだ。

一九三〇年代は、西洋化としての近代化によって失われたものを、日本的なものとして代補しようとする、そのような感性が文学的な教養という形をとった時代であった。日本的なものをめぐる議論は、近代化が進行した時代の、喪失の感覚と切り離せない。「陰翳礼讃」の陰翳の概念は、そのような意味で、あくまでその限りで、日本的なものだと言い得る。

陰翳は、喪失と発見をともにあらわす修辞である。喪失と発見が共起する一九三〇年代という時代にあって、「陰翳礼讃」の谷崎潤一郎は、また石川淳や坂口安吾、横光利一といった小説家たちは、建築を媒介にして思索を展開した。建築は、そこにおいて日本的なものを考察することを可能にする、この時代の支持体であったと考えられる。

---

(1) 井上章一「解説 「陰翳礼讃」をあえて建築論的に読みこめば」(角川ソフィア文庫『陰翳礼讃』前掲)。

同様に、デザイナーの矢萩喜從郎は、「文学の枠をはみ出て」「日本文化の情景を紐解くバイブル的存在、あるいはお墨付きを与える〝教科書〟と捉える人がいる」と述べている（「谷崎潤一郎『陰翳礼讃』再考」『視触 多中心・多視点の思考』二〇一四・二、左右社）。

（2） サイデンステッカーによる英訳 In Praise of Shadows（*Japan Quarterly*, 1954.10 → *The Atlantic Monthly*（別冊日本特集）,1954 で抄訳）については、グレゴリー・ケズナジャッド「アメリカにおける『陰翳礼讃』と『蓼喰ふ蟲』の紹介――谷崎潤一郎の英訳と「日本文学」の評価基準――」（「同志社国文学」二〇一五・三）、榊原理智「翻訳のポリティクスと『陰影礼讃』――谷崎の現在地」（『谷崎潤一郎読本』二〇一六・一二、翰林書房、五味渕典嗣・日高佳紀編）、西村将洋『谷崎潤一郎の世界史『陰翳礼讃』と20世紀文化交流』（二〇二三・二、勉誠社）参照。国語教科書への採録は、五七年の「新高等国語 三下」（大修館書店）と「高等国語 二」（清水書院）がはやく、六〇年代半ば以降増加し、現在も複数の教科書会社が採っている（阿武泉監修『読んでおきたい名著案内 教科書掲載作品 13000』（二〇〇八・四、日外アソシエーツ）参照）。

（3） 『摂陽随筆』には『春琴抄』に寄せられた批評に反論する「春琴抄後語」、直木三十五論である「直木君の歴史小説について」、自伝的な「私の貧乏物語」等が、『鶉鷸隴雑纂』にも永井荷風論である「「つゆのあとさき」を読む」や自伝的な「青春物語」等が並んでいる。

（4） 創元社からは選書とは別に同年同月に同じ内容の本も刊行されているが、本章で検討するのは創元選書の第三六巻として刊行された本である。谷崎の戦前の創元選書は、『陰翳礼讃』以前に『春琴抄』（三九・一、表題作の他に『蘆刈』『覚海上人天狗になる事』を収録）、『吉野葛』（三九・一〇、他に『盲目物語』（を収録）があり、以後に『猫と庄造と二人のをんな』（四〇・八、他に『蓼喰ふ虫』を収録）があり、小説家の中では多い。ただし、『陰翳礼讃』以外はすべて小説で、タイトルになっているのは創元選書以前に表題作になったことがある作品ばかりである。

（5）石井正己「柳田國男の創元選書」（『東京学芸大学紀要（人文科学）』九六・二）。石井は創元選書の宣伝の先に、皇紀二六〇〇年を記念する「文化日本」への貢献による柳田の朝日文化賞受賞を位置付けている。

（6）黒澤明の「静かなり」（『日本映画』四二・二）は、創元選書『法隆寺』（四〇・一一）を参照して執筆されたと推測される（本書第四章参照）。創元選書の紹介文は「比類なき建築の進化を宣揚し、延いては日本文化の本質を遠くその濫觴に遡つて究明せるもの」と、建築論を超える日本文化論として『法隆寺』を位置付ける。

（7）『東洋の理想』は、創元選書以前に『岡倉天心全集』第一巻天之巻（三五・一二、聖文閣）に邦訳があり、浅野晃はこれを参照して訳した。浅野は邦訳で読んだ『茶の本』に感銘を受けて「いはば天心に憑かれ」たという（「訳序」）。天心の著作が日本で読まれるようになったのはこの時期で、四二年には弟子の横山大観らを中心に岡倉天心偉績顕彰会が設立され、創元社から全集が刊行された（中絶）。

（8）小宮豊隆「能楽に就いて」・岸田劉生「文楽」等の芸能論、矢代幸雄「日本美術の装飾的性格」等の美術論、岡倉天心「茶室」等の茶道・華道論、また、新村の他、大槻文彦・山田孝雄らの日本語論など。和辻哲郎「仏教の移植」・平泉澄「禅宗の思想」等の日本の歴史や宗教、古神道・儒学など、思想に関する論考が目につく。

(9) 小林が一九三〇年代の谷崎に触発されて書いた批評については、拙稿「文章の論じかた――小林秀雄の谷崎潤一郎論」(『谷崎潤一郎論――近代小説の条件』二〇一九・五、青簡舎)参照。

(10) 一九三〇年代の谷崎は、あえて「老人」「老大家」を名乗り、「青年」による文学を批判するという論法をしばしばとっている(拙稿「はじめに」『谷崎潤一郎論』前掲)。なお、三三年の時点で谷崎の年齢は四七歳。谷崎はこのあと一九六五年、七九歳まで作家として活躍する。

(11) 「故郷を失つた文学」に反応したのが、保田與重郎の「土地を失つた文学」(『文芸』三四・二)である。保田は「故郷といふ言葉で抽象的なふるさととか、伝統の国文学をいふのではな」く、作家が現実の土地＝地盤を持つことを提唱した。ただし、「故郷」を伝統等を意味する比喩として解釈する保田が代わって用いる「土地」「地盤」もまた比喩である。

(12) 鈴木博之『見える都市／見えない都市　まちづくり・建築・モニュメント』(九六・一一、岩波書店、岩波近代日本の美術3)。

(13) 唐木順三「型と個性と実存―現代史への試み―」(『現代史への試み』四九・三、筑摩書房)。

(14) 岩波新書にもこの種のテーマの本は見られる。鹿野政直は、創刊から敗戦までの岩波新書の中には同時代の「「国体」論的日本精神論や［…］東洋文化論への対抗、少なくともそれらとは別個の枠組による日本認識を、読者に提供する著作」群があったとして、前述の津田左右吉『支那思想と日本』の他、長谷川如是閑『日本的性格』正・続、西田幾多郎『日本文化の問題』、鈴木大拙(北川桃雄訳)『禅と日本人』正・続、柳田國男『伝統』、斎藤茂吉『万葉集秀歌』上・下、そしてタウト『日本美の再発見』を挙げている（『岩波新書の歴史』二〇〇六・五、岩波書店）。

(15)『世界教養全集』の収録作は『世界教養選集』（第八巻、七五・三、平凡社、茅誠司・中野好夫監修）に引き継がれている。他にも、『現代教養全集』の「古典案内」の巻（第二六巻、六〇・一二、筑摩書房）に、国文学者による古典文学論、民俗学者の柳田國男・折口信夫の論、また北川桃雄「桂離宮の林泉」のような庭園論、美術論などとともに、『人生の本』の「日本の美」の巻（第九巻、六七・七、文芸春秋、亀井勝一郎・臼井吉見編）に、山本健吉・唐木順三・亀井勝一郎・小林秀雄・青柳瑞穂・柳田國男・折口信夫・加藤周一・川添登・柳宗悦らの随筆、文学者では川端康成「末期の眼」・萩原朔太郎「郷愁の詩人・与謝蕪村」・永井荷風「浮世絵の鑑賞」とともに収録されている。『人生の本』は各随筆の冒頭に著者と収録作について無署名の短い解説を付すが、「陰翳礼讃」については「日本特有の美を論じたもの」、「日本的美意識の真髄を解明している」と説明している。

(16)『10冊の本』の「美をたずねて」（第八巻、六九・四、主婦の友社、井上靖・臼井吉見編）は、「陰翳礼讃」を「美」の部に収め、高村光太郎「美について」・岡本太郎「伝統とは何か」と並べている。「茶・花」の部には岡倉天心（浅野晃訳）「茶の本」、「鑑賞」の部には亀井勝一郎の古寺や仏像に関するエッセイ、そしてタウト（篠田英雄訳）「桂離宮」が収録されている。

(17) 鈴木貞美・岩井茂樹編『わび・さび・幽玄　「日本的なるもの」への道程』（二〇〇六・九、水声社）参照。

(18) 大西は「美的範疇の一つとして見たる「幽玄」とは如何なる種類の美であるか」を問い、第一に「何等かの形で隠され又は蔽はれてゐると云ふこと、即ち露はではなく、明白ではなく、何等か内に籠つたところのあると云ふこと」、第二に「一種の仄暗さ、朦朧さ、薄明と云ふ意味」というように、幽玄を構成する性質を七つ挙げた上で、それを「基本的美的範疇」である美・崇高・フモールのうち、崇高から派生した特殊な美的範疇と結論し、崇高の中にある「「幽暗性」（Dunkelheit）」を「一種の「陰翳」の如きもの」と説明した（傍点原文）。大西は最近議論されている文学史・精神的研究と自らの立場を区別しているが、念頭におかれているのは、国文学者の岡崎義恵の幽玄論だろう。「幽玄」の語に関しては、『白描』のクラウス博士の送別会の場面で花笠武吉が批判的に論じていた（本書第三章参照）。

（19）サイデンステッカーによる英訳（注2参照）。「蔭」や「隈」もshadowと訳される。室内の暗さとは異なる文脈の用例、たとえば黄色人種の皮膚の「翳り」はcloudiness（「しみ」はshadow）、映画の「陰翳と色調」が国によって違うという箇所はnuances of shading and colorationと、shadowとは別の語で訳されている。また、文中には「闇」の語、「暗い」「暗がり」「薄暗い」などの語が頻出するが、これらはdark・darkness等と訳される。

（20）「陰翳礼讃」とは関係ないが、タウトの文章の邦訳で、「陰翳」の語に「ニュアンス」とルビを振っている箇所がある。森儁郎訳の『ニッポン』の「桂離宮」の章より、日本家屋の居間や料理店の壁面の色調について、「黄、焦茶、鼠等の伝統的色調の陰翳《ニュアンス》」が用いられていることを指摘する箇所である。なお、平居均訳ではルビなしの「陰影」で、篠田英雄訳はこの単語を訳出していない。

（21）谷崎は『潤一郎訳源氏物語』（全二六巻、三九・一〜四一・七、中央公論社）で、『源氏物語』のそのような特徴を現代の日本語（現代口語文）で再現しようと試みた。だが主格のない文章を実現するために、谷崎の現代語訳はかえって潜在的に主格と述部（の敬語の有無）の関係を明確化している（拙稿「現代語訳の日本語――与謝野晶子と谷崎潤一郎の『源氏物語』訳」（『谷崎潤一郎論』前掲）参照）。

【付記】九鬼周造『「いき」の構造』の引用は岩波文庫版（七九・九）に、磯崎新『空間へ』は河出文庫版（二〇一七・一〇）に拠った。

【初出一覧】

本書は書き下ろしであるが、一部、既発表の論考と内容が重なっている。
各章の初出は以下の通りである。それぞれ本書に収める上で修正している。

・第三章「ブルーノ・タウトと日本の風土――石川淳『白描』と井上房一郎」…「小説の中の絵画（第十二回）石川淳『白描』（続）―ブルーノ・タウトと日本の風土」（「奏」二〇二〇・一二）

・第八章「帝国における結婚――谷崎潤一郎『細雪』と建築家という結び」…「雪子はいつ結婚するのか――谷崎潤一郎『細雪』と映画・演劇」（「翻訳の文化／文化の翻訳」二〇二三・三）

また、内容はほとんど重なっていないが、第七章「結婚と屋根――横光利一『旅愁』と建築の日本化」は、日本比較文学会東京支部大会のシンポジウム「第二次世界大戦前夜のパリで――横光利一、大澤寿人、藤田嗣治を中心に――」での発表が遠い起点になっている（二〇一一・一〇、於東京外国語大学→「横光利一――『旅愁』における〈パリの日本人〉」「日本比較文学会東京支部研究報告」二〇一二・九）。『旅愁』に関しては、昭和文学会秋季大会の特集「挿絵と文学」でも、「新聞小説としての『旅愁』――横光利一と藤田嗣治の風景」と題して発表した（二〇一四・一一、於成蹊大学）。「陰翳礼讃」については、高等学校の国語教科書の指導書を執筆している（「評論「陰翳礼讃」（谷崎潤一郎）」「高等学校現代文B［改訂版］指導資料③2部①」二〇一八・三、三省堂）。

それぞれ機会を与えてくださった方々、コメントをくださった方々に感謝します。

あとがき

本書が明らかにしてきたのは、日本的なものがモダニズムの課題であったことである。一九三〇年代には、しばしば建築を比喩として用いて――伊勢神宮や法隆寺のような古建築、神社や茶室などの伝統的な建築様式を参照して――日本的なものが語られた。だがこうした議論は、実のところ、過去ではなく現代をこそ問題にしていた。建築を修辞として日本的なものを語る一九三〇年代の議論は、近代化が進行した現代を潜在的な主題としていたのである。

明治以降の日本の近代化の歴史は、西洋を他（「彼ら」）、日本を自（「私」「われわれ」）として対置する図式によって描かれてきた。新しく入ってきた他なるものが、自他が分かち難いほど深く浸透したとき、古いものへの郷愁や喪失感といった情緒が反応として生じることがある。日本的なものという主題は、一九三〇年代という時代の、その種の反応であったと考えられる。日本的なものをローカルなものと言い換えれば、一九三〇年代の日本だけでなく他の時代や地域でも、個人でもより大きな単位でも、同種のことは起こり得るだろう。

しかし、たとえばモダニズム建築家にとって、国際様式は他なるものだったのだろうか。建築家としての自己形成の過程で学んだことが西洋に由来するなら、現在において、自他は既に何が自とも他とも弁別し難く混じり合っているのではないか。主体はそのとき複数のものへの愛着によって引き裂かれ、混乱するかもしれない。

本書で分析してきた長篇小説では、たとえば石川淳『白描』の一九三六年に北京征服に向かう鼓金吾と日本に残って風土の意志を代行する花笠武吉、同じく一九三六年のパリで議論する横光利一『旅愁』の日本主義者の矢代とヨーロッパ主義者の久慈のように、主人公が二人の人物に分裂していた。『白描』『旅愁』、そして谷崎潤一郎の『細雪』では、作中世界の年代と執筆・発表時期の時差によって作中の現在が未来から振り返られ、捉え返されていた。たとえば作中世界ではまだ起きていない日中戦争は北京征服の意志（『白描』）や新聞の虚報（『旅愁』）という形で、まだ起きていない太平洋戦争は防空訓練の夢や欧州戦争の空襲の話題（『細雪』）として、作中に導入され先取りされる。また『白描』や『旅愁』は、実在の建築家の議論や建築物を下敷きにしつつ、その一部をひそかに書き換えていた。

これらの長篇小説は、このように作中の現在を二重化し、一九三〇年代の混淆し分裂した日本を叙述しようとしていたのではないか。本書では取り上げられなかったが、「一九三×のことである」とはじまる坂口安吾の長篇小説『吹雪物語』（三八・七、竹村書房）の混乱ぶりも同根だろう。

翻って、長篇小説、またエッセイは、混淆した現代と、そのような時代の主体の経験を叙述する形式として、この時代の小説家たちに選ばれていたのかもしれない。創元選書『陰翳礼讃』に収録された谷崎潤一郎の一連のエッセイ、ブルーノ・タウトの著作のタイトルをそのまま表題にした坂口安吾の「日本文化私観」、小説家ではないが小林秀雄の「故郷を失つた文学」には、この時代の主体の喪失の経験が、それぞれに情緒をともなって叙述されていた。長篇小説とエッセイは、一九三〇年代という時代を表象する形式であった。本書がしてきたのは、そこに保存された、かつての現在の思考を読み解くことであった。

「陰翳礼讃」で本を書きませんか、と編集者の清水恵さんから提案されたとき、論文ならともかく本一冊分も書くことがあるだろうか、と戸惑った。結果的には一冊分どころか、調べ考える過程でふくらみ、書き切れなかったことも多い。工芸やデザインの文脈、民芸運動、モダンライフ、写真……。触れられなかったことを数えると切りがないが、一九三〇年代の建築論と小説の交錯という設定した範囲の中で、さらに自分が扱えることに限ったのが本書である。清水さんには（コロナ禍をはさんで）つねに明るく励ましていただき、完成まで導いてもらった。原稿の執筆は大変でも、一貫して楽しく仕事ができたのは清水さんのおかげである。

建築に関する専門的な知識も知見もなく、本書で扱った時代やテーマに限っても、見るべき資料はまだたくさん残っている。そんなことを言っているといつまでも書き終わらないので、自分の能力と時間の限りで区切るしかなかった。そんな忸怩たるとき、不安なとき、建築を見に行くことが支えになった。熱海の旧日向家別邸の地下室は、細部まで緻密に考えられていてかつ全体としては圧倒的に妙で、タウト（の美的判断）を信じようと思った。大分、福岡、山口、群馬など各地の磯崎新建築をともに見てくれた友人と従姉（静岡の磯崎建築で働いている）にも感謝している。前川國男、聖徳記念絵画館、岡本太郎、藤田嗣治、横山大観への関心を共有してくれた人たちにも感謝したい。

本の装画に作品を使わせていただいた竹村京さんは、大学生のとき、ドイツ語学校の夏期講習で隣になって以来の親しい友人である。美しい光沢の糸が刺繍によって微妙な陰翳《ニュアンス》の面の配列を作り出す、本書のモチーフに最適な作品を提案してくれた。磯崎建築の群馬県立近代美術館での展覧会（長島有里枝×竹村京「まえといま」二〇一九・七〜九）も、少林山達磨寺に連れて行ってもらってタウトの旧居・洗心亭の説明を一緒に聞いたことも、もっと言えば長年京さんの作品をみつづけたことも、本書の成立過程の一部である。

「陰翳礼讃」は、失われつつある陰翳に目を向けるという意味では、喪失を語るテキストである。しかし喪失は発見の喜びに通じてもいる。たとえば羊羹の中に日本家屋のような暗さを見出して楽しむ（つまり美味しく食べる）、というように。陰翳の中には明るさが含まれるように、混じり合って成る現在を小説は叙述し得る。これからも小説を、その言葉に保存されたかつての現在の思考を読み解くことを続けていきたい（小説礼讃！）。

二〇二四・一二・二九　冠雪した富士山が見える静岡で

関連年表

西暦（和暦）	建築	文学	その他領域	時代・社会
一九二九年（昭和四年）	小菅刑務所竣工 岸田日出刀『過去の構成』			
一九三〇年（昭和五年）			九鬼周造『いきの構造』	
一九三一年（昭和六年）	東京帝室博物館コンペ、前川國男「負ければ賊軍」			満州事変
一九三二年（昭和七年）	堀口捨己「現代建築に表れたる日本趣味について」			
一九三三年（昭和八年）	ブルーノ・タウト来日、新興建築講演会	谷崎潤一郎「芸について」「陰翳礼讃」 小林秀雄「故郷を失つた文学」		ナチス政権成立
一九三四年（昭和九年）	タウト『ニッポン』 「国際建築」日本建築特集 軍人会館竣工	谷崎潤一郎『文章読本』		

	タウト達磨寺へ 堀口捨己「建築における日本的なもの」			
一九三五年（昭和十年）				
一九三六年（昭和十一年）	タウト『日本文化私観』 タウト離日 国会議事堂竣工			
一九三七年（昭和十二年）	タウト死去 岸田日出刀『甍』 東京帝室博物館竣工	横光利一『旅愁』連載開始（〜中断）	アーノルド・ファンク『新しき土』 信時潔「海行かば」	日中戦争開戦 国民精神総動員 南京陥落、提灯行列
一九三八年（昭和十三年）	岸田日出刀『過去の構成』改訂版	創元選書刊行開始		武漢作戦 ミュンヘン会談（ズデーテン問題）
一九三九年（昭和十四年）	タウト『日本美の再発見』（岩波新書）	石川淳『白描』 谷崎潤一郎『陰翳礼讃』（創元選書）	大西克礼『幽玄とあはれ』	独ソ不可侵条約 第二次世界大戦開戦

一九四〇年（昭和十五年）	伊東忠太『法隆寺』（創元選書）	萩原朔太郎『帰郷者』	西田幾多郎『日本文化の問題』（岩波新書） 横山大観「海山十題」	七・七禁令 ロンドン空襲 日独伊三国同盟 皇紀二六〇〇年
一九四一年（昭和十六年）		横光利一『旅愁』第三篇（日本篇）連載開始 坂口安吾「日本文化私観」	岡本太郎帰国 黒澤明「達磨寺のドイツ人」	
一九四二年（昭和十七年）	大東亜建設記念営造計画案コンペ、丹下健三「忠霊神域計画」	「陰翳礼讃」の英訳（抄訳）	黒澤明「静かなり」	太平洋戦争開戦
一九四三年（昭和十八年）		谷崎潤一郎『細雪』連載開始（〜中断）		
一九四四年（昭和十九年）	浜口隆一「日本国民建築様式の問題」	谷崎潤一郎『細雪』上巻（私家版）		
一九四五年（昭和二十年）	帝国ホテル空襲・接収			ドイツ降伏、第二次世界大戦終戦 太平洋戦争終戦

一九四六年（昭和二十一年）		横光利一『旅愁』「梅瓶」発表 坂口安吾「堕落論」		
一九四七年（昭和二十二年）		谷崎潤一郎『細雪』下巻連載開始 横光利一死去		華族令・貴族院廃止
一九四八年（昭和二十三年）		伊藤整『小説の方法』		天長節、天皇誕生日へ 紀元節廃止
一九四九年（昭和二十四年）		谷崎潤一郎『細雪（全）』		法隆寺壁画焼失
一九五〇年（昭和二十五年）		川端康成『虹いくたび』 横光利一『旅愁　全』		
一九五二年（昭和二十六年）	タウト『忘れられた日本』（創元文庫）		岡本太郎「縄文土器」	
一九五四年（昭和二十九年）		サイデンステッカーによる「陰翳礼讃」の英訳（抄訳）		
一九五五年（昭和三十年）	伝統論争			
一九五六年（昭和三十一年）			岡本太郎『日本の伝統』	

一九五七年（昭和三十二年）		サイデンステッカーによる「陰翳礼讃」の英訳（抄訳）		
一九五八年（昭和三十三年）			岡本太郎『日本再発見』	
一九六〇年（昭和三十五年）	丹下健三他『桂』			
一九六一年（昭和三十六年）			岡本太郎『忘れられた日本』	
一九六二年（昭和三十七年）	丹下健三他『伊勢』			
一九六四年（昭和三十九年）	磯崎新「闇の空間」		岡本太郎『神秘日本』	
一九七四年（昭和四十九年）	群馬県立近代美術館竣工			
一九八三年（昭和五十八年）	磯崎新他『桂離宮』			
二〇〇三年（平成五年）	磯崎新『建築における「日本的なもの」』			

索　引

・以下は本書に登場する人名・項目の索引である。
・頁によって表記が異なる場合でも一項目にまとめている。

さ行

た行

〈著者略歴〉

中村 ともえ（なかむら・ともえ）
1979年、静岡県生まれ。新潟市出身。
静岡大学准教授。専門は日本近現代文学。東京大学大学院人文社会系研究科博士課程修了。博士（文学）。
著書に『谷崎潤一郎論――近代小説の条件』（2019年、青簡舎）、『新派映画の系譜学――クロスメディアとしての〈新派〉』〈共著〉（2023年、森話社）、『翻訳とアダプテーションの倫理　ジャンルとメディアを越えて』〈共著〉（2019年、春風社）などがある。

「陰翳礼賛」と日本的なもの
建築と小説の近代

二〇二五年三月十五日　初版第一刷発行

著　者　中村ともえ
発行者　阿部黄瀬
発行所　株式会社　教育評論社
〒一〇三－〇〇二七
東京都中央区日本橋三－九－一
日本橋三丁目スクエア
TEL〇三－三二四一－三四八五
FAX〇三－三二四一－三四八六
https://www.kyohyo.co.jp

印刷製本　株式会社シナノパブリッシングプレス

定価はカバーに表示してあります。
落丁本・乱丁本はお取り替え致します。

ISBN 978-4-86624-115-9